PROLOG

Mai 2011, bei Kutschurhan, Ukraine

Schto wy chatitje?«

Ratlos starre ich den transnistrischen Grenzbeamten an. Ich habe keine Ahnung, was er sagt und will. Deshalb zucke ich einfach mit den Schultern. Er starrt genauso ratlos zurück, dann wandert sein Blick angestrengt zwischen den Pässen in seiner Hand und unserem Mini-Konvoi hin und her. Seine Stirn legt sich in krause Falten, was er sieht, missfällt ihm.

Während er vorsichtig in der Dunkelheit unseren ersten Wagen umkreist, einen schneeweißen Landrover, auf dessen Vordertüren beidseitig das Logo der Europäischen Union prangt, ziehe ich hektisch an meiner Zigarette und bekomme einen Hustenanfall. Ich rauche erst seit kurzem und muss noch üben.

Der Beamte leuchtet mit seiner Taschenlampe ins Wageninnere. Ihr Strahl trifft zuerst Mutter, die am Steuer sitzt, dann meine Schwiegermutter Darya direkt neben ihr. Beide kneifen ihre Augen zusammen und versuchen dennoch, möglichst unschuldig zu gucken. Das Licht wandert zur Rückbank. Dort schläft Johanna, meine Tochter, tief und traumlos, der Blender stört sie nicht.

Der Grenzer kratzt sich im Nacken, schüttelt den Kopf und nähert sich vorsichtig unserem zerbeulten, schmutzig braunen Ford Transit. Er rüttelt an den Hecktüren, die knarrend aufschwingen. Mein Herz macht einen kurzen, panischen Hüpfer. Wenn er die Paletten mit dem chinesischen Rohtabak entdeckt, sind wir geliefert. Dasswidanja, Freiheit! Ich habe keine Ahnung, wie ein transnistrischer Knast von innen aussieht, kann mir aber vorstellen, dass sich der deutsche Strafvollzug im Vergleich wie ein Kur-Aufenthalt ausnimmt.

Doch das Glück ist uns hold. Der Beamte stochert nur lustlos in unserem Gepäck, das inszenierte Chaos aus Kisten und Koffern im Laderaum hat tatsächlich eine abschreckende Wirkung. Schnell schließt er die Türen und trottet nach vorn zur Fahrerseite. Im Schein seiner Lampe sieht man nur das Lenkrad, auf dem zwei tätowierte Hände einen schnellen Takt trommeln. Tam-ta-tam, tam-ta-tam. Eine dieser Hände kurbelt jetzt das Fenster herunter, die andere greift nach einem Umschlag, der oben auf der Konsole liegt. Der Umschlag wird aus dem Fenster gereicht und wechselt den Besitzer.

Der Milizionär wirft einen kurzen Blick hinein, grinst zufrieden und gibt mir mit einer leichten Verbeugung unsere Pässe zurück. Nun ist es an mir, zufrieden zu grinsen. Mensch, Matthes, denke ich, das läuft ja wie geschmiert. Ich setze mich in den Transporter neben den Mann mit den tätowierten Händen.

»Dawai, dawai«, rufe ich fröhlich, »auf geht's!«

Der Mann schweigt, das tut er fast immer, er ist kein Freund großer Worte, und startet den Motor. Er rollt am Landrover vorbei und hupt kurz als Zeichen, dass Mutter ihm folgen soll. Nur noch fünfzig Kilometer, dann haben wir unser Ziel erreicht. Dann kann ich, so Gott will, meinen Mann in die Arme schließen. Aber vorher haue ich dem Mistkerl ein paar rein. Bei der Vorstellung wird mir ganz warm ums Herz.

1.

April 2011, Kiew, Ukraine

Stöhnend schlage ich die Bettdecke beiseite und richte mich ruckartig auf. Das ist ein Fehler. Mein Schädel wummert und dröhnt, vor meinen Augen tanzen kleine Lichtblitze. Es dauert ein paar Sekunden, bis ich weiß, wo und wer ich bin und wem ich diese abartigen Kopfschmerzen zu verdanken habe. Der Nebel in meinem Hirn lichtet sich: Ich bin in Kiew, ich heiße Paula Matthes, und gestern Abend habe ich mich in die Arme von Towaritsch Wodka geflüchtet.

Vorsichtig stehe ich auf, wanke zum Fenster und schiebe die zerschlissenen Vorhänge beiseite. Es wird gerade erst hell, der Platz vor meinem Hotel ist noch menschenleer. Nur Thomas Anders lächelt mich von seinem Plakat aus an.

Ich habe etwas gebraucht, um zu begreifen, dass der alternde Schönling mit dem gebleckten Gebiss tatsächlich Thomas Anders ist. Darauf kommt man nicht ad hoc – Thomas Anders in Kiew? Aber er ist da, Julio Iglesias und Depeche Mode werden ihm folgen. Ganze Straßenzüge sind mit den Ankündigungen ihrer Konzerte plakatiert. Man fragt sich ab und an, was aus den Helden der eigenen Jugend geworden ist. Ich weiß jetzt die Antwort: Sie sind alle im Osten, dem großen Popstar-Recyclinghof.

Auch ich bin in Kiew, um etwas zu recyceln. Meine Ehe. Sie lief in letzter Zeit nicht so richtig rund, euphemistisch ausgedrückt. Man könnte auch sagen: Sie ist komplett im Arsch. Deshalb sind mein russischer Mann und ich in die

Ukraine gefahren, eine Art zweiter *Honeymoon,* wie er es nennt. Dabei hatten wir nicht mal einen ersten.
»Schatz, was hältst du davon, wenn wir uns eine Auszeit nehmen? Nur wir beide. Mal raus hier, weg von dem ganzen Stress«, sagte Artjom auf dem Höhepunkt unserer Krise und wedelte euphorisch mit den Flugtickets.
Malediven, Mauritius, von mir aus auch Mallorca, hoffte ich.
»Ukraine!«, frohlockte mein Mann. Als er meine Gesichtsentgleisung bemerkte, fügte er schnell hinzu: »Kiew, Paula, Kiew! Shoppen, schick essen gehen, Nightlife, ausschlafen – es wird dir gefallen, versprochen! Und dann machen wir noch einen Abstecher auf die Krim, ans Schwarze Meer. Anfang Mai können wir bestimmt schon baden.«
»Anfang Mai? Wann fliegen wir denn?«
»Übermorgen.«
»Bitte? Wie soll das denn gehen? Wer kümmert sich um Johanna? Und ich kann meine Kanzlei nicht einfach dichtmachen.«
»Wofür hast du eigentlich eine Sekretärin und eine Mitarbeiterin? Irina und Heike organisieren das schon alles irgendwie. Um Johanna kümmern sich die Großmütter, überhaupt kein Problem, ich habe schon mit den beiden gesprochen.«
»Artjom, das ist viel zu kurzfristig.«
»Ach, Paula, sei doch einmal in deinem Leben spontan!«
»Ich bin nicht spontan, ich bin Norddeutsche.«
»Dann flieg ich eben allein.«
»Mach doch. Viel Spaß!«
Ich zog mich in meine Schmollecke zurück, schimpfte und zeterte ein wenig, fand aber, dass Artjoms Idee gar nicht schlecht war.

Eine Auszeit.
Nur wir zwei.
Ohne Kind.
Ohne den Rest der Familie.
Und ohne seine Mutter.
Das klang zu gut, um das Angebot nicht anzunehmen. Und war es nicht wirklich reizend von meinem Gatten, mich mit dieser Reise zu überraschen?
Erst als wir im Flieger saßen, erfuhr ich, dass wir nicht nur zu ehetherapeutischen Zwecken gen Kiew aufbrachen.
»Ach«, sagte Artjom beiläufig, »wenn wir sowieso schon in Kiew sind, können wir auch noch schnell was für Alexej erledigen.«
»Für deinen Großvater? Was denn?«, fragte ich irritiert.
Wie sich herausstellte, besaß Deduschka Alexej dort noch eine Datscha. Denn in den Wirren nach dem Großen Vaterländischen Krieg hatte es den alten Haudegen aus dem russischen Belgorod ins ukrainische Kiew verschlagen, wo er sich als Zahnarzt niederließ. Mit weit über achtzig Jahren ließ Alexej sich auf ein neues Abenteuer ein und zog zu uns nach Hamburg. Vorgeblich kam er nur zu Besuch, tatsächlich fuhr er einfach nicht mehr nach Hause, sondern heiratete meine Nachbarin Frau Hinrichs, eine ältere alleinstehende Dame, mit der ihn die gemeinsame Leidenschaft für Rosamunde-Pilcher-Filme verband. Seine Gartenlaube in Kiew nebst Grundstück brauchte er nun nicht mehr. Also galt es, diese Immobilie zu veräußern.
»Wie praktisch«, sagte ich und versuchte, ironisch und nicht bitter zu klingen, »da können wir ja das Angenehme mit dem Nützlichen verbinden.«
»Genau«, Artjom blätterte abwesend im Bordmagazin, »so wird's gemacht.«
Die ersten Tage in Kiew verliefen tatsächlich überaus ange-

nehm. Sonnenschein, Tausende blühender Kastanien, eine aufregende Stadt – und ein Mann, der zu einer großen Charmeoffensive ansetzte. Artjom schleppte mich in die schicksten Boutiquen der City und drückte mir wohlwollend seine Kreditkarte in die Hand.

»Such dir doch was Schönes aus, Schatz! Du hast es dir verdient.«

Das fand ich auch und verkniff mir die Frage, wem oder was er seinen plötzlichen Reichtum zu verdanken hatte. Zu Hause war schließlich ich diejenige, die hauptsächlich für das Familieneinkommen zuständig war – und genau diese Tatsache ein ständiger Stolperstein auf unserem Weg zu einem friedlichen Miteinander. Aber ich wollte unseren Urlaub nicht gleich schon zu Anfang durch kleinliche Streitereien verderben.

Stattdessen übte ich mich in der Leichtigkeit des Seins und stürzte mich in die funkelnde Stadt. Wir flanierten den Kreschtschatik-Boulevard rauf und runter, standen ehrfürchtig am Majdan, dem Platz der Unabhängigkeit, und verloren uns in dem unterirdischen Tunnelsystem, das zu den U-Bahn-Stationen führte und in dessen unübersichtlichen Gassen sich Laden an Laden reihte – ein Gewirr von Geschäften, die allesamt improvisiert wirkten, so als könnten sie im nächsten Augenblick abgerissen werden, um an anderer Stelle sofort wieder zu öffnen.

Es gelang mir sogar, Artjom zu einer Stadtrundfahrt zu überreden. Er maulte zwar – russisches Dolce Vita traf auf deutsches Bildungsbürgertum –, quetschte sich aber dennoch an meiner Seite in einen der Sightseeing-Busse. Der englischsprachige Guide hetzte drei Stunden mit uns durch Kiew und etliche hundert Jahre ukrainischer Geschichte. Ich konnte ihn kaum verstehen, da seine Aussprache kryptisch war und Artjom die ganze Zeit lauthals telefonierte –

»'tschuldigung, Paula, ein Interessent für die Datscha«. Also schaute ich einfach still aus dem Fenster und betrachtete Kirchen mit Zwiebeltürmen und vergoldeten Kuppeln neben heruntergekommenen Plattenbauten, an denen schiefe, hölzerne Balkone und Wintergärten wie Bienenwaben klebten, die stalinistischen Monumentalbauten und das Meer von modernen Hochhäusern, deren obere Stockwerke mit Erkern und Türmchen verziert waren. Und immer wieder staunte ich über den Dnipro, den wir auf ungezählten Brücken überquerten und neben dem sich meine Hamburger Elbe wie ein trauriges Rinnsal ausnahm.
»Guck mal da!«
»Hast du das gesehen?«
»Oh, wie schön!«
»Artjom, jetzt schau doch!«
Mein Mann quittierte meine aufgeregten Ausrufe mit einem milden Lächeln, tätschelte beruhigend meine Hand, so als begleite er ein Kind bei seinem ersten Jahrmarktbesuch, und dröhnte unverdrossen weiter in sein Handy. Nicht mal das machte mir schlechte Laune, ich war viel zu fasziniert von der fremden Umgebung.
Artjom war nicht zum ersten Mal in der ukrainischen Hauptstadt, als Junge hatte er etliche Sommer bei seinen Großeltern auf der Datscha verbracht. Deshalb fühlte er sich auch befähigt, den Fremdenführer zu mimen, obwohl das Kiew seiner Kindheit nur noch wenig mit der jetzigen Metropole zu tun hatte. Auf unseren Streifzügen verirrten wir uns also des Öfteren, landeten auf schmutzigen Hinterhöfen oder in stillen Seitenstraßen, die von Bauruinen gesäumt wurden. Artjom tat jedes Mal so, als hätte er genau dorthin gewollt, um mir auch einen Blick hinter die glitzernde Fassade und auf das echte Leben im Postsozialismus zu gewähren. Auch wenn ich diese unfreiwilligen Ab-

stecher etwas ermüdend fand, spielte ich um des lieben Friedens willen sein Spiel mit und untermalte seine Ausführungen mit interessiertem *Ah* und *Oh* und *Ach, was! Gibt's ja gar nicht.* Entspann dich, Matthes, mahnte ich mich, Problemgespräche kannst du immer noch führen. Später. Jetzt haben wir erst einmal ein bisschen Spaß.

Nach den Shopping- und Sightseeing-Exzessen zogen wir uns nur kurz in unsere Unterkunft, das Hotel Dnipro, direkt am Kreschtschatik, zurück.

»Vier Sterne, Paula. Vier Sterne!«, hatte Artjom vor dem Abflug geschwärmt, und ich wähnte mich in wenigen Stunden in einer Wellnessoase de luxe. Unsere Euphorie wich der Ernüchterung, als das Taxi uns vom Flughafen zu einem tristen zwölfstöckigen Hochhaus fuhr. Die riesige Eingangshalle beeindruckte zwar mit viel Marmor, Mahagoni und opulenten Lüstern, das Personal allerdings glänzte nur durch freundliches Desinteresse und beobachtete uns gelangweilt, als wir unsere Koffer in den knarzenden Fahrstuhl wuchteten. Unser Zimmer war klein und muffig, das Mobiliar alt und schäbig, die Tapeten fleckig, die Fenster undicht.

»Oh«, sagte ich erschrocken.

»Ach was«, meinte Artjom und ließ sich aufs Bett plumpsen, das bei diesem Akt unheimliche Geräusche von sich gab, »die Laken sind sauber.«

An andere Akte war in diesem Ambiente nicht zu denken, auch wenn Artjom begehrlich die Arme nach mir ausstreckte. So statteten wir unserer Herberge nur kurze Stippvisiten ab, um zu duschen, zu schlafen und zu frühstücken. Immerhin war das Frühstück wirklich gut – es ähnelte allerdings eher einem deftigen deutschen Mittagessen. Von Omeletts über gebratenes Fleisch, Pilzen in Sahnesoße, Mayonnaisesalate und Würstchen bis hin zu diversen Kuchen ließ das Angebot nichts zu wünschen übrig.

Nur die Kellner waren nach meinem Geschmack etwas zu streng. Als wir am ersten Morgen um neun Uhr neunundfünfzig hastig das Restaurant betraten, bedeuteten sie uns mit großen Gesten, dass fürs Essen noch eine Minute bliebe, und stellten sich in einer Fünfergruppe unweit unseres Tisches auf, um uns missbilligend zu betrachten. Etwas irritierend fand ich auch, dass die Decke des Speisesaals verspiegelt war, dadurch verstärkte sich noch der Eindruck, unter Beobachtung zu stehen. Zudem haute schon in aller Herrgottsfrühe ein Pianospieler im weißen Frack in die Tasten, als spielte er um sein Leben. Eine Unterhaltung erübrigte sich.
So nahmen wir alle sonstigen Mahlzeiten lieber außerhalb des Hotels zu uns. Artjom, ganz Mann von Welt, versprach, mich in die ersten Häuser am Platz zu führen. Nach der Erfahrung mit unserer Unterkunft machte ich mich auf alles gefasst. Doch mittags lotste er mich in lauschige Gartenrestaurants, gelegen in stillen Parks, am ersten Abend hatte er einen Tisch im Hyatt Regency reserviert, den zweiten verbrachten wir in einem Lokal hoch oben auf einem der zahlreichen Hügel mit grandiosem Blick über die illuminierte Stadt.
Vielleicht lag es an der frischen Luft oder der ungewohnten Bewegung, jedenfalls hatte ich Hunger wie ein Wolf auf Wanderschaft und aß mich die Speisekarten rauf und runter. Fleisch, Fisch, Gemüse und wieder Fleisch – alles schmeckte so großartig, dass mich nicht einmal die dröhnende Musik in der örtlichen Gastronomie störte. Ich kaute zufrieden vor mich hin und betrachtete fasziniert die Szenerie um mich herum. An den anderen Tischen residierten überwiegend hünenhafte, etwas grobschlächtige Kerle in gutsitzenden Anzügen, allesamt mit Bürstenhaarschnitt, in der einen Hand die Gabel, in der anderen das Handy, ab und zu einen Blick auf die Rolex werfend.

»Was sind denn das für Typen?«, rief ich Artjom über den Sound-Teppich zu.
»Bissnessmen.«
»Aha.«
Flankiert wurden die Bissnessmen von umwerfend schönen, grazilen und langbeinigen weiblichen Geschöpfen in Gucci, Chanel und Prada, die in ihren Salaten stocherten und zwischen ihren Telefonaten gelangweilt die manikürten Hände betrachteten. Zum wiederholten Male ertappte ich mich dabei, dass ich fremden Frauen aufs Dekolleté starrte – die C- und D-Körbchen bestimmten hier eindeutig das Straßenbild. Mich als bescheidenes A erfüllte das mit Neid.
»Sag mal, sind die alle echt?«, wollte ich etwas spitz von Artjom wissen.
»Natürlich sind die echt. Was glaubst du denn?«
»Silikon?«
»Paula, das kann sich hier kaum jemand leisten.«
»Aber fast alle Frauen haben so einen großen Busen. Das kann doch gar nicht sein!«
»Das liegt am Klima, Paula. Die gute Luft, das gute Essen, die vielen Sonnenstunden.«
»Interessante Theorie.«
Vor lauter Staunen und Gucken vergaß ich fast den eigentlichen Grund unserer Reise. Und immer wenn ich kurz dachte, dass wir nun langsam über unsere Probleme sprechen sollten, schob ich den Gedanken schnell beiseite. Morgen ist auch noch ein Tag, sagte ich mir, heute lassen wir uns die gute Laune nicht verderben.
Ich kam auch kaum dazu, meine Tochter zu vermissen. Dabei war es das erste Mal, dass ich ohne Johanna in den Urlaub fuhr, sie war erst zwei Jahre alt. Das mütterliche Gewissen zupfte latent an meinem Unterbewusstsein, und

deshalb zwang ich meinen Mann, alle paar Stunden in der Heimat anzurufen.
Jedes Mal schlief Johanna gerade, oder sie war auf dem Spielplatz beschäftigt, oder es passte aus anderen Gründen nicht. Aber Babuschka Darya ließ ausrichten, es ginge ihr gut, natürlich ginge es ihr gut, was sonst, die Kleine sei schließlich in den besten Händen. Ihren. Und ob der Telefonterror langsam mal aufhören könne? Ich merkte, wie meine Halsschlagader bei jedem vergeblichen Versuch ein wenig mehr anschwoll.
»Wo steckt eigentlich meine Mutter?«, platzte es irgendwann aus mir heraus. »Die wollten sich doch gemeinsam um die Kleine kümmern.«
»Keine Ahnung, vielleicht ist sie einkaufen?«
»Das glaubst du doch selbst nicht! Deine Mutter hat sich Johanna unter den Nagel gerissen, kaum dass wir weg waren!«
»Was soll das denn heißen?«
»Das weißt du ganz genau! Deine Mutter lässt doch keine Sekunde ungenutzt, um …«
In diesem Moment klingelte Artjoms Handy, und er erstickte die Diskussion mit den Worten: »Oh, ein potentieller Käufer. Da muss ich ran.«
Ich verbiss mich ins Dessert. Erziehungsfragen waren ein ständiger Anlass zum Streit zwischen uns. Wie lange Johanna zu schlafen habe, welche Ernährung die beste sei und ob eine Zweijährige schon selbständig einen weichen Plastiklöffel halten könne, ohne sich dabei lebensgefährlich zu verletzen. Artjom war grundsätzlich anderer Ansicht. Ich hatte ihn im Verdacht, dass er lediglich die Meinung seiner Mutter wiedergab, da er sich sonst aus allen familiären Angelegenheiten heraushielt und alles mir überließ.

Matthes, komm mal wieder runter und versau dir nicht den schönen Ausflug!, beschwichtigte ich mich. Wir haben noch genug Zeit, um darüber zu sprechen. Später.
Eigentlich war mir völlig klar, dass Johanna bei ihrer russischen Großmutter nichts passieren konnte. Sie wurde behandelt wie ein rohes Ei, auf Händen getragen, auf Rosenblättern gebettet, umgeben von einem Wall unerbittlicher Liebe, an dem alle schädlichen Einflüsse abprallten. Immerhin wähnte sich meine Schwiegermutter seit zwei Jahren im Wettstreit um den Titel *Beste Oma der Welt,* und sie war entschlossen, ihn ohne Rücksicht auf andere Familienmitglieder zu gewinnen.
Um den fragilen Kiewer Frieden nicht zu gefährden, klammerten Artjom und ich in stillschweigender Übereinkunft fortan alle Problemthemen aus. Unsere Gespräche bewegten sich nur an der Oberfläche, mit großem Geschick umkreisten wir Konfliktbeladenes wie *unsere Tochter, deine Mutter, meine Kanzlei* und *dein merkwürdiger Job* gleich afghanischen Minenfeldern. Unsere Deeskalationsstrategie zeigte Wirkung. Nach zwei Tagen fand zumindest ich, dass mein Mann doch nicht so ein übler Bursche war, und mir dämmerte langsam wieder, warum ich mich jemals in ihn verliebt hatte.
Ob es Artjom ähnlich ging? Ich hatte keine Ahnung, wir redeten ja nicht. Ich nahm mir vor, auch diesen Tag in größtmöglicher Harmonie verstreichen zu lassen, um am dritten endlich Unausgesprochenes anzusprechen. Noch ein paar weitere Stunden voller Harmonie und ohne Streit sollten uns vergönnt sein.
Meine Erwartungen wurden übertroffen. Die Nacht war so mild und lauschig, der georgische Rotwein aus dem Restaurant so süffig und schwer, dass wir gar nicht anders konnten, als uns zu vorgerückter Stunde wild zu küssen

und, engumschlungen, mit leichter Schlagseite zum Hotel zurückzutaumeln. Kichernd wankten wir durch die elend langen, dunklen Flure des Dnipro, warfen uns auf unser quietschendes Bett und hatten nach Monaten der Askese endlich einmal wieder Sex.

»Ach Paula«, seufzte Artjom nach seinem gelungenen Einsatz zufrieden und zündete sich eine Zigarette an, »unser Leben könnte so schön sein. Wir sollten aufhören, uns ständig zu streiten.«

»Wir streiten ja nicht ohne Grund«, erwiderte ich.

»Wir streiten nicht. Du streitest. An allem, was ich mache, hast du was auszusetzen. Immer musst du alles zerreden. Und dann dein Kleinkrieg mit Mam! Mach dich doch einfach mal locker!«

Einfach mal locker machen? Burschi, bei dir ist eine Schraube locker!, dachte ich und sagte: »Lass uns morgen in Ruhe reden, okay? Nicht jetzt.«

»Von mir aus müssen wir gar nicht reden. Ist doch alles prima. Aber wenn es unbedingt sein muss.«

»Es muss. Deshalb sind wir hier«, sagte ich und hoffte, nicht allzu streng zu klingen.

Mitten in der Nacht klingelte Artjoms Handy. »Wieder jemand, der sich für Deduschkas Datscha interessiert. Bin gleich wieder da«, flüsterte er, stand auf und verließ das Zimmer.

»Komische Zeit für Immobiliengeschäfte«, murmelte ich schläfrig und dämmerte sofort weiter.

Das war vor sechsunddreißig Stunden. Seitdem ist Artjom weg. Einfach weg. Spurlos verschwunden.

Als ich gestern nach dem Aufstehen feststellte, dass etwas Wesentliches fehlte, mein Gatte nämlich, sagte ich mir, er sei schon ohne mich frühstücken. Im Restaurant fand ich ihn nicht und bildete mir deshalb ein, dass er vielleicht Besorgungen oder die Datscha käuferfein mache. Nachdem der halbe Tag unbemannt verstrichen war und ich ihn nicht auf dem Handy erreichen konnte, wurde ich langsam sauer. Dieser Mistkerl, dachte ich, will sich vor der Aussprache drücken. Feigheit vor dem Feind, das sieht ihm ähnlich. Konfliktscheuer Waschlappen! Wahrscheinlich trifft er sich mit irgendeinem Kumpel, um über sein schweres Schicksal zu klagen. Dem erzähle ich was, wenn er wieder auftaucht! Letzte Nacht gesellte sich zu meiner mittlerweile rotglühenden Wut eine leichte Sorge. Aus *Den mach ich fertig!* wurde nach und nach *Dem wird doch nichts passiert sein?*. Um einen klaren Kopf zu behalten, musste ich die Minibar plündern, die leider nicht allzu viel hergab. Auf der Suche nach Alkohol verließ ich noch einmal das Zimmer.

Im Restaurant warteten nur ein paar mürrische Kellner auf ihren Feierabend und deckten schon die Tische fürs Frühstück ein, in einer Ecke klimperte der befrackte Klavierspieler vor sich hin.

Er heißt Wladimir und ist wirklich sehr nett. Erst hat er mich zu Wodka, Speck und Brot eingeladen, dann haben wir Brüderschaft getrunken, das nehme ich zumindest an, er versteht weder Deutsch noch Englisch und ich immer noch kein Russisch. Dann habe ich ihm die ganze leidvolle Geschichte meiner Ehe erzählt. Und dann waren wir stockbesoffen.

2.

Nachdem ich meinen Kater erfolgreich mit einer Kopfschmerztablette bekämpft und meine Gedanken sortiert habe, beschließe ich, dass es an der Zeit ist, etwas zu tun. Nicht kopflos werden, Matthes!, ermahne ich mich, systematisch vorgehen! So schnell geht kein Mann verloren. Ich glaube zwar nicht ernsthaft, dass dem Hallodri etwas zugestoßen ist, aber falls ich mich irren sollte, möchte ich mir später nicht anhören, dass ich nichts unternommen hätte.

Zuerst erkundige ich mich an der Rezeption des Dnipro, ob irgendjemand etwas über den Verbleib meines Gatten wisse. Nach den bisherigen Erfahrungen in diesem Etablissement rechne ich nicht ernsthaft mit Unterstützung und werde nicht enttäuscht. Die Reaktion der Empfangsdame ist eine Art beflissene Ignoranz. Bedauerndes Lächeln, beruhigende Gesten und die entschiedene Beteuerung, dass der sich schon wieder einfände.

Also verlange ich nach der Adresse des nächstgelegenen Polizeireviers. Offenkundig ein unerhörtes Anliegen, denn die Dame schüttelt wie wild den Kopf und sagt sehr energisch: »No police, no police!« Mit der Kiewer Exekutive will sie nichts zu tun haben. Verstehen kann ich sie, ich eigentlich auch nicht.

Mit der Faszination des Grauens lauschte ich vor dem Beginn unserer Reise Deduschkas Geschichten über ukrainische Beamte, die eine Form der modernen Wegelagerei betrieben. An jeder Ecke ständen sie und knöpften unschuldigen Bürgern Geld ab, Diskussion zwecklos, der Staatsmacht habe man sich zu fügen, sonst lande man schneller im Arrest, als man *Chodorkowski* sagen könne. Ich glaube

zwar, dass Großvater Alexej übertreibt, sicher bin ich mir jedoch nicht.
Aber es nützt nichts, Artjom ist verschwunden, ich bin mutterseelenallein in einer Fünf-Millionen-Stadt, in der ich mich nicht auskenne. Meine Kenntnisse der Landessprache tendieren gegen null – die üblichen Begrüßungs- und Höflichkeitsfloskeln beherrsche ich, aber wenn ich mich verirrte, könnte ich nicht nach dem Weg fragen, nicht auf Russisch, geschweige denn auf Ukrainisch. Also brauche ich Hilfe.
Als gute Deutsche im Allgemeinen und als Anwältin im Besonderen habe ich unbedingtes Vertrauen in die Staatsmacht und rede mir die nächsten fünf Minuten ein, dass trotz Deduschkas Schilderungen auch in der Ukraine in Notfällen Verlass auf die Behörden ist. Immerhin bin ich mitten in Europa und nicht im Kongo. Deshalb lasse ich die empörte Rezeptionistin stehen, schnappe mir im Zimmer Jacke und Handtasche und marschiere zur Straße vorm Hotel. Dort stand nämlich in den letzten beiden Tagen immer ein Polizeiwagen mit einem Beamten, der den Verkehr kontrollierte.
Und er ist auch heute da, zumindest der Wagen, der Polizist ist nicht zu sehen. Ich stelle mich einfach neben das Fahrzeug und warte. Der wird schon wieder auftauchen, sage ich mir, vielleicht macht er nur eine kleine Pipipause.
Ich warte und warte.
Kein Polizist.
Endlich entdecke ich ihn, er steht auf der anderen Straßenseite, halb im Gebüsch und betrachtet eine Kastanie. Ich rudere mit den Armen und brülle: »Huhu!«
Keine Reaktion, wahrscheinlich hört er mich nicht.
Unter Einsatz meines Lebens laufe ich über die Straße, sie ist mindestens vierspurig, genau kann man das nicht sagen,

denn es gibt keine Fahrbahnmarkierungen, keinen Fußgängerüberweg, keine Ampeln. Autos schießen hupend kreuz und quer an mir vorbei. Mit einem riesigen Satz lande ich neben dem Beamten und keuche: »Dobryj den!«

Der Mann legt einen Finger an seine Lippen, macht: »Schscht«, und deutet in den Baum. Dort sitzt eine Amsel und verspeist einen Regenwurm. Der Naturfreund gibt sich wieder seinen ornithologischen Betrachtungen hin und ignoriert mich. Ich räuspere mich vorsichtig. Ohne seinen Blick von der Kastanie zu wenden, entfernt sich der Polizist ein paar Schritte von mir. Ich rücke auf und tippe zaghaft auf seine Schulter. Er knurrt etwas und dreht mir seinen Rücken zu.

Es reicht mir. Ich bin deutsche Staatsbürgerin. Und ich brauche die örtliche Obrigkeit. Jetzt. Deshalb schreite ich zum Äußersten und klatsche laut in die Hände. Die Amsel fliegt weg. So, mein Freund, denke ich, nun kannst du dich ja um mich kümmern.

Das macht er auch. Ein Schwall ukrainischer Worte ergießt sich über mich, ich gehe davon aus, dass es keine Komplimente sind.

»Iswiniti«, unterbreche ich ihn wagemutig, »sprechen Sie vielleicht Deutsch?«

Der Redeschwall verstummt abrupt. »Schto?«, fragt er und schaut mich aus großen Augen an.

Also kein Deutsch. »Do you speak English?«, nehme ich einen neuen Anlauf. Noch größere Augen und vehementes Kopfschütteln. Also Englisch. »I need your help«, insistiere ich und stelle mich sehr dicht neben ihn, damit klarwird, dass ich nicht vorhabe, ihn wegen unzureichender Sprachkenntnisse aus seiner Pflicht zu entlassen. Sein Kopf wackelt weiter. »Polizia«, sage ich und: »Help, SOS!« Das ist meines Wissens ein gängiges internationales Notrufsignal,

das kann ihn nicht kaltlassen. Dazu versuche ich, möglichst bittend, hilfebedürftig und unterwürfig zu gucken.
Es wirkt. Er spricht etwas in sein Funkgerät, es knarzt, es knackt, es spuckt die Antwort aus. Nun bedeutet mir der Polizist, ihm zu folgen, und geleitet mich durch die hupenden Autos zu seinem Fahrzeug. Ich darf auf der Rückbank Platz nehmen, und los geht die wilde Fahrt. Zufrieden registriere ich, dass er sogar seine Sirene anschmeißt. Endlich versteht er die Dringlichkeit meines Falls.
Wir rasen durch die Stadt, nach einer Minute habe ich komplett die Orientierung verloren.
»Kiew is a beautiful city«, starte ich die Konversation. Der Polizist beäugt mich misstrauisch im Rückspiegel und antwortet nicht. Also schweige auch ich. Zehn Minuten später hält er vor einem sehr imposanten, sehr wichtig aussehenden Gebäude, geleitet mich hinein und führt mich in einen schmucklosen Raum, in dem lediglich ein nackter Tisch, ein Rollcontainer und vier Stühle stehen.
»Wait!«, sagt er noch, dann verlässt er mich grußlos.
Nervös rutsche ich auf meinem Stuhl hin und her und schaue mit wachsendem Unbehagen durch das vergitterte Fenster. Zehn Minuten später kracht die Tür auf, und herein rollt ein kleiner, dicker Mann in einer beigen Uniform. Er watschelt zu dem Stuhl auf der anderen Seite des Schreibtischs, schaut mich streng an und schnarrt: »Passporrrt!«
Schnell reiche ich ihm meinen Reisepass. Nachdem er sich davon überzeugt hat, dass ich bin, wer ich bin, wird sein Gesichtsausdruck etwas freundlicher. »Frrau Matthes, was ist sich Ihr Problämm?«
Er spricht Deutsch! Ich strahle ihn an und antworte artig: »Mein Mann ist verschwunden, seit vorgestern Nacht. Ich möchte eine Vermisstenanzeige aufgeben.«
»Ah, Mann verschwundän. Hatten Sie Strrait?«

»Nein, hatten wir nicht.«
»Und warrrum verschwundän?«
»Das weiß ich nicht. Deswegen bin ich ja hier, ich mache mir Sorgen, dass etwas passiert sein könnte.«
»Kain Strrait?«
»Nein, kein Streit.« Jedenfalls nicht mehr als sonst, denke ich und füge hinzu: »Artjom wollte nur kurz telefonieren, und seitdem ist er weg.«
»Wärr ist Artjom?«
»Mein Mann, wer sonst?«
»Haißt Artjom?«
»Ja, Artjom Polyakow.«
»Oh, russkij?«
»Ja, mein Mann hat die russische Staatsangehörigkeit.«
»Ah.« Schweigen. Der Dicke kratzt sich am Kopf und wirft erneut einen Blick in meinen Pass. »Aber läben in Germanija?«
»Genau, wir leben in Hamburg.«
»Hmm.« Schweigen. Kratzen. »War Mann betrrunkänn?«
»Nein, war er nicht. Mein Mann trinkt nicht.« Jedenfalls nicht übermäßig viel, denke ich.
»Kain Strrait, kein betrrunkänn. Hmm. Was Sie machen in Kiew?«
»Wir machen Urlaub.« Dass wir auch hier sind, um Deduschkas Datscha zu verkaufen, verschweige ich an dieser Stelle besser. Irgendwie habe ich im Gefühl, dass dieser Umstand den Vorgang nur unnötig komplizieren würde.
»Urrrlaub, hmm. Kain Bissness?«
»Nein, kein Bissness.«
»Hmm.« Der Dicke schnauft und denkt angestrengt nach. »Bin ich sichärr, Mann kommt wiedärr.«
»Ihr Optimismus in Ehren, aber wie können Sie da so sicher sein?«

»Ist sich russkij Mann. Verrschwindät. Und kommt wiedärr. Norrmal. Kaine Sorrge.«
»Hören Sie, mein Mann verschwindet nicht einfach. Und natürlich mache ich mir Sorgen. Deswegen möchte ich eine Vermisstenanzeige aufgeben, und ich will, dass Sie ihn suchen. Ich bestehe darauf!«
Der Dicke schnauft wieder, etwas empört diesmal. »Na gutt, mussen Sie Forrmularr ausfullen.« Er greift in eine Containerschublade und schiebt mir drei Din-A4-Blätter zu. Ich werfe einen Blick darauf, schiebe sie zurück und hüstele verlegen. »Gibt es dieses Formular auch auf Deutsch? Oder auf Englisch?«
»Bittä?«
»Ich, äh, kann leider kein Russisch.«
»Sie chaben russkij Mann und können kain Sprrach?«
»Nein, kann ich nicht. Mein Mann spricht fließend Deutsch, und wir leben, wie gesagt, in Hamburg. Da brauche ich nicht so oft Russisch. Ich würde es gern lernen, aber mir fehlt die Zeit dafür, ich bin beruflich und familiär sehr eingespannt.« Ich seufze, er seufzt. Wir legen eine kleine Schweigeminute ein, eingedenk meines schweren Schicksals. »Aber Ihr Deutsch ist wirklich fantastisch«, nehme ich den Faden wieder auf. »Haben Sie das in der Schule gelernt?«
»Militärr. Hunderrtfunftä Jagdbombenfliegärrdivision Grroßenhain.«
»Bitte was?«
»Warr ich stationierrt in Dä-Dä-Ärr, lange Zait.«
»Ach, daher. Sind Sie denn so nett und helfen mir beim Ausfüllen?«
Er ist so nett. Nach einer halben Stunde haben wir die Formalitäten erledigt, ich muss jedes einzelne Blatt signieren, beidseitig. Als Anwältin ist es mir ein wenig unheimlich,

meine verbindliche Unterschrift unter etwas zu setzen, das ich nicht verstehe.
»Na, habe ich jetzt eine Waschmaschine gekauft?«, bemühe ich den alten Scherz.
»Waschmaschine? Brrauchen Sie Waschmaschine? Chabe ich guttä Kontakt, Nachbärr von maine Onkäl chat Waschmaschine!«
»Nein, nein, ich brauche keine Waschmaschine«, versichere ich hastig, »aber brauchen Sie nicht ein Foto von Artjom?«
»Foto? Warrum?«
»Na, für Ihre Suche.«
»Nain, nain, gäht ohne.«
Warum nur glaube ich, dass dieser Kerl alles vorhat, aber bestimmt nicht, nach meinem Mann zu suchen?
»Kann ich Sie telefonisch erreichen?«
»Warrum?«
»Um mich nach dem Stand der Ermittlungen zu erkundigen.«
»Mann kommt wiedärr, kaine Sorrge.«
»Trotzdem hätte ich gern Ihre Telefonnummer.«
Er seufzt erneut, holt einen Zettel aus dem Container und kritzelt etwas darauf. Dann steht er auf, schüttelt meine Hand und will sich von mir verabschieden: »Dasswidanja, Frrau Matthes.«
»Äh, eins noch …«
»Wasss?« Langsam verliert er die Geduld mit mir.
»Wie komme ich denn zum Hotel zurück? Könnten Sie mir ein Taxi rufen?«
»Ah, kain Prroblämm, Kollägä warrtet.«
Und tatsächlich, draußen vor der Tür steht noch immer der Beamte, der mich hergebracht hat. Jetzt bringt er mich zurück. Und ich werde das Gefühl nicht los, dass dieser Ausflug völlig umsonst war.

3.

Zurück im Dnipro, marschiere ich erst einmal zum Empfang, um zu hören, ob mittlerweile eine Nachricht meines Mannes eingetroffen ist. Die Rezeptionistin rollt genervt mit den Augen, nein, keine Nachricht. Ich atme tief durch, nicke ihr möglichst arrogant zu und wanke auf mein Zimmer.

Mein Kopf rotiert. Wo ist Artjom? Ich starre an die Decke und versuche, meine Gedanken unter Kontrolle zu bringen. Vater! Ich werde Vater anrufen, der weiß immer, was zu tun ist. Sagt er jedenfalls. Bisher habe ich davon abgesehen, Artjoms Verschwinden in der Heimat zu melden. Zum einen bin ich bis zur letzten Nacht davon ausgegangen, dass er in der nächsten Sekunde wieder auftaucht, zum anderen wollte ich mir dämliche Fragen ersparen. Doch nun denke ich langsam, dass ich etwas Unterstützung gebrauchen könnte. Wozu hat man schließlich eine Familie?

Mit feuchten Fingern wähle ich die Nummer meiner Eltern. Nach dreimaligem Tuten geht Mutter ran und freut sich außerordentlich, meine Stimme zu hören.

»Paula, wie schön, dass du dich mal meldest! Wie geht's euch? Wie ist das Wetter?«

»Super, Mama, alles super. Sag mal, ist Papa da?«

»Wieso?«

»Weil ich mit ihm sprechen möchte.«

»Wieso? Ist irgendwas?«

»Nein, Mama. Alles prima. Ich möchte nur mal kurz mit Papa plaudern.«

Natürlich ist sie misstrauisch. Ich rufe nie an, um einfach mit Vater zu *plaudern.* Unser Verhältnis ist eher ambivalent. Vater, Richter a. D. vom Hamburger Oberlandesgericht, findet, dass seine Tochter, Anwältin der kleinen Leute und einer überwiegend osteuropäischen Klientel, zu wenig aus ihrem Leben macht. Meine Heirat mit Artjom hielt er für eine Schnapsidee. Ein Russe! Wie kann man nur einen Russen heiraten? Alles Verbrecher!

Mittlerweile hat er seine Meinung ein wenig revidiert, mit dem angeheirateten Rest der Verwandtschaft versteht er sich sogar ausnehmend gut. Trotzdem findet unsere Kommunikation ausschließlich über Mutter als Botin statt. Aber da sie zur Hysterie neigt, habe ich beschlossen, erst mal nur ihm von Artjoms Verschwinden zu erzählen.

»Einen Moment, bitte«, näselt sie nun, »dein Vater ist mit Alexej im Garten und pflanzt Zypressen.«

»Zypressen? In Hamburg?«

»Ja, warum denn nicht?«

»Ist es nicht viel zu kalt bei uns?«

»Das sind sibirische Zypressen, sagt Alexej. Die können Frost ab.«

»Na, dann ist ja gut. Kannst du jetzt Papa holen?«

»Schon gut, schon gut, wenn du partout keine Zeit hast.« Beleidigt legt sie den Hörer beiseite. Sie könnte ihn auch mitnehmen in den Garten, schließlich funktioniert der Apparat schnurlos. Aber Mutter misstraut der Technik. Telefoniert wird da, wo das Kabel in die Wand geht, Punkt.

Es dauert eine Ewigkeit, bis Vater sich zum Telefon bequemt. »Paula, was gibt es denn?« Er klingt ein wenig ungehalten, so als hätte ich ihn bei etwas Wichtigem gestört.

»Papa, Artjom ist weg.«

»Weg? Wie weg?«

»Na, weg eben. Verschwunden. Seit vorgestern Nacht.«

»Habt ihr euch mal wieder gestritten?«

»Nein, haben wir nicht.«

»Wenn du dich ständig mit deinem Mann streitest, musst du dich nicht wundern, dass er irgendwann die Flucht ergreift.«
»Wir haben uns nicht gestritten! Es war alles in allerbester Ordnung. Papa, hier stimmt was nicht.«
Schweigen und angestrengtes Nachdenken am nordwestlichen Ende der Leitung. Dann sagt Vater: »Also wenn er bis heute Abend nicht auftaucht, solltest du zur Polizei gehen.«
»Da komme ich gerade her. Ich habe versucht, eine Vermisstenanzeige aufzugeben. Aber die haben mich mehr oder weniger abgewimmelt und nehmen die Sache nicht so richtig ernst.«
Vater geht es offenbar ähnlich, denn er lacht kurz und dröhnt: »Na ja, was soll dem auch schon passiert sein? Wahrscheinlich ist er irgendwo versackt.«
»Papa!«
»Jaja, schon gut. Weißt du was? Geh doch zur Deutschen Botschaft. Die wissen mit Sicherheit, was in so einem Fall zu tun ist.«
»Okay, Papa. Das mach ich. Ich halte dich auf dem Laufenden. Aber erzähl Mama nichts. Und Darya auch nicht! Die rastet sonst völlig aus. Wahrscheinlich taucht Artjom gleich auf und …«
»Natürlich taucht der wieder auf. Ein Russe geht so leicht nicht verloren.« Und mit diesen Worten legt Vater einfach auf, die Zypressen warten.

Die Botschaft! Dass ich nicht von allein darauf gekommen bin, wird meinen Erzeuger weiter in der Annahme bestätigen, dass sein einziges Kind zur Lebensuntüchtigkeit neigt. Soll er ruhig, seine Idee ist so genial wie simpel, dass ich ihm gerade nichts übelnehme. Die Botschaft muss mir hel-

fen, ich bin eine Deutsche in Not! Doch zuerst sollte die Deutsche in Not unter die Dusche gehen, um die letzten Wodkaausdünstungen abzuspülen.
Das Bad des Hotelzimmers ist eng und scheußlich grün und hat seine besten Zeiten vor vierzig Jahren hinter sich gelassen. Immerhin ist das stark gechlorte Wasser heute heiß und reichlich vorhanden. Ich werte das als gutes Zeichen. Aus meinem Koffer fische ich eine nicht allzu zerknitterte weiße Bluse und einen dunkelblauen Bleistiftrock. Damit wirke ich seriös und fühle mich auch sofort so.
Unten in der Lobby okkupiere ich den Computer, der Gästen zur Verfügung steht, da ich nicht wirklich an einem erneuten Treffen mit meiner Empfangsdame interessiert bin. Im Nu habe ich die Adresse der Botschaft herausgefunden und nehme eine der Taxen, die draußen bereitstehen. Der Wagen bringt mich in die Altstadt. Inmitten der schönen, historischen Gemäuer steht wie ein Fremdkörper ein grauer, moderner Quader. Da will ich hin.
Entschlossen betrete ich das Gebäude und stehe in einem Atrium. In der Mitte des überdachten und verglasten Innenhofs wächst sogar ein Baum.
Die haben sichs hier aber schick gemacht, denke ich noch, da eilt auch schon ein Wachmann auf mich zu und herrscht mich an. Als er merkt, dass ich Deutsche bin, wechselt er von grob auf galant und führt mich in einen kleinen Besucherraum.
Kurz darauf steckt ein älterer Herr in kariertem Pullunder und Cordhose fragend seinen Kopf zur Tür herein.
»Guten Tag, Frau, äh … Haben Sie einen Termin?«
»Matthes. Paula Matthes. Aus Hamburg. Ich habe keinen Termin, aber mein Mann ist verschwunden.«
»Oh! Seit wann denn?« Interessiert schlüpft er ins Zimmer und setzt sich neben mich.

»Seit vorgestern Nacht. Ich war auch schon bei der Polizei, bin dort aber nicht so richtig weitergekommen.«
Er kichert leise. »Nun ja, die hiesigen Behörden funktionieren etwas anders als bei uns. Wo genau ist Ihr Mann denn verschwunden? Vielleicht hat er sich verlaufen.«
»Nein, hat er nicht.« Unwillig schüttle ich den Kopf. Wer verläuft sich denn schon zwei Tage lang? »Er ist aus dem Hotel verschwunden.«
»Aus dem Hotel?« Der Herr scheint ehrlich erschrocken. »Sie meinen, er ist entführt worden?«
Entführt? O Gott, an diese Möglichkeit habe ich noch gar nicht gedacht. Mir wird schwarz vor Augen, und ich stöhne unwillkürlich auf.
»Na, na«, der Botschaftsangehörige nimmt mitfühlend meine Hand, »wir wollen nicht gleich das Schlimmste annehmen. Wahrscheinlich gibt es eine ganz harmlose Erklärung. Jetzt sind Sie ja hier, und gemeinsam werden wir den Herrn Matthes schon finden.«
»Polyakow«, verbessere ich ihn.
»Bitte?«
»Mein Mann heißt Polyakow. Artjom Polyakow.«
»Ihr Mann ist Ukrainer?«
»Nein, Russe.«
»Ach sooo«, er dehnt den Vokal übertrieben lange. »Ein Russe. Nun ja, das fällt allerdings nicht in unseren Zuständigkeitsbereich. Wir kümmern uns ausschließlich um die Belange deutscher Staatsangehöriger.«
»Prima. Ich bin Deutsche, und für mich ist das Verschwinden meines Mannes von erheblichem Belang.«
»Das verstehe ich natürlich, Frau Matthes«, er drückt meine Hand noch ein wenig fester. »Im Rahmen meiner Möglichkeiten helfe ich Ihnen natürlich. Was führt Sie denn eigentlich nach Kiew?«

»Urlaub.«
»Wirklich? Sie sind nicht geschäftlich hier?«
»Nein!«
»Entschuldigen Sie, aber die meisten Russen, die sich in Kiew aufhalten, verfolgen eher berufliche, äh, Projekte.«
»Wir nicht. Wir machen Urlaub. Erst Sightseeing in der Hauptstadt, dann Baden auf der Krim. Ach ja, und nebenbei wollen wir noch Alexejs Gartenhäuschen loswerden, weil er ja Frau Hinrichs geheiratet hat und in Deutschland bleibt.«
»Äh, wer sind jetzt Alexej und Frau Hinrichs?«
»Deduschka, also der Großvater meines Mannes, und meine Nachbarin.«
»Und die sind auch in Kiew?«
»Nahein, die sind natürlich zu Hause. Sonst müssten wir uns ja nicht um die Datscha kümmern.«
»Ach so. Nun gut, Sie wollen also eine Immobilie verkaufen. Dann sind Sie doch geschäftlich in Kiew.«
Bemüht ruhig erwidere ich: »Wenn Sie so wollen. Aber hauptsächlich machen wir hier Urlaub.«
»Nun gut, belassen wir es vorerst dabei. Haben Sie sich denn mit Ihrem Mann gestritten?«
»Nein, wir haben uns nicht gestritten.«
»Es kann also nicht sein, dass Ihr Mann Sie, äh, verlassen hat?«
»Nein! Warum sollte er?«
»Nun ja«, er hüstelt, »das kommt in den besten Ehen vor.«
»Bei uns aber nicht. Wir sind gerade nach Kiew gekommen, um endlich mal wieder Zeit füreinander zu haben und uns auszusprechen.«
»Aha! In Hamburg hatten Sie also Eheprobleme.«
Dir hau ich gleich ein paar rein!, denke ich und funkle ihn an. Als ahnte er meine Gedanken, rückt er etwas von mir ab und lässt auch endlich meine Hand los.

»Frau Matthes, entschuldigen Sie, dass ich so insistiere. Aber ich versuche nur, das Problem einzugrenzen und herauszufinden, warum Ihr Mann Sie verlassen hat.«
Es reicht. »Artjom hat mich nicht verlassen!«, brülle ich und springe auf. »Da stimmt was nicht! Er würde mich nicht einfach in einer fremden Stadt allein lassen.«
»Okay, okay.« Auch er ist vorsichtshalber aufgestanden, »Frau Matthes, beruhigen Sie sich doch bitte. Wissen Sie was? Ich bitte einen unserer ukrainischen Mitarbeiter, die Krankenhäuser abzutelefonieren. Vielleicht ist Ihr Mann in der Nacht noch etwas trinken gegangen und nur von einem Auto angefahren worden.«
Nur von einem Auto angefahren worden? Nur? Der hat sie doch nicht mehr alle, denke ich, finde aber, dass das der erste vernünftige Vorschlag ist. Er verspricht, sich bei mir zu melden. Ich gebe ihm meine Handynummer und erwähne, dass ich im Hotel Dnipro wohne.
»Ach, das Dnipro«, sagt er versonnen, »das war zu Sowjetzeiten ein doller Schuppen. Ist ziemlich runtergewirtschaftet und völlig überteuert, wenn Sie mich fragen.«
Darin zumindest stimmen wir völlig überein.

Als ich aus der Botschaft taumle, wird mir schwindlig. Ich schaue auf die Uhr, schon später Nachmittag, und ich habe noch nicht mal gefrühstückt. Appetit verspüre ich keinen, lasse mich aber vom Taxi direkt am Kreschtschatik absetzen und betrete eines der zahlreichen Restaurants. Ich muss etwas essen, sonst lande ich im Krankenhaus.
Wahllos bestelle ich mir irgendwelche Gerichte von der Karte. Als die dampfenden Speisen vor mir stehen, merke ich, dass ich richtig ausgehungert bin. Abwechselnd schaufele ich mir frittierten Tintenfisch, Schaschlik, Pilze in Sahnesoße und gebackene Kartoffeln zwischen die Zähne.

Kauen, schlucken, kauen, schlucken. Wahrscheinlich ist das Essen sehr gut, ich schmecke fast nichts, es ist, als würden unterschwellige Sorgen und Wut alle anderen Empfindungen blockieren. Trotzdem geht es mir nach der Mahlzeit bedeutend besser, zumindest körperlich.
Die plötzliche Energiezufuhr versorgt auch mein Gehirn mit den nötigen Nährstoffen, meine Gedanken flitzen erneut hin und her.
Was soll ich jetzt nur machen?
Was kann ich überhaupt machen?
Soll ich zur Datscha fahren? Schließlich ist Artjom verschwunden, als er mit einem möglichen Käufer telefonierte. Und vielleicht wollte der die Laube sofort sehen.
Mitten in der Nacht, im Stockdunkeln? Das macht keinen Sinn. Oder doch?
Vielleicht liegt Artjom dort mit eingeschlagenem Schädel? Matthes, reiß dich zusammen, was für ein Quatsch!
Ich bin ein analytischer Mensch und gehe Probleme planvoll an. Und normalerweise neige ich auch nicht zu emotionalen Überreaktionen. Doch meine momentane Lage ist so absurd, so unfassbar, dass ich kurz vorm Hyperventilieren bin. Ich weiß nämlich gar nicht, wo die Datscha ist. Ich weiß nur, dass sie am Rand von Kiew in einem kleinen Waldstück liegt, zusammen mit Hunderten anderer Datschen. Die Adresse hat natürlich Artjom. Im Kopf, nicht aufgeschrieben. Mein Mann bildet sich viel ein auf sein gutes Gedächtnis.
Der Kellner, der meine Kurzatmigkeit als akute Verdauungsschwierigkeiten deutet, serviert unaufgefordert einen Wodka. Ich kippe den Klaren in einem Zug hinunter, und ein Ideenblitz erhellt meinen Kopf. Mensch, Matthes, du Volltrottel, denke ich, warum hast du eigentlich nicht schon längst Mischa angerufen? Es ist zwar unwahrscheinlich,

dass er die Adresse hat, aber er ist Artjoms bester Freund, und er ist Russe. Wenn einer weiß, was hier los ist und wo mein Mann stecken könnte, dann Mischa.
Ich werfe einen Blick auf mein Handy. Früher Abend, Mischa müsste schon aufgestanden sein. Er unterhält in Hamburg mehrere Nachtclubs, die, wie er sich vornehm ausdrückt, nur männlichen Gästen offenstehen. Deshalb unterscheidet sich seine Arbeitszeit etwas von der eines Bankmanagers. Aufgeregt wähle ich seine Nummer.
»Allo?«
»Hallo Mischa, hier ist Paula.«
»Wer?« Die Verbindung scheint nicht die allerbeste zu sein.
»Pauuuula!«, brülle ich.
»Pauuuula!«, brüllt er zurück. »Was gibt's? Ich denke, ihr seid in Kiew?«
»Sind wir auch. Also ich zumindest. Wo Artjom ist, kann ich dir leider nicht sagen. Der ist nämlich weg.«
»Was?«
»Weheg!«
»Weg?«
»Ja, genau, er ist vorgestern verschwunden. Und nein, wir haben uns nicht gestritten.«
»Vorgestern? Und da rufst du erst jetzt an?« Mischa klingt alarmiert.
In knappen Worten schildere ich ihm, was passiert ist, dass ich bei Polizei und Botschaft war, mir aber keiner wirklich helfen wollte. Mischa schweigt eine Weile und atmet dabei schwer.
»Mischa, weißt du irgendetwas?«
»Ich? Ich weiß gar nichts«, sagt er, für meinen Geschmack ein wenig zu schnell. »Wo genau bist du jetzt gerade?«
»Im Restaurant.«

»Im Restaurant? Na, du hast Nerven! Deinem Mann ist sonst was passiert, und du gehst schick essen.«
»Ich bin nicht schick essen, ich hatte nur …«
»Pass auf«, unterbricht er mich unwirsch, »du gehst sofort in dein Hotel! Sofort, Paula! Da bleibst du, bis ich mich wieder melde. Und lass die Polizei aus dem Spiel, hörst du? Die machen sowieso nichts, nur Ärger. Ich kümmere mich.«
»Wie willst du dich denn von Hamburg aus darum kümmern?«, frage ich erstaunt.
»Ich mach das schon, vertrau mir. Und du, du machst nichts, gar nichts, und bleibst ruhig. Es kommt schon alles wieder in Ordnung«, sagt er, aber seine Stimme klingt angespannt. »Ich rufe dich spätestens morgen früh an.«
Ich atme tief ein. Endlich einer, der mich ernst nimmt. Etwas zu ernst vielleicht.
Mischa scheint wirklich beunruhigt zu sein. Und das beunruhigt mich. Der weiß doch was!
Und was soll dieses unheilschwangere *Geh sofort ins Hotel?*
Droht mir irgendeine Gefahr?
Unauffällig schaue ich mich um. Das Restaurant ist voller harmloser Touristen, weit und breit kann ich keine finstere Gestalt ausmachen. Da es langsam dunkel wird, zahle ich jedoch schnell, haste zum Dnipro zurück und verbarrikadiere mich in meinem Zimmer.
Ich ziehe die Vorhänge zu, von unten brandet das immerwährende »Uiuiui« der Polizeisirenen hinauf. Draußen auf dem Flur nähern sich schlurfende Schritte und entfernen sich wieder. Nicht die Nerven verlieren, Matthes!, sage ich mir. Bloß nicht die Nerven verlieren! Du bist hier nicht in einem Agententhriller.
Trotzdem stelle ich den Fernseher an, der nur einheimische

Sender empfängt, aber einen alles überdeckenden Geräuschteppich liefert. Dann werfe ich einen Blick in die Minibar. Glück muss der Mensch haben! Das Toilettenpapier ist zwar seit zwei Tagen alle, aber der Wodka wurde nachgefüllt. Das Personal des Dnipro weiß, worauf es ankommt. Ich lege mich angezogen und mit der Flasche im Arm ins Bett. Ich bin so erschöpft, dass ich fast augenblicklich einschlafe.

Das Piepen meines Handys weckt mich. Artjom? Auf jeden Fall eine SMS.

Komm Borispol heute. 13.05 Uhr. KL1385.

Bitte was? Wer kommt zum Flughafen? Ich starre auf die Nummer, die ich nicht kenne. Schnell rufe ich zurück. Eine freundliche Automatenstimme erklärt mir, dass der Teilnehmer vorübergehend nicht zu erreichen sei. Aber es kann sich nur um Mischa handeln. Ein kleines Hochgefühl durchflutet mich. Mischa kommt! Ab morgen Mittag bin ich nicht mehr allein.

Erleichtert drücke ich die Flasche Wodka an mich. Wer weiß, denke ich beim Einschlafen noch, vielleicht ist Artjom dann schon wieder da, und wir laden Mischa ganz nobel zum Essen ein und betrinken uns und lachen über die hanebüchene Geschichte, die mein Mann uns auftischt.

4.

Hanebüchene Geschichten waren in den drei Jahren unserer Ehe eine Spezialität meines Mannes. Nie war er um eine Ausrede verlegen, wenn es galt, sich vor Verpflichtungen und Anstrengungen zu drücken. Er erfand die allerschönsten Histörchen, warum er dies nicht tun konnte, jenes nicht zu schaffen war und es ihm im Allgemeinen nie gelang, pünktlich zu sein. Von nicht vorhersehbaren Straßenvollsperrungen über überraschend auftauchende uralte Bekannte bis hin zu unerklärlichen Kreuzschmerzen, die so schnell verschwanden, wie sie kamen – *Spontanheilung, Paula, Spontanheilung!* –, war wirklich alles dabei.

Am Anfang lachte ich noch darüber und war nahezu gerührt von seinen fantasievollen Ausschmückungen. Erst nach und nach begriff ich, was es bedeutet, mit einem russischen Mann verheiratet zu sein. Und nach und nach verging das Lachen.

Wir hatten überstürzt geheiratet, als wir uns gerade vier Monate kannten. Ich war so unglaublich verliebt, dass kein Raum für Zweifel blieb. Artjom war wahnsinnig sexy, umwerfend charmant, unglaublich klug, übermäßig gefühlvoll, und er besaß diese gewisse Leichtigkeit, die mir als unterkühltem Kopfmenschen vollkommen abging.

Nur alltagstauglich war er nicht.

Alle haushälterischen, familiären und sonstigen Angelegenheiten überließ er mir. Nein, Artjom verlor sich nicht im Klein-Klein des täglichen Lebens, dafür hatte er das große Ganze im Blick, wie er mir stets versicherte. Von Zeit zu Zeit fuhr er für vorab nicht immer genau definierte Zeiträume in andere Städte, um dort als Eventmanager tätig zu

sein, und ließ mich mit seiner Familie allein. Merkwürdigerweise fanden diese Arbeitseinsätze meist dann statt, wenn zu Hause Probleme drohten, einen ursächlichen Zusammenhang stritt er jedoch ab.
War Artjom beruflich unterwegs, saßen täglich meine Schwiegermutter Darya, mein Schwiegervater Rostislav und Großvater Alexej in meiner Kanzlei und hielten mich von der Arbeit ab. Irgendeine Sache gab es immer zu besprechen, um irgendetwas musste ich mich immer kümmern. Schnell begriff ich, dass ich nicht nur einen Mann, sondern gleich seine ganze Sippe geheiratet hatte.
Da ich ein eher distanziertes Verhältnis zu meinen Eltern pflegte, war mir dieser dauernde verwandtschaftliche Kontakt anfangs fremd, ich gewöhnte mich aber daran. Woran ich mich nicht gewöhnte, war Daryas Übergriffigkeit. In alles mischte sie sich ein, alles wusste sie besser, alles konnte sie besser. Das machte sie mir unmissverständlich klar, auch wenn sie kaum Deutsch sprach. Mit der Zeit gewöhnte ich mir an, ihr zwar in allem recht zu geben, insgeheim aber das zu tun, was ich für richtig hielt. So gelang es mir, sie einigermaßen auf Abstand zu halten.
Kurz nach unserer Hochzeit wurde ich schwanger. Und damit fingen die Probleme erst richtig an.
Es war nicht so, dass ich mich nicht auf das Kind freute. Ich hätte mir nur mehr Zeit gewünscht. Zeit, um mich an die veränderte Lebenssituation zu gewöhnen, um etwas wie einen normalen Alltag zu schaffen. An Normalität war jedoch überhaupt nicht mehr zu denken. Kaum dass wir die anderen über das bevorstehende freudige Ereignis informiert hatten, flippten alle aus.
Mutter heulte wochenlang jedes Mal, wenn sie mich sah.
»Ich werde Oooooma«, schniefte sie, »dass ich das noch erleben darf!«

Vater, der Sentimentalitäten von jeher hasste, ignorierte seine Frau völlig, zwang allerdings Artjom zu ausufernden Vieraugengesprächen, in denen Worte fielen wie *Verantwortung, Ausbildungsversicherung* und *stabiles finanzielles Fundament.* Alles Begriffe, mit denen ein russischer Mann nicht unbedingt etwas anfangen kann.
Darya witterte ihre Chance und zog quasi bei uns ein. Mit dem Hinweis auf meinen Zustand untersagte sie mir schon in der achten Schwangerschaftswoche jegliche körperliche Anstrengung und führte fortan unseren Haushalt. Oder tat zumindest das, was sie darunter verstand. Nichts fand ich mehr wieder, sogar meine Unterhosen räumte sie in einen anderen Schrank, meine Dessous sortierte sie gleich aus, mit dem Hinweis, dass ich die ja bis auf weiteres nicht mehr brauchte.
Jeden Morgen zwängte ich unter ihrer Aufsicht ein Glas Kwass hinunter, jener scheußliche, aber ungemein gesunde Brottrunk, den Rostislav selbst braute. In den ersten Monaten litt ich fürchterlich unter Schwangerschaftsübelkeit, allein der Gedanke an Kwass drehte mir den Magen um. Doch Darya war unerbittlich und ich durch die ständige Kotzerei zu geschwächt, um ihr nachhaltig Widerstand zu bieten.
Kiloweise schleppte sie zudem von Rostislav gebratene Leber an, um mich damit zu füttern.
»Warum soll ich eigentlich jeden Tag Leber essen?«, fragte ich Artjom.
»Eisen, Paula. Da ist jede Menge Eisen drin. Das brauchst du jetzt.«
Meine Gynäkologin war hocherfreut über meine bombastischen Eisenwerte, bis sie den Grund dafür erfuhr.
»Sie essen viel Leber?«, fragte sie. »Das lassen Sie mal besser sein. Nehmen Sie lieber Tabletten, auch wenn Leber Ihr Leibgericht ist.«

»Ist es doch gar nicht«, stöhnte ich.
Darya war jedes Mal beleidigt, dass ich zu meiner Frauenärztin fuhr und mich weigerte, sie mitzunehmen. Dass ich überhaupt eine einheimische Medizinerin wählte und keinen russischen Arzt, gefährdete ihrer Meinung nach auf unverantwortliche Weise das Leben ihres ungeborenen Enkelkindes. Und nun hatte sie noch nicht einmal die Möglichkeit, der deutschen Stümperin auf die Finger zu gucken. Ein Unding!
Zum Glück gab es Deduschka. Er kam täglich vorbei, um meinen Blutdruck zu messen und mir tief in die Augen zu schauen, immerhin war er Zahnarzt und somit vom Fach, ansonsten enthielt er sich jeglichen Kommentars. Als Mann mit einem Sinn fürs Praktische begann er stattdessen, das Mobiliar fürs zukünftige Kinderzimmer zu bauen. Stolz präsentierte er uns Babywiege, Wickelkommode und Kleiderschränkchen, alles in strahlendem Hellblau und mit geschnitzten weißen Herzen verziert. Von den Schwangerschaftshormonen weichgespült, brach ich in Tränen aus und war für eine Stunde nicht wieder zu beruhigen.
»Und wenn es ein Mädchen wird, malen wir die Herzen einfach rosa an«, sagte ich später zu Artjom.
»Mädchen? Was redest du? Wir bekommen natürlich einen Sohn«, antwortete mein Mann, und damit war die Geschlechterfrage für ihn vorerst geklärt.
Ich war nicht sicher, was mir lieber war. Mal präferierte ich eine Tochter, vor meinem geistigen Auge sah ich ein kleines, wildes Ding, charakterlich mehr Pippi Langstrumpf als Primaballerina. Mal sehnte ich mich nach einem Sohn mit den braunen Augen und dem schwarzen Haar seines Vaters, der schon als Knirps ganz Gentleman war und seiner Mutter jeden Wunsch von den Augen ablas.
In regelmäßigen Abständen fragte mich meine Gynäkolo-

gin, ob ich nicht wissen wolle, was es werde, sie wüsste es nämlich – und dabei schaute sie mich jedes Mal triumphierend lächelnd an. Im sechsten Monat gab ich nach. Schließlich galt es, rechtzeitig einen Namen für den Nachwuchs zu finden. Und mir war völlig klar, dass gewisse Familienmitglieder ein Mitspracherecht forderten und der Entscheidungsprozess sich langwierig gestalten könnte.
Mutter und Darya schleppten schon seit Wochen Namenslexika mit sich herum und hauten sich gegenseitig ihre Vorschläge um die Ohren. Die deutsche Seite plädierte dabei für *Alexander* oder *Tabea,* der russische Part hielt mit *Nikita* und *Ljudmila* eisern dagegen. Mir gefiel nichts von alledem.
»Es ist ein Mädchen!«, rief meine Frauenärztin.
Ach du Scheiße, durchfuhr es mich, der arme Artjom! Gleichzeitig durchströmte mich ein heißes, brennendes Gefühl, das ich als ersten Anflug von Mutterliebe deutete. Natürlich musste ich wieder weinen. Und aus irgendwelchen unerklärlichen Tiefen stieg ein Name empor. Johanna! Meine Tochter würde Johanna heißen.
Johanna, Johanna, Johanna, dachte ich beschwingt, als ich nach Hause fuhr. Und: O Gott, o Gott, wie sag ich's meinem Mann?
Deshalb machte ich einen kleinen Umweg über den nächstgelegenen H&M und erstand ein weißes Kleidchen, bedruckt mit bunten Schmetterlingen, einer Satin-Schleife am Rücken und Tüll am Rocksaum. Artjom liebte Kitsch. Gewappnet trat ich den Gang nach Hause an.
Als mein Gatte kam, erwartete ihn ein festlich gedeckter Tisch, und in der Pfanne brutzelten Filetsteaks.
»Gibt's was zu feiern?«, fragte er gutgelaunt.
»Och, wie man's nimmt. Aber setz dich doch erst mal, Schatz. Wie war dein Tag?«

»So weit okay. Und deiner?«, antwortete er ohne Argwohn, seine Aufmerksamkeit galt allein dem Fleisch, das nun auf seinem Teller dampfte.
»Also ich war ja heute wieder bei der Ärztin, Ultraschall, du weißt …«
»Hmm, mmh«, mümmelte er vor sich hin, »fie farf?«
»Alles super. Unserer Tochter geht es blendend.«
»Faf?«
»Mit unserer Tochter ist alles okay.«
»Paula!« Entschlossen schluckte er seinen Bissen hinunter. »Bist du irre? Wir bekommen einen Sohn!«
»Nein, Schatz. Es wird ein Mädchen.«
»Wer sagt das?«
»Die Gynäkologin.«
»Papperlapapp. Woher will die das denn wissen?«
»Das ist ihr Job, Artjom. Und das kann sie auf dem Ultraschall eindeutig erkennen, sie hat's mir gezeigt. Ein Mädchen, kein Zweifel.«
Klirrend ließ Artjom sein Besteck fallen, rang nach Luft und mit den Worten. Wohlweislich hatte ich eine Flasche Cognac besorgt und goss ihm ein Wasserglas voll. Er stürzte es hinunter und saß wie vom Donner gerührt da.
»Guck mal!«, rief ich und zauberte das Kleidchen hervor. »Ist das nicht süß?«
Er starrte erst das Kleid an, dann mich, dann brach er in Tränen aus.
»Eihein Mähädchen«, heulte er, »meiheine kleiheine Prinzehessin!«
Na also, Matthes, geht doch!, dachte ich und stürzte mich auf Artjoms Steak. Ich hatte einen Bärenhunger.

Die Nachricht, dass der Nachwuchs weiblich würde, löste beim Rest der Sippe unterschiedliche Reaktionen aus. Vater gab vor, dass es ihm piepegal sei, Hauptsache, gesund. Mutter war völlig aus dem Häuschen vor lauter Glück. Rostislav weinte – ob aus Freude oder vor Entsetzen, verriet er uns nicht. Alexej wischte sich die Augen trocken und krempelte die Ärmel hoch. Mit der Schleifmaschine rückte er seinen Möbeln zu Leibe und lackierte sie um.

Darya wurde ganz still und blass und verließ nach der Verkündung wortlos unsere Wohnung. Meine Güte, dachte ich unwillkürlich, das ist doch kein Weltuntergang. So eine blöde Kuh! Nach ein paar Sekunden schämte ich mich. In einem unserer seltenen einträchtigen Momente hatte sie mir einmal erzählt, dass sie eine Tochter gehabt hatte, die im Alter von vier Jahren an Tuberkulose gestorben war. Und nun bekam sie eine Enkelin. Von Mitgefühl und meinen Hormonen gebeutelt, verkroch ich mich auf dem Sofa.

Schon nach ein paar Tagen war Darya wieder die Alte. Und stieg mit mir in den Ring. Artjom hatte ich unter Einsatz sündiger Seidenwäsche davon überzeugt, dass Johanna der wundervollste und eleganteste Mädchenname war, den man sich nur vorstellen konnte.

»Johanna«, meinte Artjom befriedigt, »das klingt richtig gut.«

»Jooo-channa.« Darya drehte und wendete das Wort in ihrem Mund wie ein zähes Stück Fleisch. »Jooo-channa!«, spuckte sie es aus. »Njet!«

»Doch, doch«, sagte ich.

»Tolka tscheriss moj trup!«, schrie sie.

»Was hat sie gesagt?«, fragte ich Artjom.

»Nur über meine Leiche.«

Sehr gern, dachte ich, wirklich sehr gern.

5.

Infernalisches Kindergeschrei weckt mich. Johanna! Ich setze mich im Hotelbett auf und schaue mich verwirrt um. Das Gebrüll kann kaum von meiner Tochter stammen, erstens brüllt sie eher selten, sie ist ein stilles Kind, und zweitens bin ich in Kiew, und sie ist in Hamburg.

Das Geschrei verstummt, es muss aus einem der umliegenden Zimmer gekommen sein. Ein Blick auf die Uhr zeigt mir, dass es schon neun ist, höchste Zeit also, um aufzustehen. Ich strecke mich ausgiebig, mein Nacken ist etwas steif. Ich vermute, dass es weniger an der schlechten Matratze liegt, sondern vielmehr daran, dass ich auf der vollen Wodkaflasche geschlafen habe. Schnell stelle ich sie in die Minibar zurück. Spätestens um halb zwölf sollte ich mich auf den Weg zum Flughafen machen, um die Hamburger Nahkampfwaffe abzuholen. Vorher will ich duschen, frühstücken, ein Zimmer für Mischa reservieren – und zu Hause anrufen!

Gestern war kaum Zeit, an Johanna zu denken, in diesem Moment vermisse ich sie fürchterlich. Ob sie mich auch vermisst? Oder bleibt ihr beim Rundum-Entertainment-Programm ihrer Babuschka keine Zeit, irgendetwas zu vermissen? Egal, solange der Verbleib des Kindsvaters ungeklärt ist, muss ich wenigstens wissen, dass meine Tochter wohlauf ist.

Schnell rufe ich auf Daryas Handy an. *Diese Nummer ist nicht vergeben.* Wie bitte? Erneuter Versuch, gleiche Ansage. Typisch, denke ich, mal wieder das Handy verloren und vergessen, die neue Nummer durchzugeben. Normalerweise macht es mir nichts aus, wenn ich meine Schwiegermut-

ter nicht erreichen kann, im Gegenteil. Jetzt aber finde ich das unerhört.
Ich wähle die Nummer meiner Eltern, um Mutter auf Daryas und Johannas Spur zu setzen. Nachdem ich dreißig Sekunden dem Freizeichen gelauscht habe, immerhin existiert der Anschluss noch, gebe ich auf. Wo sind die nur? Vielleicht im Garten, dort hört man das Telefon nicht. Ich werde es nach dem Frühstück noch einmal probieren.
Mir selbst geht es heute ein ganzes Stück besser als gestern: Ich habe keinen Kater, dafür aber in ein paar Stunden tatkräftige Unterstützung bei der Suche nach meinem abtrünnigen Gatten. Jetzt, bei Tageslicht betrachtet, bin ich mir auch wieder sicher, dass ihm nichts zugestoßen ist. Mit Mischas Hilfe werde ich Artjom schon auf die Schliche kommen. Und dann gnade dir Gott, Burschi, denke ich siegessicher.
Nach ausgiebiger Körperhygiene und einer opulenten Mahlzeit steuere ich gestärkt die Rezeption an. Und da sitzt sie auch schon, meine Lieblingsmitarbeiterin! An ihrem Blick kann ich erkennen, dass sie sich über unser Wiedersehen genauso freut wie ich. Ich setze mein charmantestes Lächeln auf und erkläre, dass ich ein weiteres Zimmer brauche. Sie schüttelt den Kopf, man sei ausgebucht.
Ausgebucht? Das Dnipro hat zwölf Stockwerke, die Lobby ist wie immer menschenleer, im Speisesaal habe ich in den letzten Tagen nur eine Handvoll Leute gesehen. Will die mich verarschen? Kurz denke ich über den Einsatz körperlicher Gewalt nach, entscheide mich dann aber für die *russkij metod.* Von Mandanten und Familie Polyakow habe ich schließlich gelernt, dass in derartigen Fällen unorthodoxe Lösungsansätze eher zum Ziel führen.
Diskret schiebe ich eine Hundert-Grivna-Note über den Tresen. Die rechte Augenbraue der Hotelangestellten zuckt

in die Höhe und verharrt dort. Ich schiebe schnell einen zweiten Schein hinterher. Die Augenbraue sinkt, ihre Finger fliegen über die Tastatur des Computers. So ein Zufall, da sei tatsächlich gerade eine Senior Suite storniert worden, Superior, verstehe sich. Auch der Preis ist superior, aber es nützt nichts, ich muss sofort bezahlen, also lasse ich dem Bargeld meine Kreditkarte folgen.

Erledigt. Innerlich setze ich auf meiner imaginären To-do-Liste einen Haken und wende mich dem nächsten Punkt zu: erneuter Anruf in Hamburg. Nach wie vor geht bei meinen Eltern niemand ran, ich probiere es außerdem bei Rostislav, Alexej und sogar Frau Hinrichs. Fehlanzeige, kein Schwein hebt ab, keine Sau interessiert sich für mich. Wo sind die denn alle? Zum Glück habe ich keine Zeit mehr, darüber nachzudenken, es ist Viertel nach elf, ich muss zum Flughafen.

Auf der Taxifahrt summt mein Handy aufgeregt in der Handtasche. Na also, denke ich, endlich sind die in Hamburg aufgewacht. Umständlich fummle ich das Gerät heraus.

»Ja, hallo?«

Es macht krch, krch, krch, es rauscht und knackt, ich verstehe nur Wortfetzen.

»... lo, ... ischa, ... tjom ...«

»Hallo? Wer ist denn da? Die Verbindung ist ganz, ganz schlecht, ich kann kaum was hören. Hallo?«

»... ischa, ... ischa! ... axim ... ommt ... otel ... ipro!«

»Mischa, bist du das?«

»... aha ...«

So ein frecher Hund! Telefoniert einfach im Flieger. Das sieht ihm ähnlich, seiner Meinung nach sind Regeln dazu da, umgangen zu werden. Doch jetzt ist nicht der richtige Zeitpunkt für gouvernantenhafte Ermahnungen, deshalb brülle ich: »Gut! Ich bin so froh, dass du kommst. Ich bin schon auf dem Weg zum Flughafen, und ein Zimmer habe ich auch für dich gebucht.«

»… as? … äter … och mal! Maxi … otel … ipro!«

»Genau, maximal, alles bestens, bis später, also bis gleich!«

Auf Mischa ist Verlass, denke ich und surfe auf einer Welle der Erleichterung Richtung Borispol. Der Verkehr ist unerwartet überschaubar, keiner der berüchtigten Kiewer Staus stoppt uns, zügig nähern wir uns auf der riesigen Autobahn dem Ziel. Ich weiß gar nicht, warum Alexej immer nörgelt, die Straßen in der Ukraine seien so schlecht. Die hier ist tipptopp und nagelneu.

Der Flughafen allerdings ist ein Witz. Er ist klein und schäbig und unübersichtlich und einer Hauptstadt nicht würdig. Im nächsten Frühjahr soll das neue Terminal eröffnet werden, pünktlich zur Fußballeuropameisterschaft. In der Ferne ahnt man die riesige Baustelle – ein Milliardengrab laut Deduschka.

Ich kämpfe mich zur elektronischen Tafel mit den *Arrivals* durch und suche die Flugnummer KL1385. Das ist gar nicht so einfach, weil die Schrift in aberwitziger Geschwindigkeit zwischen kyrillischen und lateinischen Buchstaben hin und her klappt. Da! Es ist eine holländische Maschine, die via Amsterdam fliegt. Und sie hat eine halbe Stunde Verspätung, wahrscheinlich hat Mischa deshalb noch mal angerufen, wie nett von ihm.

Ich besorge mir einen Kaffee und postiere mich strategisch so, dass ich Ankunftsbereich und Anschlagtafel gleichzeitig im Blick habe. Alle zwei Minuten werde ich von fremden Männern angesprochen, die sich mir als Taxifahrer oder wer weiß was andienen. Ich schüttele den Kopf, ich schnauze *Njet!,* gucke grimmig, sie geben nicht auf.

Erst als die Maschine der KLM gelandet ist, lassen sie von

mir ab und drängen nach vorn. Ich dränge mit, aber es dauert weitere fünfundvierzig Minuten, bis die ersten Passagiere aus Amsterdam durch die Schiebetür treten. Verzweifelt recke ich meinen Hals und mache kleine Hüpfer. Natürlich sind wieder alle größer als ich, so dass ich Angst habe, Mischa zu verpassen. Aber eigentlich kann man Mischa nicht verpassen. Er ist riesig, breitschultrig, sein Glatzkopf müsste mir von weitem entgegenglänzen.
Die letzten Reisenden schlüpfen durch die Tür. Ich laufe mit weichen Knien durch die umherwuselnden Menschen. Wo ist Mischa?
»Poletschka!«
Der schrille Schrei ertönt von schräg links hinter mir. Ich zucke zusammen, so nennt mich nur eine. Ich drehe mich um.
Da steht sie.
Meine Schwiegermutter.
Umgeben von einem Berg aus Koffern und Taschen.
Und sie ist nicht allein. Neben ihr sitzt Mutter auf einem Gepäckstück, vor ihr hängt Johanna schief im Buggy.
»Was um Himmels willen macht ihr hier?«, keuche ich.
»Alläs gutt«, sagt Darya und haucht mir einen flüchtigen Kuss auf die Wange.
Mutter schaut etwas verlegen zu Boden und murmelt: »Wir dachten, dass du vielleicht Hilfe brauchst. Also, äh, streng genommen dachte Darya, äh, dass … Und da hat sie mich überredet.«
Ich reiße Johanna aus dem Kinderwagen, nehme sie auf den Arm und schaue in die unergründlichen, dunklen Augen meiner Tochter. Ruhig erwidert sie meinen Blick, kuschelt sich an mich, schmatzt drei Mal und schläft ein.
»Seid ihr völlig verrückt geworden? Warum habt ihr denn Johanna mitgebracht?«

Darya guckt desinteressiert und tut so, als verstehe sie nicht, was ich sage. Mutter windet sich.
»Kind, ich dachte, du freust dich, wenn wir kommen. Und wir konnten Anni ja schlecht zu Hause lassen.«
»Wieso? Sind Papa, Rostislav und Alexej ausgewandert?«
Darya schnaubt. Das arme Kind einem der Männer anzuvertrauen – undenkbar! Es reicht schon, dass sich die Kindsmutter ständig einmischt. Schließlich ist nur sie in der Lage, Johanna die nötige Fürsorge und Erziehung angedeihen zu lassen.
»Mannomann«, stöhne ich. »Na gut, jetzt seid ihr halt da. Kommt, wir besorgen uns ein Taxi und fahren erst mal ins Hotel. Johanna muss sich ausruhen.«
Ich schaue auf die ganzen Koffer und Reisetaschen und frage: »Wie lange gedenkt ihr eigentlich zu bleiben? Zwei Monate?«
»Paula, wir sind mit Kleinkind unterwegs. Was da alles mitmuss! Das weißt du doch«, echauffiert sich Mutter.
Ich weiß, dass das meiste davon garantiert Darya gehört. Sie reist ungern mit kleinem Gepäck. Wie es sich für eine Diva gehört, hat sie selbstverständlich für jedes Outfit die passenden Schuhe und Accessoires dabei, vom benötigten Beauty-Equipment wollen wir gar nicht erst reden. Auch jetzt ist sie ganz Dame von Welt. Eine Art grau-silberner Turban bändigt ihre wilden Locken, ein extravagantes, mehrlagiges Seidenkleid im gleichen Ton und mit Fransen und Strassbesatz flattert um ihren Körper, Lederhandschuhe und High Heels sind farblich perfekt darauf abgestimmt. Ein Styling, als müsste sie gleich die Fashion Week in New York eröffnen.
Auf der Fahrt zurück in die Stadt erzähle ich Mutter und Darya von Artjoms Verschwinden und meinen bisherigen Anstrengungen, ihn zu finden. Außerdem erwähne ich,

dass ich Mischa um Hilfe gebeten habe und davon ausging, die SMS sei von ihm. Darya unterdrückt ein Lächeln und sagt: »Chandy neu.«
Ich argwöhne, dass sie sich die Nummer extra für diesen Ausflug besorgt hat, damit ich ihren Plan nicht vorzeitig vereitle. Aber insgeheim bin ich diesmal dankbar für die ungebetene Einmischung: Darya wird sich in dieser Stadt problemlos zurechtfinden, sie kann sich in ihrer Muttersprache verständigen und ist mit den örtlichen Gepflogenheiten besser vertraut als ich.
Auch an Selbstbewusstsein und Durchsetzungskraft mangelt es ihr nicht. Kaum haben wir Platz genommen, redet sie bereits auf den Taxifahrer ein, aus ihrem Tonfall schließe ich, dass sie ihm Anweisungen gibt. Merkwürdig, denke ich, während ich sie beobachte. Meine Schwiegermutter wirkt weder beunruhigt noch nervös noch ängstlich. Ich hätte schwören können, dass das Abhandenkommen ihres Kronprinzen sie komplett aus der Fassung bringt. Doch Darya ist die Ruhe selbst. Weiß sie etwas, das ich nicht weiß? Ich beschließe, sie später im Hotel einem eingehenden Verhör zu unterziehen.
Als wir im Dnipro ankommen, eilen wir zur Rezeption. Was für ein glücklicher Zufall, dass ich die Suite gemietet habe! Dort ist sicher genug Platz für Mutter und Darya, Johanna schläft natürlich bei mir.
Ein mir noch unbekannter Portier reagiert sehr aufgeregt, als ich meinen Namen nenne und nach dem Schlüssel frage. »Yourr visitorr therre. Waiting forr you«, erklärt er, wild gestikulierend.
Ich nicke bestätigend und sage, ja, meine Gäste seien angekommen und wie reizend es wäre, dass er schon auf uns gewartet habe. Und es sei doch hoffentlich kein Problem, dass überraschenderweise mehr Personen als gedacht in

der Suite wohnen würden? Vorsichtshalber greife ich schon nach dem Portemonnaie in meiner Handtasche.

»No, no. Yourr visitorr. Overr therre. Miiisterr Schewtschenko«, antwortet er irritiert und zeigt in eine Ecke der auch tagsüber eher düsteren Lobby. Unsere Blicke folgen seinem Gefuchtel. An einer der mächtigen Marmorsäulen lehnt ein Schatten. Der Schatten bewegt sich nun und kommt mit schnellen, lautlosen Schritten auf uns zu. Unwillkürlich halten wir alle den Atem an.

Der Schatten ist ein Mann, nicht besonders groß, vielleicht eins fünfundsiebzig, höchstens eins achtzig, sehr hager. Auf seinem Schädel schimmern durch die grauen, zu Stoppeln rasierten Haare etliche Narben. Sein Gesicht ist schmal, mit hohen Wangenknochen, schiefer Nase und eisigen, hellgrauen Augen, die tief in ihren Höhlen liegen. Er trägt einen schwarzen Pullover, eine schwarze Lederjacke, schwarze Jeans und spitze, schwarze Schuhe. Er sieht nicht nett aus, überhaupt nicht nett.

Wer ist dieser Kerl?, denke ich ängstlich.

»Maxim Schewtschenko.« Seine Stimme ist heiser. Er streckt mir eine tätowierte Hand entgegen, die ich automatisch schüttele. Sein Händedruck ist zu fest und zu kalt.

»Mischa schickt mich. Du hast Prrobläm.«

Oh ja, das habe ich. Und bis eben dachte ich nicht, dass es noch größer werden kann.

6.

Nervös rühre ich in meiner Kaffeetasse, die braune Brühe schwappt auf die weiße Tischdecke. Keiner bemerkt es, wir warten alle auf unseren Neuzugang. Nach einer kurzen, unterkühlten Vorstellungsrunde am Empfang und einem Zimmer-wechsel-dich-Spiel – ich habe meines für den Problemlöser geräumt und bin kurzerhand zu Darya, Mutter und Johanna in die Suite gezogen – haben wir uns im Restaurant des Dnipro versammelt.
Johanna ist müde und rutscht fast von ihrem Stuhl. Kein Wunder, die Frauenkombo ist mitten in der Nacht aufgestanden, um den Flieger um sechs Uhr zehn zu erreichen. Das war einerseits eine unangenehme Uhrzeit, andererseits aber praktisch, da alle dazugehörigen Männer in Hamburg noch schliefen. So konnte man sich unbehelligt aus dem Staub machen.
»Ihr habt Papa und Rostislav nichts erzählt? Ihr seid einfach abgehauen?«
Mutter und Darya nicken einhellig. Ich bin fassungslos, kann mir aber sofort den Grund für die Heimlichkeit denken. Im Hause Matthes herrscht ein strenges Regiment, Vater befiehlt, und Mutter gehorcht. Eigenmächtigkeiten werden nicht gern gesehen und möglichst im Keim erstickt. Dass Darya es nicht für nötig hielt, Rostislav von der bevorstehenden Reise zu berichten, ist ebenso klar. Sie erzählt ihm auch sonst nichts.
»Mensch, habt ihr denn zwischendurch mal zu Hause angerufen? Die machen sich doch Sorgen!«, sage ich, denke aber, dass Rostislav sich eher keine Sorgen machen wird, sondern den überraschend gewonnenen Freiraum zu nutzen weiß.

Mutter kichert und bekommt rote Bäckchen. »Ich habe deinem Vater einen Brief auf den Küchentisch gelegt und ihm geschrieben, dass die Omas mit Johanna ein wenig Wellness machen. In Scharbeutz, an der Ostsee.«
»Und du glaubst, das schluckt er?«
Sie zuckt mit den Schultern.
»Und wenn er anruft?«
»Mein Handy ist ausgeschaltet. Das ist ja auch viel zu teuer, dieses Telefonieren im Ausland«, erklärt sie, und ihre Augen glänzen dabei.
Gerade will ich sagen, dass das so nicht geht und sie Vater die Wahrheit sagen müsse, da taucht der Problemlöser auf und setzt sich wortlos zu uns. Bei Lichte betrachtet, macht er einen noch unheimlicheren Eindruck: Dieser Mann steht unter Strom, unruhig wandern seine zu Schlitzen verengten Augen zwischen den anderen Tischen hin und her, kaum hat er Platz genommen, trommeln seine Finger einen schnellen Takt aufs Tischtuch. Das Geräusch macht mich noch nervöser, am liebsten würde ich ihm auf die Hand hauen. Da mir das meine gute Erziehung verbietet, fixiere ich ihn und frage forsch: »Also, was ist der Plan?«
»Plan?«
»Genau, Plan. Was machen wir denn jetzt? Sie haben doch sicher schon eine Idee. Wo fangen wir mit unserer Suche an?«
»Wirrr?« Verblüfft öffnet er seine Augen.
»Genau, wir. Wer sonst?«
»Ich suchä. Du blaibst im Chotel.«
»Nix da!«, widerspreche ich mutig, wir sind offensichtlich schon beim Du angelangt, da kann man auch offen miteinander reden. »Das ist ja immerhin mein Mann, um den es hier geht. Natürlich komme ich mit. Und die anderen auch!«

»Ich suchä. Allain«, wiederholt Maxim stoisch.
Nun beteiligt sich auch Darya an der Konversation und setzt zu einem mehrminütigen Monolog an. Maxim hört ihr erst ruhig zu, dann verfinstert sich sein Gesicht, dann schlägt er urplötzlich mit der Faust auf den Tisch. »Njet!«
»Kanetschna!«, brüllt Darya zurück.
Eine ganze Weile schreien sie sich an. Mutter und ich ziehen die Köpfe ein, uns ist der Auftritt peinlich. Johanna und die übrigen Gäste betrachten den Disput nur mit mildem Interesse, die öffentliche Befriedung interfamiliärer Konflikte ist Teil des osteuropäischen Lifestyles.
Am Ende der Auseinandersetzung lässt Maxim kaum merklich die Schultern sinken und sagt: »Nu, charascho.«
Na, denke ich, da hat jemand seinen Meister gefunden, und frage beflissen in die Runde: »Noch jemand Kaffee?«
Maxim steht auf. »Kaine Zait. Ich chole Auto. In ainerr Stunde wirr fahrren loss.«
Eine Stunde. Das wird knapp, müsste aber reichen, um etwas zu essen, Darya auf den Zahn zu fühlen und Mischa anzurufen. Und um mich endlich meiner Tochter zu widmen. Ich ziehe Johanna auf meinen Schoß, stecke meine Nase in ihre Haare und flüstere: »Na, meine Süße, deine Omis machen ganz schönen Quatsch, oder? Konntest du sie nicht davon abhalten?«
Natürlich sagt Johanna nichts dazu. Was könnte eine Zweijährige diesen beiden Großmüttern auch entgegensetzen? Außerdem sagt Johanna selten etwas. Und wenn, dann nur auf Russisch. Johanna spricht kein Deutsch. Die drei Worte, die sie ab und an von sich gibt, heißen *Malako, Sosska* und *Baba – Milch, Schnuller, Oma,* und damit kann sie alles benennen, was sie in ihrem kleinen Kosmos braucht.
Unser Kinderarzt meint, wir sollten uns keine Sorgen machen. Bei Kindern, die zweisprachig aufwachsen, sei die

sprachliche Entwicklung oft verzögert. Es sei nur eine Frage der Zeit, dann würde Johanna reden wie ein Wasserfall, auch in ihrer Muttersprache. Sein Wort in Gottes Ohr.

»Die Omis machen Quatsch, und Mami redet Quatsch, was?«, flüstere ich weiter und puste sanft in Johannas Ohr. Sie kichert. »Weißt du was, mein Schatz? Jetzt redet Mama mal kurz mit Babuschka, und dann gehen wir die Windel wechseln, okay?« Sie kichert wieder, ich nehme das als Zustimmung.

»Darya, meine Liebe«, setze ich an und unterbreche die Beschäftigung der beiden Großmütter, die sich interessiert über einen Reiseführer beugen. Den hat sicher Mutter besorgt, sie liebt Reiseführer. Irgendwie habe ich das Gefühl, dass sie den Ernst der Lage nicht verstanden hat.

»Darya, kann es sein, dass du mir noch etwas erzählen möchtest?«

Meine Schwiegermutter tut erstaunt und schüttelt den Kopf.

»Nein? Aber irgendwie habe ich den Eindruck, dass du weißt, wo Artjom ist. Kann das sein?«

Kopfschütteln.

»Darya, ich mache mir sehr, sehr große Sorgen um deinen Sohn. Wenn du etwas weißt, was uns weiterhilft, dann sag es doch einfach.«

Kopfschütteln.

»Dascha, bitte«, ändere ich meine Taktik, »wir sind doch eine Familie. Da sollten wir keine Geheimnisse voreinander haben und uns vertrauen. Vertraust du mir etwa nicht?«

Darya überlegt einen Moment, auf diese Frage kann sie unmöglich mit Kopfschütteln antworten. Dann erhebt sie sich, sagt: »Toilett«, und entschwindet. Sie ist sich sicher, dass ich viel zu wohlerzogen bin, um eine Dame von ihren Geschäften abzuhalten. Und sie hat recht.

Alles klar, denke ich, natürlich weißt du etwas. Und ich krieg's raus, das schwör ich dir. Ich klemme mir Johanna unter den Arm und bitte Mutter, schon mal etwas zu essen zu bestellen, während ich die Kleine frisch mache und mit Mischa telefoniere.
»Russische Mafia«, wispert Mutter.
»Was?«
»Maxim gehört zur russischen Mafia!«
»Wer sagt das? Darya?«
»Das sieht man doch, Paula! Da gibt es doch diesen Verbrecherfilm, irgendwas mit *Versprechen,* mit dieser blonden, amerikanischen Schauspielerin, ich komm gerade nicht auf den Namen … Und da sehen die russischen Auftragsmörder genauso aus.«
»Mama, du siehst zu viele schlechte Filme. Vergiss bitte das Essen nicht.« Doch auf dem Weg nach oben denke ich, dass Mutter nicht ganz falschliegt.
Unsere Senior Suite Superior sieht aus wie ein Schlachtfeld. Darya hat ihre Koffer geöffnet und kreuz und quer in den Weg gestellt, der Boden ist flächendeckend mit Klamotten übersät. So sieht man wenigstens die undefinierbaren Flecken auf dem Teppich nicht. Vorsichtig stakse ich durch das Chaos und suche die Tasche mit den Kindersachen.
Nachdem ich aus einem der Beautycases eine Windel und Feuchttücher gefischt und Johanna aufs Sofa gelegt habe, klemme ich mir das Handy ans Ohr und rufe Mischa an. Schon vor dem ersten Tuten ist er am Apparat.
»Paula! Ist Artjom aufgetaucht?«
»Nein, ist er nicht. Dafür sind Darya, Luise und Johanna da.«
»Was? Warum das denn?«
»Das musst du meine Schwiegermutter fragen.«

»Ach du Scheiße!«
Ich finde, er trifft es auf den Punkt.
»Glaub mir, ich war auch überrascht. Besonders, weil ich dachte, dass du kommst! Stattdessen schickst du diese zwielichtige Type. Wer ist das, um Himmels willen?«
»Maxim Schewtschenko.«
»Mensch, Mischa, vorgestellt hat er sich schon selbst. Aber was will der hier? Und woher kennst du den?«
»Aaach, Maxim ist ein sehr, sehr guter alter Freund und Geschäftspartner. Ich wusste, dass er zufällig gerade beruflich in der Nähe von Kiew unterwegs ist, und habe ihn um Hilfe gebeten.«
»So, beruflich. Was macht der Herr denn beruflich?«
»Nun ja, lass es mich so ausdrücken: Er ist ein Mensch, der anderen Menschen dabei hilft, ihre Interessen durchzusetzen.«
»Du meinst, er ist ein bezahlter Schläger?«
»Paula, wo denkst du hin! Maxim ist ein Ehrenmann. Du kannst ihm bedingungslos vertrauen. Wenn einer Artjom findet, dann er.«
»Apropos Artjom. Was läuft hier eigentlich? Du verschweigst mir doch etwas! Genau wie Darya. Ihr haltet mich wohl für blöd!«
»Paula«, unterbricht er mich, »die Verbindung wird wieder ganz schlecht.«
Ich höre, wie er mit seinen Fingernägeln über das Handy kratzt und es zu allem Überfluss auch noch irgendwo gegenhaut.
»Halt dich an Maxim, mach genau, was er sagt, und alles wird gut!« Dann beendet er das Telefonat.
»Na, meine Süße«, sage ich zu meiner Tochter, »dann machen wir doch einfach mal genau das, was der Onkel Maxim sagt. Dann wird alles gut, meint der Onkel Mischa.«

Als Johanna Mischas Namen hört, beginnt sie zu strahlen. Sie mag ihn. Im Gegensatz zu mir – ich mag ihn gerade nicht besonders. Die spinnen, diese Russen! Der eine verschwindet einfach, der zweite schickt einen Gangster vorbei, und die dritte stellt sich doof. Da ich jedoch weiß, dass hartnäckiges Nachfragen in solchen Fällen nicht zum Erfolg, sondern nur zu noch mehr Renitenz führt, werde ich erst einmal artig die Füße stillhalten.

Fünfundsechzig Minuten nach Maxims Ansage betreten wir, gestärkt und gesäubert, den Parkplatz. Dort steht mit laufendem Motor ein rabenschwarzer Toyota Landcruiser. Am Steuer des Achtzylinders sitzt Maxim, der uns ungeduldig herbeiwinkt. »Loss, loss!«, schreit er aus dem geöffneten Fenster, und schreien muss er, um das schmetternde *Felicita* von Al Bano und Romina Power zu übertönen, das aus dem Autoradio quillt. Der Typ hört Italoschnulzen?, wundere ich mich, Death Metal würde besser passen.
Eilig verstauen wir Buggy und die Tasche mit den Kleinkindutensilien im Kofferraum und klettern durch dichten Zigarettenqualm ins Wageninnere. Noch bevor die letzte Tür geschlossen ist, gibt Maxim Gas. Wir haben es eilig. Ich drücke mehrere Knöpfe an der Beifahrertür, um auch mein Fenster zu öffnen, und fummle gleichzeitig am Radio herum, um die Lautstärke zu drosseln, beides ohne nennenswertes Ergebnis. Lediglich die Außenspiegel klappen sich ein. Maxim wirft mir einen Blick zu.
»Könntest du die Musik bitte leiser drehen?«, rufe ich. »Und es wäre mir lieb, wenn du im Auto nicht rauchst, wegen Johanna.«
»Wass?«
»Musik und Kippe aus!«
Das versteht er, drückt entnervt seine Zigarette in den über-

vollen Aschenbecher und schaltet das Radio ab. Missmutig schweigend brettert er weiter durch Kiews Schlaglöcher.
»Und? Wohin fahren wir? Hast du schon eine Spur von Artjom?«
»Nain. Aberr chabe Kontaktmann.«
»Aha. Was ist das denn für ein Kontaktmann? Weiß der etwas über meinen Mann?«
»Wirr sähänn.«
Erneutes Schweigen. Wirklich gesprächig ist er nicht. Ich versuche es mit einem kleinen Themenwechsel.
»Bist du Ukrainer?«
Schweigen.
»Russe?«
Schweigen.
»Woher kommst du denn?«
»Ich bin ain Bärrliner.« Maxim keckert, so gelungen findet er seinen eigenen Witz. Aus Höflichkeit lache ich mit, vielleicht taut er dann auf.
»Also du lebst in Berlin. Aber wo bist du geboren?«
»Du frragst sährr viel.«
»Entschuldige bitte, aber ich dachte, es wäre nett, wenn wir uns ein bisschen unterhalten.«
»Jazyk moj, wrag moj.«
»Was bedeutet das?«
»Ist Sprrichworrt. Maine Zunge ist main Faind.«
Ich bin mir nicht ganz sicher, was er mir damit sagen will, halte nun aber lieber meine Klappe. Dafür wird Mutter vom Rücksitz aus kiebig.
»Herr Maxim, wenn wir öfter mit dem Auto fahren, brauchen wir aber einen Kindersitz!«
»Warrum?«
»Für Annis Sicherheit natürlich.«
»Wenn ich fahrre, ist immärr sichärr.« Seine Augen fixie-

ren Mutter im Rückspiegel und signalisieren: Ende der Diskussion.
In der sich anschließenden bleischweren Stille haben wir ausreichend Zeit, den unglaublichen Stau zu bewundern, durch den wir stottern. Es ist Feierabendverkehr, nichts geht mehr in Kiew. Und auch wenn die Hauptstädter auf den zwei- bis dreispurigen Straßen einfach eine vierte und fünfte Fahrbahn eröffnen, kommen wir nur quälend langsam voran. Johanna macht das nichts aus. Sie sitzt zufrieden auf dem Schoß ihrer Babuschka, die ein Lied für sie summt. Mutter drückt die Nase an die Scheibe und hält Ausschau nach Sehenswürdigkeiten, die sie jeweils mit ihrem Reiseführer abgleicht.
Ich hänge meinen Gedanken nach. Selbst wenn mir Maxim unheimlich ist, er weiß offensichtlich, wo er hinwill. Alle wissen irgendetwas – nur ich tappe im Dunklen. Das ärgert mich maßlos. Aber es beruhigt mich auch. Solange Darya derart gelassen ist und Maxim einen Plan hat, brauche ich mich doch nicht aufzuregen. Vielleicht sollte ich tatsächlich auf Mischa hören, und alles wird gut.
Nach einer Stunde wird der Verkehr langsam weniger. Mittlerweile befinden wir uns auf einer großen, neuen Straße, die schnurgerade durch einen bewaldeten Bezirk führt. Alle paar Minuten werden wir von weiteren SUVs, Mercedes-Limousinen und anderen Luxuskarossen überholt, ein Tempolimit scheint für sie nicht zu gelten.
Links von uns taucht ein riesiger grüner Metallzaun auf, der das dahinterliegende Areal blickdicht abschirmt. Er zieht sich kilometerlang. Ich kann erkennen, dass überall Videokameras installiert sind, ab und an gibt es Tore, die durch Wachhäuser und Schranken gesichert sind. Ist das ein militärisches Sperrgebiet?
»Was ist denn hinter dem Zaun?«, frage ich Maxim, auf die

Gefahr hin, dass ich mir nicht nur meine Zunge, sondern auch ihn zum Feind mache.
»Koncha Zaspa«, sagt Maxim.
»Und was ist das?«
»Tail von Stadt, wo Mänschen läben.«
»Und warum leben die hinter einem Zaun?«
»Wail sie nicht wollen, dass man sie sieht.«
Eine Lepra-Kolonie?, überlege ich noch, da biegt Maxim nach links ab und steuert auf ein Tor zu. Er hält vor dem Wachgebäude und steigt aus. Aus dem Holzhaus tritt ein Security-Mann in einer dunklen Uniform, an seinem Gürtel hängen Schlagstock und Pistole. Die beiden Herren wechseln ein paar kurze Worte, Maxim steigt wieder ein, das Tor geht langsam auf, wir fahren hindurch. In diesem Moment kommt uns ein Porsche Cayenne entgegen. Die Wagen halten auf gleicher Höhe, Maxim und der andere Fahrer rufen sich lachend und scherzend etwas zu.
»Paula, guck mal, das ist doch der, äh, der Dings«, sagt Mutter aufgeregt.
Ich starre in den Porsche. Der Hüne mit den kurzen, dunklen Haaren kommt auch mir bekannt vor. Das ist doch tatsächlich … Nein, das kann nicht sein!

7.

Während unser SUV langsam weiterbrummt, rutscht Mutter auf dem Rücksitz unruhig hin und her.

»Sagen Sie, Herr Maxim, das eben, das war doch dieser bekannte Boxer, der mit dem Bruder, der auch so bekannt ist!«

»Kann sain.«

»Und den kennen Sie? Woher kennen Sie den denn?«

»Langä Geschichtä.«

»Ach, wie aufregend! Die müssen Sie mir unbedingt erzählen. Wohnt der etwa hier?«

»Nain.«

»Glauben Sie, Sie könnten mir ein Autogramm besorgen?«

»Mama!«, funke ich dazwischen. »Das reicht. Es ist völlig egal, wer das gerade war. Wir sind doch nicht hier, um irgendwelche Promis zu treffen. Mein Mann ist verschwunden, du erinnerst dich?«

»Aber Paula, du …«

»Ich erzählle dirr. Späterr.«

Verblüfft schaue ich Maxim an. Mit mir redet er nicht, aber Mutter will er aus seinem bewegten Leben berichten? Das wird immer schöner. Zumindest bringt sein Versprechen sie zum Schweigen.

In der sich anschließenden Stille haben wir Zeit, unsere Umgebung zu betrachten. Grün ist es und ruhig. Kein Mensch ist auf den schmalen Straßen zu sehen. Über hohen Mauern lugen die Dächer von großartigen Villen. Den Bewohnern dieses Viertels genügt es nicht, dass sie sich durch den äußeren grünen Zaun hermetisch von der Außenwelt

abgeriegelt haben. Sie wollen sich wohl auch untereinander nicht begegnen.
Maxim hält erneut vor einem Tor, das zu einer außergewöhnlich imposanten Mauer gehört. Er hupt einmal kurz, wenige Sekunden später schwingt es elektronisch auf.
Der Anblick, der sich uns bietet, übertrifft alle Erwartungen, auch die schlimmsten. Überall auf dem parkähnlich angelegten Areal mit weiten Rasenflächen und in Form gestutzten Büschen stehen weiße Skulpturen. Bei näherer Betrachtung erkenne ich, dass sie Männer und Frauen darstellen.
Nackte Männer und Frauen.
In eindeutigen Positionen.
»Halt Anni die Augen zu!«, zischt Mutter Richtung Darya.
Maxim hat keinen Blick für die steinernen Lüstlinge. Stur steuert er auf das größte von mehreren Gebäuden zu, eine Art Neuschwanstein im Wohnhausformat mit Türmen, Zinnen und Erkern und knallgrünen Dächern. Links daneben liegt ein zweites Haus, dessen Vorderseite aus einer Glasfront besteht. Grün-türkis schimmert Wasser durch die Scheiben. Was ist das? Ein Hallenbad?
Bevor ich fragen kann, wo genau wir uns eigentlich befinden und was wir hier wollen, hält Maxim schon an, springt aus dem Wagen und hetzt zum Haus. Weg ist er. Will der uns etwa allein im Auto zurücklassen?
»Hinterher!«, rufe ich Richtung Rückbank, öffne meine Tür und knalle sie sofort wieder zu, weil von rechts ein Rudel Rottweiler heranprescht. Die massigen Tiere, insgesamt zähle ich sechs, umkreisen, heiser bellend, unser Fahrzeug. Ich ahne, warum es Maxim so eilig hatte.
»Tss, tss, tss«, macht Darya von hinten und schüttelt herablassend ihren Kopf. Dann setzt sie Johanna entschlossen Mutter auf den Schoß und steigt aus.

»Nein!«, brülle ich angsterfüllt. Mein Verhältnis zu ihr ist nicht das beste, aber dass sie vor den Augen ihrer Enkeltochter von wilden Tieren zerfleischt wird, möchte ich trotzdem nicht.
Wie immer habe ich die Rechnung ohne die Russin gemacht. Darya richtet sich zu ihrer vollen Körpergröße auf und guckt von oben herab mit der ihr eigenen Arroganz auf die zähnefletschende Meute. Sie klatscht einmal laut in die Hände und ruft: »Sidjet!«
Die Rottweiler sind angesichts der natürlichen Autorität starr vor Staunen und setzen sich ohne Umstände auf ihre dicken Hintern. Die Dompteurin wendet sich gelassen zum Auto, winkt uns heraus und marschiert voran. Mutter reicht mir Johanna nach vorn und steigt unbekümmert aus. Also klemme ich mir meine Tochter unter den Arm und folge.
Etwas ratlos stehen wir vor dem wahr gewordenen Fantasiegebilde eines durchgedrehten Architekten, nur die Klingel hat er in seinem Wahn vergessen. Darya klopft, ich rufe: »Huhu!«, und es wird uns tatsächlich aufgetan. Eine sehr junge Frau in einer sehr knappen Dienstmädchenuniform schaut uns fragend an. Nach einem kurzen Disput mit meiner Schwiegermutter lässt sie uns herein und einfach in der Eingangshalle stehen.
Staunend betrachten wir den Empfangsbereich des Hauses, der mindestens hundert Quadratmeter misst. Das Ambiente ist ausgesucht teuer und ausgesprochen scheußlich. Zierlich verschnörkelte Rokokosessel stehen neben nüchtern modernen Tischen und Kommoden, an einer Längsseite prangt ein riesiges Wandgemälde mit tanzenden Nymphen, an den anderen Wänden hängen Bilder im Stil von Rembrandt bis Dalí. Die vorherrschende Farbe ist Gold, im Schein eines opulenten Deckenlüsters glimmt, glitzert und

blinkt es von allen Seiten. Jaja, denke ich, Geschmack kann man sich eben nicht kaufen.
Johanna beginnt, sich in meinen Armen zu winden. Sie hat den ausgestopften Braunbären entdeckt, der in einer Ecke steht, und da will sie hin. Ich setze sie auf den Boden und raune ihr zu: »Nichts anfassen, Schatz, bloß nichts anfassen! Nur gucken.« Das ist von einer Zweijährigen zu viel verlangt, natürlich möchte sie das zähnefletschende Ungetüm streicheln und ein wenig an ihm herumzupfen. Der Grizzly gerät ins Wanken, schnell nehme ich meine Tochter wieder auf den Arm. Ich bin mir nicht sicher, wie ich unserer deutschen Haftpflichtversicherung erklären soll, dass das Kind in der Ukraine aus Versehen einen Bären erlegt hat.
Johanna stimmt ein Mordsgebrüll an.
»Schschsch«, mache ich ebenso beruhigend wie wirkungslos. Wenigstens wird Maxim von dem Geschrei angelockt, der nun aus einem Flur rechts von uns auftaucht. Unwillig betrachtet er das zappelnde und zeternde Mädchen, stellt sich dicht vor uns und sagt leise, aber bestimmt: »Rrruhä. Soforrt!« Augenblicklich ist Johanna still.
»Chab ich nicht gesagt, warrten im Auto?«, wendet er sich streng an mich.
»Nein, hast du nicht. Du hast gar nichts gesagt, du bist einfach abgehauen und hast uns den Hunden zum Fraß vorgeworfen.«
»Chast du überrläbt, oderr?«, antwortet er lakonisch. »Wirr gähänn. Ich chabe neue Informatija.« Maxim wendet sich zur Haustür.
»Moment!«, stoppe ich ihn. »Bevor wir jetzt wieder stundenlang im Auto sitzen, müsste ich noch einmal austreten.«
»Wass?«
»Ich muss mal.«

»Du musst wass?«
»Ich muss zur Toilette.«
»Ah, warrum sagst du nicht glaich?« Maxim rollt genervt die Augen und deutet auf eine Tür am Ende des Flurs.
Ich setze Johanna mit einem »Nichts anfassen, hörst du!« wieder ab und eile ins Bad. Es ist komplett mit schwarzem Marmor verkleidet, überall steht Nippes herum. Während ich auf der Schüssel hocke, kann ich durch ein Panoramafenster ohne Vorhänge und Jalousie in den Garten blicken. Es dämmert leicht, und die Skulpturen auf dem Rasen werden nun von Scheinwerfern mit wechselnd grünem, violettem und blauem Licht angeleuchtet.
Als ich mir die Hände wasche, die Armaturen scheinen tatsächlich aus Gold zu sein, entdecke ich ein Bild über der Toilette, irgendetwas Kubistisches in Kackbraun. Wie passend für diesen Ort, denke ich und trete näher heran. Unter dem Gemälde ist ein kleines Schild angebracht – *Le pigeon aux petits pois, Pablo Picasso.* Ich muss grinsen, da trägt einer dick auf. Die Fälschung ist aber gut gemacht. Vorsichtig fahre ich mit dem Finger über die Ölfarbe.
In diesem Moment bricht das Inferno aus. Eine ohrenbetäubende Sirene jault, im Bad beginnt ein rotes Licht zu blinken, vor dem Fenster rasselt ein schweres Eisengitter herunter, im Garten gehen Flutlichter an, die die Umgebung in gleißendes Weiß tauchen. Durch die Lichtkegel sehe ich drei Gestalten zum Haus rennen, sie sind in schwarze Kampfmonturen gekleidet und haben Pistolen in den Händen. Gleichzeitig rüttelt und hämmert es an meiner Tür.
»One moment, please!«, rufe ich und denke noch, dass es in diesem Haus doch sicher eine zweite Toilette gibt und warum ich mich jetzt eigentlich beeilen soll und was dieses ganze Tohuwabohu wohl zu bedeuten hat. Und dann tritt jemand die Tür ein.

Das alles geschieht innerhalb weniger Sekunden, so dass ich keine Zeit habe, in Panik zu geraten. Nun aber schaue ich mit wachsender Angst auf den Haufen Kerle, der sich vor dem Bad versammelt hat. Die Kerle schauen zurück.
»Guten Abend, dobryj wetschir«, sage ich unsicher. »Möchten Sie auf die Toilette?«
Maxim drängelt sich durch den Haufen, während er auf die Männer einredet. Ich sehe, dass er sauer auf mich ist, stinksauer.
»Wass machst du?«, herrscht er mich an.
»Pipi«, antworte ich verdutzt. »Ich sagte doch, dass ich …«
»Hast du Alarrm ausgelost?«
»Ich? Ich hab doch nur …« Ich breche ab und starre das Gemälde an. Ach du meine Güte, schießt es mir durch den Kopf, der ist echt! Ein echter Picasso. Auf dem Klo. Wer hängt sich denn einen Picasso übers Klo?
Unter vielen Entschuldigungen und Beteuerungen, für den entstandenen Schaden an der Tür aufzukommen, versuchen wir, uns einen möglichst würdevollen Abgang zu verschaffen.
O Mann, Matthes, denke ich, die Geschichte mit dem Bären hätte die Versicherung eher geschluckt.
Als unser Auto vom Hof rollt, höre ich Mutter auf der Rückbank kichern.
»Keine Ahnung, was gerade so lustig sein soll!«, pampe ich sie an.
»Nichts anfassen, Kind, nur nichts anfassen!«
Maxim keckert leise mit.

»Was hast du denn für Informationen?«, will ich nach fünfzehnminütigem Schweigen wissen.
»Kontaktmann waiß nicht, wo ist Artjom. Aber kännt Mann, der waiß, wo ist Artjom.«

»Aha. Und wer ist das?«
»Deutschärr Bissnessmän, arrbaitet in Kiew. Wirr fahrren und frragen.«
Unser Weg führt uns zurück in die Stadt und am anderen Ende wieder hinaus. Es ist Abend geworden, im Lichtkegel des Toyotas erkenne ich, dass wir durch eine Art Gewerbegebiet fahren.
»Viel Bissness«, erklärt Maxim mit einer ausladenden Handbewegung.
Angestrengt gucke ich in die Dunkelheit. Nach Bissness sieht es für mich nicht aus, die meisten Häuser und Fabrikhallen sind verfallen, Türen und Fenster fehlen, am Straßenrand türmen sich Schuttberge neben überquellenden Müllcontainern. Vor uns überquert ein Rudel herrenloser Hunde die Straße.
»Hier kann man doch nicht arbeiten«, sage ich.
»Viel Bissness«, beharrt Maxim.
Er steuert ein umzäuntes Areal an, dessen Einfahrt von einer Schranke und einem Wachmann blockiert wird. Der Ukrainer an sich scheint ein großes Sicherheitsbedürfnis zu haben, denke ich, als der Wachmann uns passieren lässt. Maxim steuert durch ein Gewirr von kleinen, unbefestigten Wegen. Die Gebäude rechts und links von uns machen keinen besseren Eindruck als die an der großen Straße, hinter einigen Fenstern aber brennt Licht.
Unser Weg endet abrupt an einer großen Senke, in deren Mitte zwei gelbe Türme in den Himmel ragen, daneben steht ein Büro-Container mit der Aufschrift UBP.
»Was ist UBP?«, frage ich.
»Ukrrainian Beton Prroduction.«
»Ach, die stellen Beton her. Aber nicht, dass wir gleich irgendwo eingegossen werden«, witzele ich.
»Kaine Sorrge. Mit mir du bist sichärr.« Maxim lächelt

kein bisschen bei seiner Antwort. Er steigt aus, lässt aber den Motor laufen. »Babuschki und Malyschka blaiben im Auto, du kommst mit.« Seine Stimmlage erstickt jedes Widerwort schon im Keim.
Maxim stapft los, ich beeile mich, hinterherzukommen. Ohne anzuklopfen, reißt er die Containertür einfach auf. Das Büro ist klein, stickig und unordentlich und wird von einem Schreibtisch dominiert, auf dem sich Papierberge türmen. Hinter dem Schreibtisch sitzt ein junger, übergewichtiger Mann, der keine Zeichen der Überraschung über den unerwarteten Besuch zeigt.
»Dobryj wetschir«, sagt er, und in seiner Stimme schwingt eine leichte Überheblichkeit mit. Aus kleinen Schweinsäuglein mustert er uns von oben bis unten.
»Guten Abend, entschuldigen Sie die Störung. Mein Name ist Paula Matthes und ich …«
»Na, so was«, unterbricht er mich mit einem unangenehm anzüglichen Grinsen, »eine Deutsche! Kennen wir uns?«
»Nein, wir kennen uns nicht. Wie gesagt, ich bin Paula Matthes …«
»Dann sollten wir uns aber schleunigst kennenlernen«, unterbricht er mich schon wieder, leckt sich die Lippen, fährt sich durch sein zurückgegeltes Haar und streckt mir, ohne aufzustehen, seine Hand hin. »Nennen Sie mich doch einfach Sebastian.«
Was für ein Schmierlappen, denke ich und versuche, seine Hand nur so kurz wie möglich zu berühren. »Sebastian, angenehm. Also, ich suche meinen Mann …«
»Augenblick!«, dröhnt Sebastian und wirft einen Blick unter seinen Schreibtisch. »Also, hier ist er nicht!« Er lacht laut und lange, so gelungen findet er seinen eigenen Scherz.
»Artjom Polyakow«, sage ich, als er sich einigermaßen beruhigt hat.

In den Schweinsäuglein flackert es für den Bruchteil einer Sekunde. »Kenn ich nicht. Noch nie gehört.«
»Ich habe aber gehört, dass Sie wissen …«
»Ich habe keine Ahnung, wen Sie meinen. Ich kann Ihnen leider nicht helfen. Sorry, aber ich habe noch zu tun.« Mit einer unmissverständlichen Geste deutet der Schmierlappen auf die Tür.
»Du kännst. Ich waiß«, schaltet sich Maxim in das unerquickliche Gespräch ein, sein Unterton klingt unheilvoll.
Mister Widerling schweigt einen Augenblick und nestelt an seinem rosa karierten Hemd. Sein Selbstbewusstsein bröckelt, als seine Blicke zwischen Maxim und mir hin- und herfliegen.
»Ach so, Artjom!« Er rettet sich in ein Hüsteln. »Jaja, den kenn ich. Flüchtig. Hab ihn allerdings lange nicht mehr gesehen. Jahre her. Wie geht's dem denn?«
»Das weiß ich nicht. Deswegen bin ich ja hier. Er ist verschwunden.«
»Verschwunden?« Er kichert schäbig. »Na, Schätzchen, seien Sie doch froh, dass Sie den los sind. So sind sie eben, die Russen!«
Meine Augen gleiten noch durchs Büro und suchen einen schwereren Gegenstand, den ich Sebastian über den Schädel ziehen kann, da drückt mir Maxim seine Zigaretten und ein Feuerzeug in die Hand. »Gäh rrauchen!«
»Aber ich rauche doch gar nicht.«
»Du rrauchst. Soforrt!«
Maxim schiebt mich aus dem Büro und schließt die Tür. Verdattert schaue ich auf die Schachtel in meiner Hand – *Sobranie Gold.* Drinnen im Container beginnt es zu rumpeln und zu krachen, etwas aus Glas zerspringt auf dem Boden. Ich höre einen unterdrückten Schmerzensschrei und Maxims eindringliche, leise Stimme.

»Kind, alles in Ordnung bei euch?« Fragend steckt Mutter ihren Kopf aus dem Auto.
»Alles prima, Mama. Wir kommen gleich. Bleibt bitte im Wagen«, rufe ich ihr zu, ziehe mit fahrigen Bewegungen eine Zigarette aus der Packung und zünde sie mir an. Eigentlich möchte ich nicht rauchen, doch Maxim scheint nicht der Mann zu sein, dessen Aufforderungen man sich widersetzt – und irgendetwas muss ich in dieser Situation machen. Einfach rumstehen reicht nicht. Wie eklig, denke ich, als der Rauch in meine Zunge beißt, ich huste, bin aber froh, dass meine Hände beschäftigt sind.
Aus dem Container dringen neue Geräusche. Es ist Sebastians ängstliche Stimme, erst laut, dann immer leiser werdend und in einem Röcheln endend. Bevor ich mein Ohr an die Tür pressen kann, geht sie auf. Maxim kommt mit unbewegter Miene heraus.
»Komm!«, sagt er.
Ich werfe einen letzten Blick in den Blechkasten. Dem Schmierlappen ist sein dämliches Lachen vergangen. Regungslos sitzt er mit schreckgeweiteten Augen an seinem Schreibtisch, um seinen Mund hat sich ein blasser Fleck gebildet, ansonsten scheint er äußerlich unversehrt.
»Jaja, so sind sie eben, die Russen«, gebe ich ihm zum Abschied mit auf den Weg. Dann trete ich schnell meine Kippe aus und haste Maxim hinterher.
»Und?«, frage ich atemlos, als er seelenruhig den Gang einlegt.
»Arrtjom ist in Charrkiv.«
»Wo?«
»In Stadt Charrkiv.«
»Und wo ist das?«
»Osten.«
Im Osten? Aber da sind wir doch schon.

8.

Fassungslos steht Maxim vor unserem Gepäck. »Kain Platz«, sagt er.

»Das muss aber alles mit«, erwidere ich und zitiere vorsichtshalber meine Mutter: »Wenn man mit Kleinkind reist, braucht man so viel.«

Maxim mustert den Kofferraum und den Berg, der sich auf dem Parkplatz türmt, nimmt Maß und beginnt unter unverständlichen Flüchen, das Auto zu beladen.

»Punkt zehn Uhr Abfahrt!«, beschied er uns gestern, als wir nach unserem Abenteuer in der Kiesgrube zum Hotel zurückkehrten, und verschwand mit unbestimmtem Ziel. Wir Frauen nutzten die freie Zeit für ein spätes Abendessen im Dnipro und ließen die Ereignisse des Tages Revue passieren. Darya war nachhaltig beeindruckt von dem Anwesen in Koncha Zaspa – »So schön, so Luxus.« Mutter, ganz Hanseatin mit einem Hang zum Understatement, meinte allerdings: »Ich wusste nicht, dass teuer so billig sein kann.« Und ich kämpfte immer noch mit dem Schrecken, einen echten Picasso betatscht zu haben und fast von einer Horde Gorillas gemeuchelt worden zu sein.

Einig waren wir uns alle, dass dem Betonkopf im Container die einzig angemessene Behandlung widerfahren war – auch wenn ich normalerweise ein besonnener Mensch bin und der festen Überzeugung, dass sich Konflikte ohne körperliche Gewalt lösen lassen. In diesem speziellen Fall fand ich, dass die Hau-drauf-Methode schnell und effektiv zum Ziel geführt hatte. Zudem wussten wir nun, wo sich Artjom aufhielt, nur das Warum blieb noch ein Rätsel.

»Weißt du, wo dieses Charkiw liegt?«, wollte ich von Darya wissen.
Sie nickte. »Rossija.«
»In Russland? O Gott, wir müssen nach Russland? Wir haben doch gar keine Visa.«
»Njet.« Darya schnappte sich eine Serviette und einen Kugelschreiber aus ihrer Handtasche und begann, etwas zu malen, das zwei unförmigen Pfannkuchen glich, die sie durch eine dicke Linie trennte. »Granitza rossije.«
»Was ist das? Eine Grenze? Charkiw liegt an der russischen Grenze?«
»Da.«
»Ist das weit weg?«
»Njet. Adin djen.«
»Ein Tag? Du meinst, wir müssen einen ganzen Tag fahren, um dort hinzukommen? Das ist weit!«
Darya lachte mitleidig und schüttelte den Kopf. Wenn man aus dem riesigen russischen Reich stammte, war eine Tagesreise wie ein Katzensprung. Ich lachte aus strategischen Gründen mit ihr und versuchte, die aufgeräumte Stimmung zu nutzen. »Und was glaubst du – wieso ist Artjom in Charkiw?«
Darya lächelte fein, tat, als ob sie mich nicht verstünde, gähnte laut und herzhaft und ging zu Bett. Wie immer war ich verblüfft über die Gabe meiner Schwiegermutter, sich einerseits ohne nennenswerte Deutschkenntnisse problemlos mit mir zu verständigen und andererseits diese Gabe von einer Sekunde auf die andere einzubüßen.
»Komm, Mama«, sagte ich müde, »lass uns auch nach oben gehen. Morgen wird bestimmt ein anstrengender Tag.«

Kurz nach dem Aufstehen bemerkten Darya und ich, dass Mutter fehlte. An die Tür unserer Suite hatte sie einen Zettel geklemmt: *Bin einkaufen. Bis gleich, Luise.*

Die hat nicht mehr alle Tassen im Schrank, dachte ich. Wie kann die jetzt shoppen gehen?

Auch Maxim war unauffindbar, sein Zimmer verwaist. Also begaben Darya, Johanna und ich uns in Ermangelung einer besseren Idee erst einmal zum Frühstück. Mit verstecktem Vergnügen beobachtete ich, wie meine Schwiegermutter versuchte, ihrer Enkelin grau-klumpigen Kascha, vermutlich Haferbrei, schmackhaft zu machen. Johanna presste die Lippen zusammen und wich geschickt dem Löffel aus, der sich bedrohlich ihrem Mund näherte. Stundenlang hätte ich den beiden in ihrem stillen Ringen zuschauen können, aber da Johanna definitiv etwas essen musste, stand ich auf, besorgte ihr ein Omelett mit knusprigem Speck, zerteilte es und drückte ihr einen Löffel in die Hand.

»Na, das schmeckt dir aber, mein Schatz«, unterbrach ich Darya, die zu einer Wut-Tirade ansetzen wollte, und registrierte zufrieden, dass sich meine Tochter mit Feuereifer den Eiern auf ihrem Teller widmete.

Johannas Ernährung war ein ständiger Stein des Anstoßes, über den Darya und ich stolperten. Sie war der Ansicht, dass Kascha, also breiartige Substanzen aus Hafer, Buchweizen und anderen scheußlich gesunden Getreidesorten, zu Tode gedünstetes Gemüse und zerkochter Fisch, selbstredend alles ungesalzen, sowie zermatschtes Obst ihre Enkelin aufs Beste wachsen und gedeihen lassen würden. Ich vertrat die Meinung, wer Zähne hatte, sollte auch beißen, und dass ein wenig Gewürz nicht schaden konnte.

Und jetzt fand ich, dass der richtige Zeitpunkt gekommen war, dieses einer Mutter vorbehaltene Hoheitsgebiet zurückzuerobern.

»Dascha, lass gut sein. Ich entscheide, was Johanna isst.« Widerworte war Darya nicht gewohnt. Erstaunt und missmutig schwieg sie. Und erstaunt registrierte ich, wie schnell sie nachgab. So einfach ist das?, dachte ich, das hätte ich mal früher wissen sollen.
Um kurz nach elf bogen Mutter und Maxim um die Ecke, bepackt mit Kartons und Tüten. Gerade wollte ich die zweite renitente Rentnerin einnorden, da kam Mutter mir zuvor:
»Kind, schau mal, wir haben ein paar Sachen für die Fahrt besorgt. Der Herr Maxim war so nett, mich zu begleiten, ich kenne mich ja nicht aus.«
Ich lugte in einen der Kartons und erspähte Zwieback, Bananen und Windeln. Über diesen Einkauf konnte ich mich kaum beschweren, die anderen Tüten verbarg Mutter hinter ihrem Rücken.
»Und für die paar Sachen habt ihr so lange gebraucht?«, fragte ich deshalb nur. »Abfahrt Punkt zehn, was? Das wird wohl nichts mehr …«
»Wsemu swojo wremja«, antwortete Maxim, »alläs hat saine Zait.«

Als ich nach dem Begleichen der Hotelrechnung zu den anderen in den Wagen klettere, bemerke ich auf der Rückbank einen Kindersitz.
»Darauf habe ich bestanden«, erklärt Mutter stolz. »Herr Maxim ist bestimmt ein sehr guter Fahrer, aber sicher ist sicher.« Sie zwinkert Maxim, der sie im Rückspiegel beobachtet, verstohlen zu.
»Luitschka hat rächt«, sagt er, »Strraßen in Ukraina gefährrrlich.«
Ach, *Luitschka,* denke ich. Gestern war der Herr noch ein Verbrecher, heute darf er der Dame schon Kosenamen ge-

ben. Eine Entwicklung, die ich in ihrer Rasanz erstaunlich finde.
Maxim legt eine CD ein, regelt die Lautstärke auf ein erträgliches Niveau, und untermalt von Eros Ramazzottis schmachtendem Gesang, verlassen wir Kiew.

Wir kommen gut voran, ab und an lassen wir einen Lastwagen hinter uns, ab und an werden wir von anderen Geländewagen oder dunklen Limousinen überholt, die wie aus dem Nichts auftauchen und an uns vorbeipfeifen. Und alle paar Kilometer gleiten wir an hypermodernen Tankstellen entlang, die in der einsamen Landschaft stehen wie vom Himmel gefallene Raumstationen.
»Wer soll denn da alles tanken?«, will ich von Maxim wissen. »Hier ist kaum Verkehr. Das rentiert sich doch nicht.«
»Ist Trransitstrräcke nach Rrussland. Viel Äl-ka-wä.«
»Ich seh keine.«
»Ägal, Bänzin ist immärr guttäs Geschäft.«
»Ja, wenn's verkauft wird.«
»Nain, nain, musst du sähän als Investition. Tankställe ist wie Anlagä fur Gäld.«
»Aber wenn keiner tankt, verdient auch keiner Geld.«
»Das dänkst du. Aberr du dänkst deutsch. In Ukraina man dänkt anderrs.« Mit diesen abschließenden Worten dreht Maxim seinen Italo-Pop ein wenig lauter.
Versteh ich nicht, denke ich, aber vielleicht bin ich einfach zu kapitalistisch eingestellt. Ich drehe die Musik wieder leise.
»Mein deutscher Kopf denkt auch schon die ganze Zeit darüber nach, was Artjom wohl in Charkiw macht. Und was ihn eigentlich davon abhält, sich mal zu melden.«
»Bissness.«
»Bissness? Aha. Was soll das für ein Bissness sein?«

»Ist zu komplizierrt, um schnell zu sagen.«
»Muss nicht schnell sein, kannst du mir jetzt ja in aller Ruhe erzählen. Wir haben doch Zeit.«
Maxim zieht ein wenig den Kopf ein. Wahrscheinlich merkt er gerade, dass er aus dieser Nummer nicht so leicht wieder herauskommt. Seine Finger beginnen, unruhig aufs Lenkrad zu trommeln.
»Lass mich sagen so: Artjom muss machen Gäschäft fur alte Frreund. Alte Frreund chat gefrragt um Hilfä, wail chat err kaine Zait. Artjom chat Zait, also err kummert um Gäschäft.«
»Maxim, entschuldige bitte, aber das ist doch ausgemachter Quatsch. Erstens hat Artjom keine Zeit, weil er ja eigentlich Urlaub macht. Zweitens hätte er mir wohl erzählt, dass er beruflich nach Charkiw muss, und wäre nicht einfach wortlos mitten in der Nacht abgehauen. Und wenn das drittens alles so harmlos wäre, hätte Mischa dich nicht vorbeigeschickt.«
Maxim nickt bedächtig und überlegt eine Weile. Dann sagt er: »Manchmal Mann kann Frrau nicht errzählen. Manchmal Mann muss Sachen machen ohne Worrtä. Und gutä Frrau warrtet ohnä Frragen.«
Gutä Frrau warrtet ohnä Frragen? Der hat sie doch nicht mehr alle, denke ich. In welchem Jahrhundert lebt der denn? Maxim glaubt offensichtlich, dass das Gespräch zu Ende ist, er fummelt schon wieder am Radio herum. Aber die Hamburger Anwältin möchte ihn weiter ins Kreuzverhör nehmen.
»Auch wenn ich dich nerve, eine Frage hätte ich trotzdem noch.«
»Wass?«
»Nehmen wir mal an, es wäre alles so, wie du sagst: Artjom regelt irgendein Bissness, ich halte artig die Klappe und

warte geduldig, dass mein Gatte zurückkehrt. Was machst du dann hier? Und warum fahren wir nach Charkiw?«
»Zwai Frragen, Paula, das sind zwai Frragen.«
»Dann gib mir einfach zwei Antworten.«
»Bissness macht Prrobläm. Ich chelfe, du kommst mit.«
Erneuter Griff zum Lautstärkeregler, Gianna Nannini röhrt *Bello e impossibile,* hinten schunkeln Johanna, Mutter und Darya mit. Na Hauptsache, euch geht's gut, denke ich kopfschüttelnd.

Kilometer um Kilometer frisst sich der Landcruiser durch Felder und Wälder, aus denen ab und an Rauchsäulen aufsteigen. Maxim deutet auf den Qualm.
»Schaschlik«, sagt er.
Fast könnte ich unser Dahingleiten schön finden, wenn der Anlass unserer Reise nicht wäre.
Die Sonne brennt auf den schwarzen Lack, Maxim hat sein Fenster geöffnet, und die laue, würzige Luft weht zu uns herein. Immer wieder greift er automatisch zur Zigarettenschachtel und lässt sie mit einem Blick in den Rückspiegel wieder fallen. Seine Finger vollführen dafür kunstvolle Trommelwirbel auf dem Lenkrad.
Ich betrachte die Tätowierungen auf seinen knochigen Händen. Links prangt ein Frauenkopf, rechts ein Käfer. Das Bild der Dame finde ich recht gelungen, das Insekt allerdings gewöhnungsbedürftig. Maxim fängt meine Blicke auf und hält mir seine rechte Hand vor die Nase.
»Ist Skarrabäus. Brringt Gluck.«
»Und Glück kann man immer brauchen«, wirft Mutter von hinten ein.
Ich mustere sie missbilligend im Rückspiegel. Ihre Fraternisierung mit unserem Mafioso ist mir vollkommen unverständlich.

Wir machen nur kurze Zigaretten- und Pinkelpausen, doch irgendwann zieht Maxim rechts rüber, parkt auf dem sandigen Seitenstreifen entlang der Autobahn und sagt: »Kind muss ässen.« Er holt diverse Tüten und Schachteln aus dem Kofferraum, breitet Wurst, Käse, Brot und Obst auf der Motorhaube aus, zieht ein für mein Empfinden etwas überdimensioniertes, gebogenes Messer aus einem Lederetui und beginnt, alles in akkurate Häppchen zu säbeln. Dann legt er eine Decke unter einen Baum auf den Boden und macht eine einladende Handbewegung.

»Oh, wir machen ein Picknick, wie schön!«, ruft Mutter und klatscht freudig in die Hände. »Herr Maxim, machen Sie so etwas öfter?«

»Wass?« Er guckt sie fragend an.

»Nun ja, Damen zum Picknick einladen!«

Maxim wendet sich verlegen ab. Wird der etwa rot? Und zwinkert Mutter ihm etwa zu? Jedenfalls kichert sie ein debiles Jungmädchenkichern. Langsam geht mir diese Ausflüglerin mit ihrer penetrant guten Laune auf den Geist. Ich habe keine Ahnung, was in sie gefahren ist. Das ist definitiv nicht die Mutter, die ich kenne. *Meine* Mutter führt ein relativ freudloses Hausfrauendasein unter der Fuchtel ihres Gatten. Immer habe ich mir gewünscht, dass sie eigenständiger, selbstbewusster, einfach mehr sie selbst wäre. Die jetzige Entwicklung schmeckt mir allerdings überhaupt nicht, ich finde sie eher besorgniserregend.

Bevor ich mich fragen kann, was mich daran stört und was das eigentlich über mich aussagt, blökt Maxim: »Paula, ässen!«

Wir machen uns über die Vorräte her, Mutter steuert noch ihre Bananen bei, Maxim zaubert eine Thermoskanne aus seinem Fundus hervor, und wir bekommen starken, schwarzen Tee kredenzt.

Johanna ist froh, dass sie nicht mehr im Auto sitzen muss, sie hüpft wie ein Pingpongball am Feldrand entlang und will einen Schmetterling fangen. Darya springt hinter ihr her und versucht, sie davon abzuhalten.
»Bakteria!«, sagt sie ermahnend. Wahrscheinlich übertragen ukrainische Schmetterlinge fürchterliche Krankheiten.
Nach einer Stunde drängt Maxim zur Weiterfahrt, er möchte Charkiw möglichst vor Einbruch der Dunkelheit erreichen. Kaum sitzen wir im Wagen, summt mein Handy. Ein Blick auf das Display entlockt mir ein kleines, gemeines Grinsen. »Mama, vielleicht möchtest du rangehen. Es ist dein Mann.«
»O Gott, drück ihn weg!«
Natürlich nehme ich ab. »Hallo, Papa!«
»Paula, du wolltest dich doch melden. Ist dein Mann wieder aufgetaucht?«
»Nein, aber wir sind auf der Suche nach ihm.«
»Wir? Wer ist denn wir?«
Ich lege eine kleine Kunstpause ein und beobachte Mutter im Rückspiegel, die sich ängstlich wegduckt. Soll ich sie auffliegen lassen? Andererseits habe ich Vater, dem Verräter, zu verdanken, dass ich mich gerade an meiner weiblichen Mischpoke abarbeiten muss. Meine Bitte, nichts zu erzählen, hat er ignoriert. Und deshalb hat er die Wahrheit nicht verdient.
»Mischa hat mir seinen Freund Maxim vorbeigeschickt. Und der hat herausgefunden, dass Artjom in Charkiw ist. Wir sind gerade auf dem Weg dorthin.«
»Was macht der Russe denn da?«
»Bissness.«
»Bissness? Na, das wird ja mal wieder ein schönes Bissness sein.«

»Und, Papa, bei euch alles in Ordnung?«, wechsle ich schnell das Thema. »Wie geht's denn Mama?«
»Deine Mutter zieht es vor, an der Ostsee zu weilen. Irgendeine neumodische Wellness-Sache, mit Darya. Johanna haben sie auch mitgenommen. Na, mir soll's recht sein. Habe ich endlich mal meine Ruhe.« Er klingt nicht so, als ob er seine Frau schmerzlich vermisst.
»Hast du mal mit Mama telefoniert? Wie ist es denn so an der Ostsee?«
»Paula, ich habe viel um die Ohren und wirklich nicht die Zeit, deiner Mutter hinterherzutelefonieren. Wie soll es ihr schon gehen? Gut natürlich!«
In diesem Punkt hat er völlig recht. Ich unterdrücke ein Lachen, und mit meinem Versprechen, ihn sofort anzurufen, wenn Artjom gefunden ist, beenden wir unser Gespräch.
»Und? Hat er was gemerkt?«, fragt Mutter aufgeregt.
»Nö, die Geschichte mit der Ostsee hat er geschluckt.«
Sie atmet erleichtert auf.
Während der Wagen sich Richtung Ziel schiebt, hänge ich weiter meinen Gedanken über Mutters Flucht und Artjoms Geschäften nach. Ich merke, wie meine Augenlider schwer werden, das Brummen des V8-Motors, die Wärme und mein voller Bauch tun ihr Übriges. Das wird ja mal wieder ein schönes Bissness sein, denke ich und dämmere weg.

9.

Artjom und sein Bissness waren ein nie versiegender Quell an Rätseln und Aufregung. Als ich meinen Mann kennenlernte, war er in einem Geschäftsfeld namens Eventmanagement tätig. Ein weites Feld, sowohl räumlich als auch inhaltlich, wie ich bald feststellte. Tage-, manchmal wochenweise reiste er durch die Republik und glänzte daheim durch Abwesenheit. Auch wenn ich ihn vermisste, kam mir das am Anfang unserer Beziehung gut zupass. Denn weilte er daheim, befand ich mich in einem emotionalen Ausnahmezustand und vergaß vor lauter Liebe und Leidenschaft die alltäglichen Dinge. Nebensächlichkeiten, wie Artjom gern lachend sagte. Meine Kanzlei zum Beispiel.

Erst nach und nach fand ich heraus, dass sein Aufgabengebiet auch die Organisation von Pokerrunden einschloss – als exklusive Herrenabende beschönigte Artjom diese Zusammenkünfte. »Illegales Glücksspiel«, nannte ich das Kind beim Namen. Ihn focht das nicht weiter an. Zum einen hatte er sowieso ein sehr entspanntes Verhältnis zur deutschen Legislative und fand, dass Gesetze immer auch Auslegungssache seien und einen gewissen Spielraum böten. Er war sich da übrigens völlig einig mit seinem Vater Rostislav, der eine Art Im- und Exportfirma betrieb, die mit italienischen Luxusgütern handelte. Zum Zweiten hatte Artjom schließlich eine Anwältin geheiratet. Ich würde ihn schon raushauen, bekäme er Schwierigkeiten.

Im Laufe unseres ersten Ehejahres stellte ich zudem fest, dass Artjoms beruflicher Einsatz in einem ungünstigen Verhältnis zu seinem Ertrag stand. Seiner Meinung nach schuftete er sich krumm und bucklig, aber: »Der Markt ist schlecht, Paula, ganz schlecht.« Und er schüttelte den Kopf über die Schlechtigkeit des Marktes, seufzte tief und schwer und sagte anklagend: »Und wo sparen die Leute zuerst, Paula? Am Vergnügen, natürlich am Vergnügen!«

Es war nicht so, dass er mir auf der Tasche lag. Aber es war auch nicht so, dass er wesentlich zum Familieneinkommen beitrug. Nun hatte ich mich immer für eine emanzipierte Frau gehalten und den großen Lebensplan gefasst, niemals von einem Mann finanziell abhängig zu sein – immer das mahnende Beispiel meiner Mutter vor Augen. Und rein theoretisch fand ich auch, dass in unserer aufgeklärten Zeit eine Frau durchaus mal ihren Mann ernähren könne, zumindest phasenweise.

Mit fortschreitender Schwangerschaft und wachsendem Bauchumfang wuchsen jedoch meine Sorgen. Da mein Mann seine ganz eigenen Ansichten zur Emanzipation vertrat und sich eher als Herr des Hauses sah, bezog ich ihn in meine Überlegungen mit ein. Der Herr im Haus soll bitte schön auch handeln, dachte ich mir.

Akribisch schrieb ich eine Liste mit den Dingen, die ich möglichst vor der Geburt klären wollte, angefangen mit unserer Wohnsituation. Schon vor der Heirat war Artjom kurzerhand zu mir gezogen – drei Zimmer, Küche, Bad, das waren fast zwei Räume zu viel für ein verliebtes Paar, das sich hauptsächlich im Schlafzimmer aufhielt. Aber war unsere Behausung noch groß genug für eine kleine Familie? Oder sollten wir besser umziehen?

»Artjom, was meinst du?«

»Platz ist in der kleinsten Hütte«, meinte er.

Ich setzte auf der Liste ein Fragezeichen hinter diesen Punkt und wandte mich dem nächsten zu. Wie lange würde ich noch in meiner Kanzlei arbeiten können? Gesetzlicher

Mutterschutz hin und her, ich war schließlich selbständig und wir auf mein Einkommen angewiesen.
»Artjom, was meinst du?«
»Arbeite doch erst mal, solange du kannst. Den Rest sehen wir, wenn's so weit ist«, meinte er.
Nach einem erneuten Fragezeichen widmete ich mich dem Thema, das mir am meisten am Herzen lag. Wie lange sollte ich nach der Geburt pausieren? Konnte mein Gatte einen zusätzlichen Job annehmen, um uns möglichst lange zu entlasten? Aber wenn ich nicht am Ball bliebe, liefen mir dann die Mandanten weg?
»Artjom, was meinst du?«
»Kommt Zeit, kommt Rat«, meinte er.
Kurz, ganz kurz, erwog ich die Möglichkeit, dass er das erste Babyjahr zu Hause verbringen könnte, um sich seiner Tochter zu widmen. Ich versuchte, mir meinen Russen als Hausmann vorzustellen, verwarf den Gedanken wieder und strich das Thema von der Liste.
Einer spontanen Eingebung folgend, rief ich meine Freundin Heike an. Ob sie mich während der Babypause vertreten konnte? Sie hatte mit mir zusammen Jura studiert, nach dem Examen sofort geheiratet, zwei Kinder bekommen und nie gearbeitet. Dennoch machte ich mir wenig Gedanken über ihre mangelnde Berufserfahrung, da ich weniger als Anwältin, sondern vielmehr als Mediatorin für eine überwiegend osteuropäische Klientel tätig war. Die Streitereien, die es zu befrieden galt, waren meist mit dem Einsatz des gesunden Menschenverstandes zu klären. Außerdem gab es immer noch Irina, meine Assistentin, die dank ihrer weißrussischen Herkunft mit der Seelenlage unserer Mandanten bestens vertraut war.
Heike war von meinem Vorschlag begeistert und wollte lieber gestern als heute loslegen. Wir vereinbarten, dass sie

vier Wochen vor dem Geburtstermin bei mir anfangen würde, so konnte ich sie noch einarbeiten und meine aktuellen Fälle mit ihr durchgehen.
»Siehst du«, sagte Artjom, »das klärt sich alles von ganz allein. Ich weiß nicht, warum du dir immer so viele Gedanken machen musst.«
»Weil du dir viel zu wenige machst.«
»Das stimmt nicht, Paula. Im Gegensatz zu dir denke ich aber nur über die wirklich wichtigen Sachen nach.«
»Die da wären?«
»Zum Beispiel auf welche Schule unsere Tochter gehen soll.«
»Artjom, sie ist noch gar nicht auf der Welt!«
»Na und? Bildung ist immens wichtig. Darüber kann man sich gar nicht früh genug den Kopf zerbrechen.«
Trotzdem ließen ihn meine Sorgen und Ängste, unsere Finanzen betreffend, nicht kalt. Fortan überraschte er mich mit immer neuen, immer lukrativeren Geschäftsideen.
»Sieh mal!«, rief er. »Ich habe da etwas im Internet entdeckt. Das wäre doch was für uns und besonders für deine Klienten.«
»Was denn?«
»Da sucht jemand Menschen, die Geld anlegen wollen.«
»Wie? Geld anlegen?« Alle meine Alarmglocken schrillten gleichzeitig, und ich eilte zum Computer.
Siegessicher deutete Artjom auf eine Annonce in einem deutsch-russischen Kleinanzeigenportal:
Haben Sie oder auch Ihre Mandanten und Freunde Barkapital oder angelegtes Vermögen, das Sie in den Wirtschaftskreis legalisiert einbringen möchten, um außerordentliche Renditen bei vollster Diskretion zu erzielen? Nach Ihren Vorgaben erarbeite ich ein flexibles Treuhandkonzept mit möglichen Investitionsformen und professioneller Vermö-

gensverwaltung bei international tätigen Banken (Schweiz, Liechtenstein, Dubai, Zypern etc.) ...

»Da schicken wir deine Mandanten hin und nehmen ein paar Prozent Vermittlungsprovision! Das ist eine todsichere Sache, glaub mir!«

»Barkapital legalisiert in den Wirtschaftskreislauf einbringen? Bist du wahnsinnig? Da geht's um Geldwäsche!«

»Ach, Paula, ich finde, du siehst das ein bisschen zu eng.«

»Zu eng?«

»Na ja, wir könnten wenigstens mal anrufen und ...«

»Wir rufen nirgendwo an. Jedenfalls nicht da. Artjom, ich bin Anwältin. Solche Geschichten können mich meine Zulassung kosten.«

»Meine Güte, ist ja schon gut. War doch nur ein Vorschlag. Dass du dich gleich immer so aufregen musst.«

Als Nächstes kam er mit einem noch besseren Plan um die Ecke. Zusammen mit einem gewissen Jurij, der Schwippschwager eines entfernten Bekannten, wollte er eine Supermarktkette gründen.

»Stell dir vor, Paula, nur russische Lebensmittel. Sauergurken, Pelmeni, eingelegte Pilze, Buchweizen, geräucherte Sprotten, Prjaniki und, und, und. Die Leute werden uns die Bude einrennen!«

»Aber es gibt doch schon jede Menge russische Geschäfte in Hamburg.«

»Ja, so kleine Klitschen. Think big, Paula. Wir wollen das Ganze anders aufziehen, modern, groß, überregional.«

»Aha. Und wie wollt ihr das finanzieren?«

»Ganz einfach: fünfzigtausend Eigenkapital und den Rest von der Bank.«

»Also fünfundzwanzigtausend für jeden?«

»Äh, nein. Fünfzigtausend ich, und Jurij liefert Know-how und Kontakte.«

»Aha. Und woher nimmst du fünfzigtausend Euro?«
Besonders große, bettelnde braune Augen waren die Antwort.
»Artjom, vergiss es. Wir haben nicht so viel Geld. Du kennst doch den Kontostand.«
»Wir könnten deine Eltern fragen.«
»Meine Eltern haben auch keine fünfzigtausend übrig.«
»Sie könnten doch ihr Haus beleihen.«
»Bist du bekloppt?«
»Wer nicht wagt, der nicht gewinnt!«
»Artjom, vergiss es. Sofort!«
Er vergaß es. Dafür fielen ihm andere Unternehmungen ein, allesamt entweder am Rande der Legalität oder mit dem Einsatz erheblicher monetärer Mittel verbunden. Den Rest gab er mir dann mit dem Vorschlag, er könne bei seinem Freund Mischa einsteigen.
»Stell dir vor, Mischa expandiert.«
»Tatsächlich?«
»Ja, er will jetzt auch einen Nachtclub in Düsseldorf eröffnen.«
»In Düsseldorf? Oh, das ist aber weit zum Pendeln. Was sagt denn Lena dazu?«
Lena, Mischas Frau, war für ihre Eifersucht bekannt und gefürchtet. Immer wieder stritten die beiden, weil Mischa hauptsächlich nachts arbeitete und seine Gattin argwöhnte, er könne die Finger nicht vom weiblichen Personal lassen. Ich konnte mir nicht so recht vorstellen, dass sie einen Einsatz in Düsseldorf, der Mischa mehrere Tage in der Woche in Anspruch nähme, gutheißen würde.
»Genau das ist der springende Punkt, Schatz. Deshalb sucht Mischa auch einen zweiten Geschäftsführer.«
»Gute Idee. Und hat er schon einen?«
»Ja, mich!« Artjom strahlte mich unschuldig an.

»Dich? Wie stellst du dir das denn vor?«
Langatmig erklärte mir Artjom, dass das alles überhaupt kein Problem sei. Perspektivisch betrachtet, müsste er nur drei bis vier Tage in der Woche vor Ort sein, anfänglich, beim Aufbau des Clubs selbstredend öfter.
»Wie oft ist öfter?«, wollte ich wissen.
»Na ja, so fünf bis sechs Tage, schätze ich.«
»Und wie lange dauert der Aufbau?«
»Puh, schwer zu sagen. Aber nach einem Jahr müsste der Laden eigentlich rund laufen.«
Nun hatte ich mich zwar daran gewöhnt, dass Artjom auf seine Geschäftsreisen ging. Doch der Gedanke, dass er demnächst überhaupt nicht mehr da wäre und ich allein mit dem Baby in Hamburg hockte, führte bei mir zu leichter Schnappatmung. Und die Vorstellung, dass mein Mann fünf Nächte in der Woche mit leichtbekleideten Bardamen verbringen sollte, ließ einen wachsenden Wutklumpen in meinem Hals aufsteigen. Gelegenheit macht bekanntlich Diebe.
»Das halte ich für keine gute Idee, Artjom.«
»Wieso?« Wieder dieser Kinderblick aus großen, naiven Augen.
»Dann bist du vielleicht gar nicht da, wenn Johanna geboren wird. Und ihr erstes Lebensjahr verpasst du auch komplett. Willst du das wirklich?«
»Was heißt schon wollen? Ich muss, Paula, ich muss! Als Familienoberhaupt muss ich genug Geld für uns alle verdienen.« Bei dieser Erklärung guckte Artjom grimmig entschlossen und begann zu allem Überfluss auch noch, seine Hemdsärmel hochzukrempeln.
Ich beschloss, dass es nun an der Zeit war, seinem vorgeblichen Arbeitseifer Einhalt zu gebieten.
»Ach, weißt du was? Bis jetzt sind wir doch gut klarge-

kommen. Ich denke, wir kriegen das irgendwie hin – auch ohne dass du einen neuen Job machst«, sagte ich entschlossen.
»Meinst du wirklich? Schaffen wir das?«
»Sicher. Das schaffen wir schon.«
Das Familienoberhaupt nickte zufrieden und erklärte seine Bissness-Phase für beendet.

10.

Eine Vollbremsung weckt mich. Ich reibe mir die Augen und starre durch die Windschutzscheibe. Draußen ist es schon dunkel, funzelige Laternen beleuchten nur spärlich die einsame Straße. Wir stehen in einem Gewerbegebiet, ringsherum befinden sich triste Lagerhallen und kleinere Gebäude. Das Haus, vor dem wir parken, ist jedoch mit Lichterketten in den allerschönsten Farben verziert und hat eine mit aufwendigen Holzschnitzereien versehene Fassade.

»Wo sind wir?«, frage ich Maxim, der ratlos auf das Navigationsgerät starrt.

»Charrkiv.«

»Und was ist das da?« Ich deute auf den blinkenden Schuppen.

»Chotel Sun Light.«

»Das soll ein Hotel sein? Das sieht eher aus wie ein Puff.«

»Funf Sterrne, sagt Navi.«

»Und was wollen wir hier?«

»Kind muss schlafen. Wirr brrauchen Platz fur Nacht.«

Ich drehe mich nach hinten um. Stillvergnügt sitzt Johanna auf Daryas Schoß und betrachtet die bunten Lichter. Sie sieht nicht aus, als ob sie schlafen muss.

»Sag mal, sollte Johanna nicht im Kindersitz sein?«, wende ich mich vorwurfsvoll an meine Schwiegermutter. Sie zuckt nur mit den Schultern und redet wie ein Wasserfall auf Maxim ein. Ihre Worte verstehe ich nicht, aber ich ahne, dass sie gerade ihre Meinung über das Fünf-Sterne-Etablissement kundtut. Ich kann mich ihr nur anschließen.

»Es wird doch sicher noch ein anderes Hotel in Charkiw geben, oder?«

»Viellaicht.« Maxim bearbeitet das Navigationsgerät, das eine weitere Adresse ausspuckt. »Chotel Victoria. Nur vierr Sterrne.«
»Egal, lass es uns wenigstens mal angucken.«
Maxim gibt Gas und folgt den Anweisungen unseres elektronischen Stadtführers. Charkiw macht in der Dunkelheit keinen guten Eindruck. Die Straßen sind leer und düster, die Häuser wirken schäbig. Das Navi lotst uns auf verschlungenen Wegen durch die Stadt. Schließlich landen wir in einer kleinen Seitengasse vor einer Front aus Garagen.
»Chierr muss sain«, sagt Maxim.
Hier ist aber nichts, zumindest kein Hotel. Maxim steigt aus und verschwindet. Nach ein paar Minuten ist er wieder da und wendet.
»Ist zwai Strraßen waiterr. Chabe gefunden.«
»Komisches Navi«, bemerke ich.
»Nicht Navi komisch. Ukraina komisch.«
Das Victoria ist ein strahlender Lichtblick in der Ödnis, eine kleine Herberge, wie man sie sich wünscht, wenn man fern der Heimat ein wenig Geborgenheit braucht. Hell, freundlich, modern. Die Zimmer tipptopp, die Bäder schick und wie geleckt, das Personal reizend und zuvorkommend. Und natürlich sind drei Zimmer frei, im Handumdrehen ist ein Kinderbett für Johanna aufgestellt. Ob wir sonst noch etwas brauchten? Der Koch habe zwar schon Feierabend, aber man werde ihn umgehend zurückbeordern, die Herrschaften seien doch sicher hungrig? Das Frühstück werde bis elf Uhr serviert, gern auch später, vielleicht möchten die Herrschaften ausschlafen? Für wie viele Nächte der Aufenthalt geplant sei? Ach, das wüsste man noch nicht? Überhaupt kein Problem, das könnten die Herrschaften auch später entscheiden, nein, nein, keine Vorkasse, natürlich nicht. Und niemand zuckt auch nur mit der Augenbraue angesichts der

merkwürdigen Reisegruppe. Die Herrschaften atmen durch und wähnen sich im Service-Paradies.
Nur Darya knurrt ein wenig, weil sie sich mit Luise das Zimmer teilen soll und nicht mit ihrer Enkelin. Ich lasse sie einfach auf dem Flur stehen und verschwinde mit meiner Tochter. Das Angebot, dem Koch seine Freizeit zu versauen, haben wir dankend abgelehnt. Maxim will lieber auswärts speisen.
Nach einer Stunde treffen wir uns in der Lobby wieder. Meine Schwiegermutter hat sich ausgehfein gemacht, in einem limettengrünen Etuikleid nebst passender Stola und obligatorischen High Heels entsteigt sie dem Fahrstuhl.
»Wo du nur immer diese Schuhe findest«, sagt Mutter bewundernd.
Die Wahl des Schuhwerks bereut Darya kurz darauf, denn Maxim entscheidet, dass ein Fußmarsch allen guttut.
»Rästorran ganz in Nähe«, sagt er.
Ganz in der Nähe entpuppt sich als ganz schön weit entfernt, schimpfend stolpert Darya hinter uns her, die Bürgersteige in Charkiw sind uneben und voller Löcher. Wir passieren einen Park, in dessen Mitte eine große Statue steht – Mann in staatsmännischer Pose, gewichtiger Schnurrbart, ernster Blick.
»Wer ist das denn?«, will ich wissen. »Ein früherer Präsident?«
»Taras Schewtschenko, grrößterr Dichtärr von Ukraina, sährr berruhmt.«
»Verwandt oder verschwägert mit dir?«
»Wass?«
»Na, ihr habt doch den gleichen Nachnamen.«
»In Ukraina alle haißen so.«
Zwei Kilometer und drei Wutanfälle Daryas später haben wir das Restaurant erreicht. Es ist riesig und leer. Na, wenn

das mal geöffnet hat, denke ich. Aber es eilt schon ein Kellner herbei und führt uns in eine lauschige Nische. Das Ambiente ist folkloristisch – viel Holz, gewebte Teppiche, Steingut an den Wänden.

»Ist georrgischäs Rästorran. Bästes Schaschlik in Stadt«, erklärt Maxim und gibt beim Kellner eine ellenlange Bestellung auf.

»Ich hätte schon gern die Speisekarte gesehen«, bemerke ich spitz.

»Kannst du läsän Kyrill?«

»Äh, nein.«

»Alsso.«

Klugscheißer, denke ich.

Während wir auf das Essen warten und Johanna auf dem Boden mit Steingut-Figuren von der Fensterbank spielt, versuche ich, aus Maxim herauszulocken, wo genau Artjom nun steckt, warum wir ihn nicht sofort treffen, wie denn unser weiterer Plan aussieht und ob wir überhaupt einen haben.

»Paula, cheute Pause. Morrgen errfährst du. Wsigo nje piridjelajisch. Allä Dingä kannst du nicht machen.«

Da ich mittlerweile begriffen habe, dass Nachhaken bei unserem wandelnden Sprichwörterlexikon zwecklos ist, reiße ich mich zusammen. Geduld, Matthes, nur Geduld, denke ich. Auf ein paar Stunden mehr oder weniger kommt's jetzt auch nicht mehr an. Und meinen Mann kann ich noch früh genug in der Luft zerreißen.

Mit gehörigem Appetit fallen wir über unsere Fleischspieße her, sie sind saftig und butterzart, dazu gibt es verschiedene Saucen, Gemüsereis und mit körnigem Käse gefülltes, frisch gebackenes Brot – ein wahres Festmahl. An dem Bier, das Maxim für mich geordert hat, nippe ich erst misstrauisch und bin dann überrascht.

»Oh, das ist aber lecker!«
»Bierr aus Ukraina ist bästäs Bierr von Wält.«
»Ach, ich dachte immer, das würden wir Deutschen brauen.«
»Dänkst du falsch.«
Als wir zwei Stunden später ins Victoria zurückkehren, wo der Nachtportier uns wie verschollen geglaubte Verwandte begrüßt, wanken wir sofort in die Zimmer. Johanna will nicht in ihrem Babybett schlafen, sondern krabbelt auf Mamas Matratze. Das finde ich gut, lösche das Licht und kuschle mich fest an sie.
»Morgen hast du deinen Papa wieder. Schlaf schön, mein Schatz.«

Drei Stunden später schläft noch niemand in unserem Zimmer. Johanna sitzt kerzengerade im Bett, summt vor sich hin und ziept an meinen Haaren. Das Kind ist mehr als hellwach. Genau wie ich hat sie im Auto geschlafen, es gibt also keinen Grund für sie, das jetzt noch einmal zu tun. Von *La Le Lu* über *Guten Abend, gute Nacht* bis *What shall we do with the drunken sailor?* habe ich mein Repertoire mehrmals abgesungen, alle Fernsehkanäle durchgezappt und Hoppe-Hoppe-Reiter gespielt. Jetzt stehe ich auf und ziehe uns an. Frische Luft macht müde, also werden wir ein bisschen spazieren gehen.
Der Portier wundert sich kein bisschen, warum Mutter und Tochter um zwei Uhr aufgekratzt das Hotel verlassen, er nickt uns nur freundlich zu.
Draußen ist es stockfinstere Nacht, Charkiw schläft, irgendwo bellt ein Hund. Da mir die Dunkelheit ein wenig unheimlich ist und ich auch Angst habe, mich zu verlaufen, begnügen Johanna und ich uns damit, die beleuchtete Auffahrt des Victoria rauf- und runterzuhüpfen, einbeinig,

zweibeinig und sogar rückwärts. Das soll die rechte Hirnhälfte stimulieren, und dann wird das Kind später ein Ass in Mathe, hat Artjom mir erklärt.
Plötzlich bemerke ich einen roten Punkt, der auf der anderen Straßenseite regelmäßig aufglimmt. Als ich ihn fixiere und herauszufinden versuche, was das ist, löst sich der rauchende Maxim aus dem Dunkel und kommt zu uns herüber.
»Wass machst du, Paula?«
»Ich hüpfe, das siehst du doch.«
»Warrum?«
»Johanna kann nicht schlafen. Also dachte ich, wir vertreten uns ein bisschen die Beine.«
»Kaine gute Idä. Du musst blaiben nachts im Chotel.«
»Ach, wir sind doch direkt davor. Hier kann nichts passieren.«
»Man waiß nicht. Viellaicht gefährrrlich.«
»Na, jetzt bist du ja da und passt auf uns auf.«
Maxim bietet mir eine Zigarette an, und ich greife zu. Wer weiß, denke ich, wenn zwei Kumpel zusammen rauchen, kommen sie gern mal ins Plaudern. Nachdem sich mein Husten einigermaßen gelegt hat, sage ich möglichst beiläufig: »Ich bin ja mal gespannt auf morgen. Meinst du, wir finden Artjom?«
»Chabe schon gefundän.«
»Echt? Wo ist er? Wie geht's ihm? Wollen wir nicht jetzt sofort zu ihm? Ich meine, wir sind ja schließlich wach.« Ich hüpfe wieder von einem Bein aufs andere, diesmal vor Aufregung und Erleichterung.
»Morrgän, Paula, morrgän. Und jetzt du gähst schlafen.«
Mann, Mann, Mann, Matthes, denke ich, an dem beißt du dir echt die Zähne aus. Und da mir nichts anderes übrigbleibt, gehe ich grollend aufs Zimmer zurück.

»Hach, das schmeckt! Davon hole ich mir gleich noch ein bisschen.« Begeistert beugt sich Mutter im Speiseraum des Victoria über ihr Rührei mit krossem Speck und Würstchen. Ich habe keinen rechten Hunger, wahrscheinlich weil ich hoffnungslos übermüdet bin. Nach Maxims Bemerkung, dass er Artjom gefunden habe, war ich so aufgewühlt, dass ich mich bis zum Morgengrauen unruhig hin und her gewälzt habe. Kurz vor fünf bin ich eingeschlafen, kurz nach fünf hat mich meine Tochter geweckt, bester Laune und bereit für den Tag. Kurzentschlossen habe ich meine Schwiegermutter aus dem Bett geklopft und ihr die Kleine in den Arm gedrückt.

»Bitte sehr«, sagte ich, »Johanna will spielen. Viel Spaß.«

Wo die beiden wohl stecken?, frage ich mich nun und treibe Mutter ein wenig an. »Mama, es wäre mir lieb, wenn du ein bisschen schneller isst.«

»Herrje, jetzt hetz nicht so! Man wird doch wohl noch in Ruhe frühstücken dürfen.«

»Nein, heute nicht. Ich will so schnell wie möglich zu meinem Mann.«

»Gänug Zait fur Ässen«, meint Maxim und bringt Mutter einen Teller mit einem Törtchen.

»Oh, was ist das denn?«, fragt sie.

»Spezialität aus Ukraina. Kuchen aus Käse mit Soße aus Sahne.«

»Ach, das geht doch direkt auf die Hüften«, kokettiert sie, schiebt sich aber schon die erste Gabel in den Mund.

»Luitschka, ächte Frrau ist nicht chart und dunn wie Wiesäl, sondärrn waich wie dicke Katze.«

Mutter verschluckt sich. Ich finde den Vergleich mit der dicken Katze äußerst gelungen, verkneife mir aber eine Bemerkung und frage lieber, wo überhaupt Johanna und Darya seien.

»Die sind Schuhe kaufen«, sagt Mutter.
»Bitte?«
»Darya hat gestern Abend ein Schuhgeschäft entdeckt, gleich vorn an der großen Straße. Da wollte sie schnell hin.«
Ich bin so perplex, dass mir der Mund offen stehen bleibt. Ich bin von Verrückten umgeben, denke ich, die eine schlemmt sich seelenruhig durchs Buffet, die andere geht bummeln. Und Schuhkauf ist bei meiner Schwiegermutter ein Prozess, der sich über Stunden zieht. Als ob wir nicht Besseres zu tun hätten!
»Bin gleich wieder da«, belle ich und stürze aus dem Hotel. Die schnapp ich mir! An der nächsten Kreuzung finde ich den Schuhladen und reiße wütend die Tür auf.
Erstaunt und ein wenig ungehalten ob der Störung, schaut Darya auf. Sie ruht in einem bequemen Sessel, ihr zu Füßen kniet ergeben ein junger Mann in einem Meer aus Kartons, neben ihr in einem Stuhl wackelt Johanna mit den Beinen. An ihren Füßen glänzen schwarze Lackschühchen.
»Was machst du hier?«, schimpfe ich. »Wir müssen los!«
Darya schüttelt den Kopf.
»Du kannst doch in Hamburg jederzeit Schuhe kaufen. Das muss doch nicht jetzt sein!«
Darya schüttelt den Kopf.
Wahrscheinlich hat sie sogar recht, denke ich unwillkürlich, als ich die am Boden liegende Auswahl betrachte. So was bekommt sie nie im Leben in Hamburg! Jedenfalls nicht in diesen schreienden Farben und nicht mit diesen absurd hohen Absätzen.
Erbost ziehe ich Johanna die neuen Schuhe aus.
»Die sind ganz, ganz ungesund!«, schimpfe ich. »Alles aus Plastik. Die trägt Johanna auf keinen Fall, das verbiete ich!«

Darya schüttelt den Kopf.
»Und jetzt beeil dich, sonst fahren wir ohne dich los!«, zische ich, setze mir Johanna auf die Hüfte und marschiere zum Hotel zurück.
Mutter und Maxim warten schon am Auto. Ich schnalle Johanna an und setze mich, wortlos vor mich hin schäumend, auf meinen Platz. Zehn Minuten später schlendert Darya betont langsam heran. In einer Hand trägt sie eine durchsichtige Plastiktüte mit den Lackschühchen. Sie versucht noch nicht einmal, sie vor mir zu verstecken. Na warte, denke ich, in der Angelegenheit ist das letzte Wort noch nicht gesprochen. Nach ein paar Minuten sind wir endlich abfahrbereit und rollen los. Noch immer hat Maxim nicht verraten, wohin es geht.
Bei Tageslicht betrachtet, ist Charkiw eine nette Stadt. Langsam drängt sich unser Auto im Stau durch das Zentrum, wir bestaunen aufwendig sanierte Gebäude aus der Zeit des Barock und Jugendstils und wundern uns über die Menge an Restaurants, die Namen tragen wie *Mafia, Corleone* oder *Consiglieri.* Man scheint hier eine gewisse Sympathie für die italienische Lebensart zu empfinden.
Die Straße öffnet sich nach links zu einer gigantischen freien Fläche, an deren hinterem Ende ein etwa zwanzig Meter hohes Lenin-Denkmal steht.
»Majdan Swobodi«, erklärt Maxim, und in seiner Stimme liegt ein Hauch von Stolz, »grroßtes Platz von Eurropa. Noch mährr grroß als Rrotes Platz in Maskva.«
»Ach, das wusste ich ja gar nicht. Toll!«, gibt sich Mutter interessiert und blättert mal wieder in einem ihrer Reiseführer.
Wir verlassen das Stadtzentrum und fahren auf einer sechsspurigen Ausfallstraße durch die Suburbs.
»Glaich da«, sagt Maxim, und im selben Augenblick setzt

sich ein Polizeiwagen vor uns und bremst uns aus. Maxim flucht, Darya macht »Tss, tss, tss«, Mutter und ich sind verwundert.
»Was ist denn?«, frage ich. »Bist du zu schnell gefahren?«
»Nain, naturlich nicht«, sagt Maxim ärgerlich, greift zum Handschuhfach, das voller Fünfzig- und Hundert-Griwna-Scheine ist, und stopft sich ein paar davon in die Hosentasche. »Sitzen blaiben!«, kommandiert er beim Aussteigen und befindet sich kurz darauf in einer lebhaften Diskussion mit zwei Milizionären.
Es scheint ein längeres Gespräch zu werden, die Herren gestikulieren herzhaft, zwischendurch wird aber auch mal gelacht. Trotzdem stecke ich den Kopf zwischen die Knie und suche vorsichtshalber in meiner Handtasche nach dem Pass.
»Da!«, schreit Mutter plötzlich, vor Schreck haue ich mir den Kopf am Armaturenbrett an. »Das ist doch, da drüben, das ist doch …« Ihre Stimme überschlägt sich.
»Na, Mama«, sage ich süffisant und reibe mir den Schädel, »mal wieder einen Promi entdeckt?«
»Dein Mann, Paula, dein Mann! Da drüben steht Artjom! Huhu!«, schreit sie weiter und winkt wild.
Hektisch suchen meine Augen die gegenüberliegende Straßenseite ab. Und wirklich, in einer Einfahrt lehnt Artjom an einem schwarzen Geländewagen.
»Huhu!«, rufe ich nun auch, völlig vergeblich, das kann Artjom natürlich nicht hören. Nur Maxim schaut irritiert auf unseren Tumult und macht komische Handbewegungen. Ich beachte ihn nicht weiter, denn nun kommen da drüben zwei Männer auf meinen Mann zu und schubsen ihn resolut auf den Beifahrersitz des Wagens. Ich sehe, wie Artjoms Kopf müde gegen die Rückenlehne fällt, und finde, dass ich genug gesehen habe. Ich reiße die Tür auf,

springe aus dem SUV, schreie und schreie und winke und versuche, über die vielbefahrene Straße zu laufen. Hinter mir brüllen Maxim und die Polizisten Unverständliches.
Ich sprinte hakenschlagend los und weiche den hupenden Autos aus. Und die ganze Zeit schreie ich mir weiter die Seele aus dem Leib. Artjom bemerkt mich nicht, er hat die Augen geschlossen. Aber die beiden Männer bemerken mich, einer von ihnen setzt sich schnell ans Steuer. Will der etwa abhauen? Mit meinem Mann?
Ohne Rücksicht auf den Verkehr laufe ich todesmutig weiter. Doch bevor ich überfahren werde, wirft mich jemand von hinten zu Boden und dreht mir den rechten Arm auf den Rücken. Ich trete und strample und keife: »Lass mich los, du Arsch!«
Und dann sehe ich noch, wie der Geländewagen aus der Einfahrt brettert und mit erheblicher Geschwindigkeit stadtauswärts fährt.

11.

Was machst du? Waaaas?« Maxim ist nicht nur ein bisschen wütend auf mich. Er ist stinkwütend und tigert in der Arrestzelle auf und ab, in die die Polizisten unsere kleine Herde gepfercht haben.

»Was hätte ich denn machen sollen, wenn vor meinen Augen mein Mann entführt wird?«, schniefe ich.

»Chab ich gesagt, sitzen blaiben? Chab ich gesagt?«

»Ja, aber da war Artjom und …«

»Abärr, abärr! Deutschä immärrr abärr. Und siehst du nun, was macht abärr?«

»Ich wollte nur meinen Mann retten«, heule ich. »Kann ich doch nicht ahnen, dass die Polizei hier so sensibel ist.«

»Du bist verruckt. Was macht Polizai in Germanija, wenn ist Kontrrollä und Mänsch läuft weg? Was macht? Macht winkä-winkä? Arrivädärrci, bye-bye?«

Mutter, Darya und Johanna beobachten aus ihrer Ecke heraus atemlos Maxims Ausbruch. Mutter zittert und ist ziemlich blass um die Nase, Darya völlig verheult, einzig Johanna behält die Nerven. Sie steht auf, wackelt zu dem sauren Rumpelstilzchen und nimmt seine Hand. Den Trick muss ich mir merken, denn Maxim beruhigt sich augenblicklich.

»Malinka, malinka«, seufzt er und lässt sich auf die Bank fallen, »daine Muttärr ist verruckt.«

Johanna nickt und setzt sich auf seinen Schoß.

»Und jetzt?«, frage ich zaghaft.

»Jätzt Prrobläm. Grroßäs Prrobläm.« Maxim schüttelt resigniert seinen Kopf.

»Wann kommen wir denn wieder raus?«

»Kaine Ahnung. Chast du Gäld?«

Ich wühle in meiner Handtasche, Handys und Pässe haben sie uns abgenommen, das Portemonnaie ist noch da. Meine Barschaft beläuft sich auf mickrige dreihundert Griwna, Mutter und Darya leeren ebenfalls ihre Taschen, wir legen zusammen und haben umgerechnet etwa achtzig Euro. Mein Gefühl sagt mir, dass das in diesem Fall nicht reichen wird, um die Polizisten milde zu stimmen. Ein Blick in Maxims Gesicht bestätigt dieses Gefühl.

Ich starre auf die Scheine in meiner Hand. Denk nach, Matthes, los, denk nach!, sage ich mir, wir müssen hier so schnell wie möglich weg und weiter nach Artjom suchen. Bei dem Gedanken an meinen Mann steigen mir Zornestränen in die Augen. Zehn Meter! Ich war nur zehn Meter von ihm entfernt, als diese Schweine ihn entführt haben. Aber haben die ihn tatsächlich entführt? Warum hat der Depp gerade in dem Augenblick die Augen geschlossen, als ich über die Straße gerannt bin? Wieso kann eigentlich mein Mann nicht ein Mal, nur ein einziges Mal etwas richtig machen? Ich krame nach einem Taschentuch, und dabei fällt mir die Telefonnummer meines Polizeifreundes aus Kiew in die Hand. Der schien mir doch etwas Ranghöheres zu sein.

»Maxim, ich muss telefonieren. Kannst du mal fragen, ob das möglich ist?«

Maxim brüllt durch die Gitterstäbe, kurz darauf kommt ein Milizionär, dem er mein Anliegen vorträgt. Der Polizist schüttelt vehement seinen Kopf und geht einfach wieder.

»Täläfon nicht errlaubt«, sagt Maxim.

Bevor ich erneut heulen kann, räuspert Darya sich vornehm, fummelt in den Tiefen ihres Ausschnitts herum und zieht ein winziges Handy hervor, das sie mir feierlich überreicht.

»Wonderrbrra«, sagt die Frau, die stets für kleine Wunder sorgt.
Ich könnte sie küssen, und das mache ich auch spontan. Darya wischt sich mit einem leicht angewiderten Gesichtsausdruck die feuchte Wange trocken. Ich gebe das Handy an Maxim weiter und drücke ihm den Zettel in die Hand. »Ruf da schnell an und frag nach Herrn, ähh …« O Gott, ich weiß gar nicht, wie dieser Mensch heißt, seinen Namen hat er mir nicht genannt, und ich habe vergessen, danach zu fragen. »Egal, sag einfach, du willst mit dem Dicken in beiger Uniform reden, der Deutsch spricht und mal in der DDR stationiert war, als Pilot oder so.«
Maxim guckt mich zweifelnd an, tut aber, wie ihm geheißen. Während er sich mit unterdrückter Stimme durch das komplette Polizeirevier telefonieren muss, positionieren Darya, Mutter, Johanna und ich uns vor dem Gitter und stehen Schmiere. Endlich gibt Maxim mir das Telefon zurück.
»Hallo«, flüstere ich, »Paula Matthes hier. Sie erinnern sich an mich?«
»Wärr? Värrbindung ganz schlächt. Sie mussen sprrächen ganz laut.«
»Matthes«, flüstere ich laut, »Paula Matthes.«
»Ah, Frrau Matthes. Wie gäht? Und wie gäht es Mann?«
»Nicht gut, gar nicht gut. Ich brauche dringend Ihre Hilfe!«
»Ah, naturrlich! Was kann ich machen?«
Nachdem ich ihm geschildert habe, was passiert ist und dass wir in einer Klemme sitzen, aus der er uns befreien soll, hat sein Helfersyndrom einen leichten Dämpfer bekommen.
»Oh, chab ich glaich gesagt, Mann macht Bissness. Und Bissness ist oft Prroblām.«
»Jaja, schon gut, Sie haben ja so recht. Um meinen Mann

sollen Sie sich auch gar nicht kümmern. Das mach ich schon selbst. Aber dafür müsste ich erst mal hier raus. Können Sie vielleicht bei Ihren Kollegen in Charkiw ein gutes Wort für uns einlegen?«

»Ah, das ist kain Prroblem!«

Maxim erklärt meinem Kiewer Kumpel kurz, wo genau in Charkiw wir uns befinden, dann schaut er mich staunend an. »Wohärr kennst du?«

»Den kenn ich, weil ich in Kiew eine Vermisstenanzeige aufgegeben habe. Tja, mein Lieber, Beziehungen sind eben alles.« Und weil ich gerade so gut in Fahrt bin und wieder ein wenig Oberwasser habe und doppelt bekanntlich besser hält, rufe ich auch noch bei der Botschaft an und lasse mich zu meinem zweiten Freund durchstellen.

»Frau Matthes, wie nett, dass Sie sich mal melden«, freut sich der deutsche Beamte.

Kurz bin ich versucht, ihn anzupflaumen, dass er sich streng genommen bei mir melden wollte, wenn er die Krankenhäuser abtelefoniert hat, und ich bis dato vergeblich auf seinen Anruf warte. Aber das wäre wahrscheinlich kontraproduktiv, deshalb säusele ich: »Ich freue mich auch, Ihre Stimme zu hören. Ich habe gerade ein klitzekleines Problemchen. Sie glauben ja gar nicht, was mir passiert ist …«

Neunzig Minuten später sind wir frei. Und ich fühle mich wie die Königin von Saba nebst ihrem Gefolge, so diensteifrig und beflissen hofieren uns die Charkiwer Milizionäre. Die beiden Anrufer aus Kiew haben einen nachhaltigen Eindruck hinterlassen. In den Augen der örtlichen Polizei bin ich von der Verbrecherin zum VIP aufgestiegen, auch wenn sie sich nicht genau erklären können, was mich eigentlich so wichtig macht. Aber der Nimbus des Geheimnisvollen erhöht meinen Status noch, man serviert uns Tee

und Wodka, eilig wird Gebäck herbeigeschafft, das ich mit dem Hinweis auf unsere dringenden Geschäfte dankend ablehne.
Irgendein armer Mensch wurde damit beauftragt, sich der inneren und äußeren Reinigung unseres Wagens zu widmen, verschwitzt rennt er herbei und meldet Vollzug. Dann endlich dürfen wir diesen auf einmal so gastlichen Ort verlassen.
»Und nun?«, frage ich Maxim, als wir das Revier verlassen. »Wie kriegen wir raus, was mit Artjom passiert ist?«
»Ich kummer mich. Du packst Koffärr im Chotel.« Seine befehlsverknappten Sätze trägt er mit einer neuen Sanftheit vor, augenscheinlich nötigen meine *Connections* auch ihm Hochachtung ab. Den Waffenstillstand möchte ich nicht gefährden, also nicke ich brav.

Eine Stunde später sitzen wir reisefertig im Auto und blicken bei der Abfahrt wehmütig zum Victoria.
»Magst du mir erzählen, was du herausbekommen hast?«, frage ich vorsichtig, als Maxim sich in den Verkehr stadtauswärts einfädelt.
»Paula, späterr. Nicht vor Ohrr von Kind. Cheute Abend du erfährrst ganzä Geschichtä.«
»Okay, aber kannst du mir wenigstens sagen, wie's Artjom geht?«, beharre ich bang. Beim Kofferpacken hatte ich ausreichend Zeit, mir in wilden Fantasien auszumalen, dass Artjom jetzt definitiv gekidnappt und verschleppt worden ist.
»Gäht gutt, sährr gut. Chat gemacht klaine Dummheit, aberr jätzt alläs gutt.«
Maxims Antwort beruhigt mich. Das mit der kleinen Dummheit glaube ich sofort, dafür ist mein Mann schließlich prädestiniert.

»Und wohin fahren wir?«
»Donezk. Mussen beeilen, ist sich schon Mittag, und abends wir sollen da sain.«
»Wie weit ist das denn?«
»Draihundert Kilomätärr.«
»Na, das sollten wir doch schaffen.«

Vier Stunden später und ungefähr auf halber Strecke denke ich, dass es wohl kaum zu schaffen ist. Maxim hantiert verbissen mit dem Wagenheber. Mutter, die noch nie in ihrem Leben ein Rad gewechselt hat, assistiert ihm fachkundig. Mitten im ukrainischen Nirgendwo ist uns ein Reifen geplatzt, und mich wundert einzig, dass es erst jetzt geschehen ist.
Der Weg Richtung Donezk ist ein Horrortrip. Die Straßen sind klein und übersät mit sarggroßen Schlaglöchern, in denen man glatt die Verkehrstoten beerdigen könnte. Zum Teil fehlt plötzlich der Asphalt, es liegen aus unerfindlichen Gründen Steine, Äste oder alte Plastikkanister mitten auf der Fahrbahn. Drei Mal schon hat uns das Navi in die Irre geführt. Straßenschilder gibt es kaum, und wenn, dann stehen Orte darauf, die wir nicht suchen. Maxim, der mir bisher als besonnener Chauffeur erschien, hat seinen Fahrstil geändert und mächtig Gas gegeben. Wie ein Rallyefahrer ist er kreuz und quer über die Straßen geschossen und allen Hindernissen ausgewichen, bis uns der rostige Nagel stoppte.
»Das hast du jetzt von deiner Raserei«, sage ich altklug und beobachte, wie er sich mit dem Reserverad abmüht. Er knurrt etwas, das ich zum Glück nicht verstehe. Johanna ist quengelig und will endlich raus aus dem Auto, also nutzen wir unseren Zwischenstopp für einen Spaziergang. Wir gehen ein Stück die schmale Straße entlang, die in Deutsch-

land allenfalls als landwirtschaftlicher Betriebsweg durchgehen würde. Unser Navigationsgerät weist sie als Hauptverkehrsader aus. Doch außer uns will niemand hier entlang nach Donezk, es gibt keine Autos, keine Menschen, noch nicht einmal eine Tankstelle.
Rechts und links von uns liegen Felder mit jungem, grünem Weizen, so weit das Auge reicht. Johanna watschelt von der Straße direkt ins Getreide und lässt sich mit einem Quieken auf die schwarze Erde fallen. Genüsslich wühlt sie mit den Händen auf dem Boden herum, innerhalb von Sekunden ist sie über und über mit Dreck beschmiert, die Erde klebt in Klumpen an dem Kind.
Mit einem Aufschrei stürzt sich Darya auf ihre Enkelin, zerrt sie hoch und klopft an ihr herum. Zu allem Überfluss zieht sie noch eine Packung Feuchttücher aus ihrer Tasche und versucht, Johanna abzuwischen. Das macht alles nur noch schlimmer, nun sieht meine Tochter tatsächlich aus wie ein Erdferkel, das sich gerade gesuhlt hat.
»Nun lass sie ein bisschen spielen. Wir können sie doch später waschen, alles halb so schlimm«, greife ich beschwichtigend ein.
Aber Babuschka reibt nahezu entfesselt an Johanna herum, die prompt zu weinen beginnt. Ich registriere, wie etwas von tief unten in mir aufsteigt und mein Hals eng und heiß wird. Dann bricht sich die Anspannung der letzten Tage Bahn, und ich verliere meine Selbstbeherrschung, auf die ich sonst so stolz bin.
»Lass sofort meine Tochter los!«, brülle ich.
»Alläs Dräck, alläs Dräck«, brüllt Darya zurück.
»Na und?«, ich werde immer lauter. »Ein bisschen Dreck hat noch niemandem geschadet! Und warum sitzen wir hier überhaupt im Dreck, du blöde Kuh? Wegen deinem blöden Sohn und eurer scheißblöden Geheimniskrämerei!«

Beleidigt dreht sich Darya auf dem Absatz um und stapft zum Auto zurück.
»Scheiße, Scheiße, Scheiße!«, schreie ich in die ukrainische Einöde und trete gegen einen Stein, was sich leider als sehr schmerzhaft erweist. Das macht mich noch wütender, ich nehme den Stein, schleudere ihn aufs Feld und werfe ein weiteres »Scheiße!« hinterher.
»Mami böse?«
Vor Schreck breche ich fast zusammen, fahre herum und blicke in Johannas erschrockene Augen. Habe ich mir das gerade eingebildet?
»Schätzchen, hast du etwas gesagt?«
Johanna nickt und fragt erneut: »Mami böse?«
»Nein, natürlich nicht. Also jedenfalls nicht mit dir, meine Süße. Ich hab nur ein bisschen mit Babuschka geschimpft. Mach dir keine Sorgen, wir vertragen uns gleich wieder. Alles ist gut, alles ist gut«, stammle ich und ziehe sie in meinen Arm.
Mir wird ganz warm. Meine Tochter spricht. Nur zwei Worte, aber immerhin. Eton, Stanford, wir kommen!

Mit einem »'tschuldigung, aber das musste mal gesagt werden« klettere ich nach dem Reifenwechsel zurück in den Wagen. Wirklich leid tut mir mein Ausbruch aber nicht. Im Gegenteil, ich finde, er war längst überfällig. Darya ignoriert mich mit zusammengekniffenen Lippen.
»Was ist denn los?«, will Mutter wissen. Statt einer Antwort erntet sie böse Blicke von Darya und mir und verstummt. Maxim dreht die Anlage auf, und *Mamma Maria* von Ricchi e Poveri macht das zickige Schweigen erträglicher.
Die restliche Strecke legen wir fast wortlos zurück, auch Johanna sagt nichts mehr, sie summt nur leise vor sich hin.

Die Landschaft verändert sich langsam. Wälder und Felder weichen einer Steppe. Auf der weiten Ebene liegen kleine Hügel und Seen. Je näher wir der Stadt kommen, desto öfter sehen wir Industrieanlagen mit qualmenden Schloten. Maxim schaltet die Lüftung aus, es riecht nicht besonders gut.

Wir erreichen Donezk im Dunkeln. Es fühlt sich an wie ein Déjà-vu, obwohl die Stadt viel größer und prächtiger erscheint als Charkiw. Sie ist hell erleuchtet, die großen Straßen sind tadellos, futuristische Hochhäuser recken ihre Stockwerke in den Himmel.

»Wow, hier sieht's ja spacig aus«, entfährt es mir.

»Achmetow-Land«, sagt Maxim.

»Bitte?«

»Donezk ist Stadt von Rinat Achmetow, raichste Mann von Ukraina. Alläs gehörrt ihm.«

Ich finde, dass Maxim ein wenig übertreibt. Einem einzigen Mann kann wohl kaum die gesamte Stadt gehören. Obwohl, denke ich, es hier ja auch Menschen gibt, die sich Picassos übers Klo hängen. Alles in allem macht Donezk jedenfalls einen äußerst prosperierenden Eindruck.

Gerade will ich fragen, wo es denn nun hingeht, da hält Maxim auf einen verglasten Wolkenkratzer zu. *Shakhtar Plaza Hotel* steht über dem pompösen Eingang.

»Ein Hotel? Treffen wir hier Artjom?«

»Nain. Wir nähmen Zimmärr, dann gäht waiter.«

Die heutige Odyssee ist also noch nicht zu Ende. Ich werde ungeduldig. Und ich habe keine Lust mehr, noch weiterzuziehen – wohin auch immer. Den ganzen Tag habe ich mich zusammengerissen und keine Fragen gestellt. Jetzt will ich endlich wissen, was mit meinem Mann geschehen ist.

»Maxim«, poltere ich, »mir reicht's langsam. Was genau machen wir in Donezk? Ist Artjom hier?«

»Rruhig, Paula, rruhig«, sagt Maxim ungerührt, »Tischi jedisch, dalschi budisch. Fährrst du langsam, kommst du waiterr.«
Genau, denke ich, der Spruch des Tages hat mir gerade noch gefehlt.

12.

Nicht übel, Matthes, gar nicht so übel, finde ich, als ich mich vor dem Spiegel drehe und wende. Ich trage ein kleines Schwarzes, das zwar hochgeschlossen, aber ansonsten wirklich sehr klein ist. Obwohl mein rechter großer Zeh nach der Auseinandersetzung mit dem Stein immer noch pocht, habe ich meine Füße in hochhackige schwarze Peeptoes gezwängt. Ich stecke meine Haare hoch und betrachte kritisch meinen Lidstrich. Er sitzt.

Maxim hat mir erklärt, dass wir jemanden treffen, der angeblich weiß, wo mein Mann sich mittlerweile aufhält. Und der mir auch sagen kann, warum mein Mann sich aufhält, wo er sich gerade aufhält. Anscheinend werden wir mit diesem Jemand ausgehen, denn Maxim hat darum gebeten, dass ich mich in Schale schmeiße – »Kaine Jeans, Paula!«. So kommt nun wenigstens mein neues Kleid zum Einsatz, das ich in Kiew gekauft habe und das dort seinen ersten Auftritt im Nachtleben feiern sollte.

Ich begebe mich auf die Suche nach dem Rest meiner Kombo und finde sie im Kids Club, einem quietschbunten Raum, dessen psychedelische Tapete bei mir einen leichten Schwindel verursacht. Vielleicht ist die Wirkung beabsichtigt, überlege ich, bedröhnte Kinder sind besser zu beaufsichtigen.

Johanna wühlt sich fröhlich durch ein Bällebad, flankiert von Darya, Mutter und Maxim, der in diesem Ambiente etwas verloren aussieht.

Maxim und ich verabschieden uns, er hat bestimmt, dass nur wir zwei zu diesem Rendezvous aufbrechen. Mutter ist leicht verschnupft, wahrscheinlich würde auch sie gern mal wieder ausgehen, insbesondere in der Begleitung ihres neuen Freundes. Auch Darya zieht es vor, mich weiterhin mit Nichtbeachtung zu strafen. Soll sie doch, denke ich, merke aber, dass der Liebesentzug langsam anfängt, mich zu stören.

Als wir losfahren, kann ich vor lauter Aufregung kaum stillsitzen. »Jetzt aber mal raus mit der Sprache: Wohin geht's denn jetzt?«

»Marrrakäsch. Ist sich Rrästauran in Donezk.«

»Aha.« Hier gibt es also ein Restaurant namens Marrakesch. Warum nicht, denke ich, in Hamburg gibt's schließlich auch eins.

»Und wen treffen wir da?«

»Bissnessparrtner von Artjom.«

»Aha. Und wer ist das?«

»Paula, rruhig. Du siehst glaich.«

Das Marrakesch wartet mit gediegenem Orientplüsch auf – viele Kissen, viele Sternenlämpchen, viel Braun und Gold und viele Mosaiken. Der Raum ist in Nischen unterteilt, so dass trotz seiner Größe der Eindruck von Intimität entsteht. Maxim strebt auf eines dieser Separées zu, in dem eine ganze Horde Hof hält. Drei sehr junge, sehr leicht, aber sehr gut gekleidete Damen nippen an ihren Champagnergläsern und ziehen gelangweilt an ihren Slim-Zigaretten. Vier bullige Herren in dunklen Lederjacken und mit Ray Bans auf den kurzrasierten Schädeln wenden uns erst ihre Stiernacken zu und springen auf, als wir uns nähern. Nicht aus Höflichkeit, vermute ich.

Inmitten der Schar residiert ein mehr als attraktiver Mann in den Endvierzigern. Er sieht aus, als wäre er soeben dem Katalog eines Herrenausstatters entstiegen. Ein leichter, enganliegender grauer Wollpulli, ich tippe auf Kaschmir, betont seine Brustmuskulatur aufs Vorteilhafteste. Im Gegensatz zu seinen Begleitern hat er allerdings nicht die Statur eines Gorillas, sondern erscheint eher wie ein austrainierter Schwimmer. Um den Hals hat er einen legeren Schal gewickelt, an einem Handgelenk trägt er eine teure, aber nicht protzige Uhr. Die nicht ganz halblangen, glatten blonden Haare fallen ihm mit einem schönen Schwung ins Gesicht, so dass er ausreichend Gelegenheiten hat, sie mit lässigen Gesten zurückzustreichen und dem Betrachter sein klassisches griechisches Profil zu zeigen, das nahezu makellos ist. Nur auf seiner rechten Wange prangt eine unschöne Narbe. Komisch, überlege ich, sieht aus wie ein Schmiss. Ob es in der Ukraine Burschenschaften gibt? Ich dachte bislang, das sei eine typisch deutsche Unart.

Nun steht auch er auf, schaut aus braunen Augen, um die sich ein Netz feiner Fältchen spinnt, tief in die meinen und gibt mir die Hand.

»Dobryj wjetschir«, sagt er mit wohlmodulierter Stimme und erklärt in feinstem Oxford-Englisch, sein Name sei Zakhar und er mehr als erfreut, mich kennenzulernen. Mit einer winzigen Drehung des rechten Handgelenks bedeutet er der Dame neben ihm, beiseite zu rücken, und klopft auf den freiwerdenden Platz.

Möglichst vornehm setze ich mich neben den Adonis und schlage elegant die Beine übereinander. Dabei rutscht mein kleines Schwarzes fast bis über den Po. Mist, denke ich, bloß nicht mehr bewegen, und blicke stoisch lächelnd in die Runde. Zakhar reicht mir ein Glas Champagner, füllt mir einen Teller mit Häppchen, die auf dem Tisch stehen, startet eine unverbindliche Konversation über Wetter und Wirtschaft und macht mir charmant und nebenbei zahlreiche Komplimente.

Das finde ich zwar alles nett, aber etwas, das ich nicht benennen kann, stört mich an dem Herrn. Und ich bin nicht gekommen, um mich gepflegt zu unterhalten. Hilfesuchend schaue ich zu Maxim, der mit unergründlicher Miene ins Nichts starrt und meine fragenden Blicke ignoriert.

Bevor ich mit der Tür ins Haus fallen kann, schlägt Zakhar von ganz allein einen kunstvollen Bogen. Er hätte bis vor kurzem nicht gewusst, dass sein lieber Freund aus Jugendtagen mittlerweile in den ruhigen Hafen der Ehe gesegelt und darüber hinaus stolzer Vater einer Tochter sei. Was für ein unglaubliches Glück der gute Artjom doch habe, Familie sei schließlich der Mittelpunkt des Lebens, und wenn man zudem eine derart attraktive und kluge Frau an seiner Seite wüsste, könnte das Schicksal einem doch rein gar nichts mehr anhaben. Nach seinem kleinen Monolog schaut er mich erwartungsvoll an. Das soll wohl mein Stichwort sein.

Ich überlege kurz. Ein plumpes »Schluss mit dem Geplänkel. Wo steckt mein Mann?« würde die bislang entspannte Atmosphäre wahrscheinlich empfindlich stören. Also folge ich dem Pfad, den Zakhar beschreitet, und führe aus, dass auch ich erfreut sei, einen lieben Bekannten meines Gatten kennenzulernen, der Artjom geschäftlich und freundschaftlich verbunden wäre. Und ohne allzu neugierig wirken zu wollen, würde es mich doch interessieren, wie diese Verbindung zustande gekommen sei.

Zakhar nickt wohlwollend, ich habe den richtigen Ton getroffen. Er füllt Champagner nach, seufzt zufrieden, lehnt sich zurück und nimmt mich mit auf eine Reise, die uns bis in die ehemalige Sowjetunion und wieder zurückführt.

Ganz am Anfang der neunziger Jahre des letzten Jahrhunderts war es, als Artjom und Zakhar sich in Moskau ken-

nenlernten. Beide waren sie wilde, junge Hunde, die voller Enthusiasmus durchs Leben tollten und durch ein Land, dessen Zerfall ungeahnte, neue Möglichkeiten bot. Zakhar, dessen Familie zur Nomenklatura der ukrainischen sozialistischen Sowjetrepublik zählte, hatte soeben sein Wirtschaftsstudium in der Hauptstadt beendet. Nur eine kurze Zeit des Müßiggangs lag noch vor ihm, dann sollte er nach Hause zurück und eine leitende Position in einem in Mariupol ansässigen Stahlkombinat, der mächtigen Azowstal, bekleiden.
Mit dem Bewusstsein, dass für ihn bald der Ernst des Lebens begann, stürzte er sich in das Moskauer Nachtleben und von einer zweifelhaften Vergnügung in die nächste. Auf einem seiner Streifzüge begegnete er Artjom, einige Jahre jünger als er, Geschichtsstudent an der russischen Universität der Völkerfreundschaft und vom Schicksal mit weit weniger Privilegien bedacht.
Die beiden erkannten einander als Brüder im Geiste und im Herzen, pflegten sie doch eine gemeinsame Passion – das Kartenspiel um Geld. Fortan zogen sie zusammen durch die Hinterzimmer und erarbeiteten sich einen gewissen Ruf als erfolgreiches Zocker-Duo. Artjom, dem dieser Ruhm ein wenig in den noch jugendlichen Kopf stieg und der sah, welche enormen Summen bei diesen Abenden ihre Besitzer wechselten, wollte es bald nicht mehr bei der bloßen Spielerei belassen. Er wollte mehr, nämlich ein größeres Stück von diesem verbotenen Kuchen.
Artjom fragte also seinen Freund, ob er nicht über das Pokern hinaus noch ein paar zusätzliche Rubel verdienen wolle. Zakhar, dem zwar nicht an Rubeln, aber an neuen Abenteuern gelegen war, stimmte zu. Sie überlegten und kamen schließlich darauf, Zakhars Kontakte zur wirtschaftlichen und politischen Oberschicht zu nutzen. All diese Herren

warteten doch nur darauf, einen Teil ihres hart erarbeiteten Geldes für wohlverdiente Zerstreuung auszugeben.
Mit dieser Idee traten die Jungspunde an einen Mann aus dem Kaukasus heran, der Gerüchten zufolge das Moskauer Glücksspielgeschehen steuerte. Der Kaukasier schlug vor, das neue Geschäftsmodell auszuprobieren. Sollte es den beiden gelingen, ihm neue Kunden zuzuführen, wäre er bereit, ihnen eine Provision auf verspielte Einsätze zukommen zu lassen.
Mit Feuereifer widmeten Artjom und Zakhar sich ihrer neuen Aufgabe, umgarnten Zakhars Bekanntenkreis und luden zu Partys ein, die stets mit klackernden Pokerchips in dunklen Kaschemmen endeten. Ihre Klientel zeigte sich diesem Freizeitvergnügen gegenüber aufgeschlossen und der Kaukasier großzügig. Es flossen die ersten Provisionen, die Artjom und Zakhar sofort wieder verspielten – eine Win-win-Situation, zumindest für den Kaukasier.
Doch irgendwann erschöpften sich Zakhars Kontakte, und es mehrten sich die Beschwerden von Bekannten, die ein beträchtliches Vermögen verloren hatten. Ob denn alles mit rechten Dingen zugehe? Oder ob man Betrügern aufgesessen sei, die unschuldigen Menschen das Geld aus der Tasche zögen? Die zwei Helden, eben noch Stars des Moskauer Nightlifes, gerieten in Erklärungsnot und sahen sich aus Gründen der Ehrenrettung gezwungen, einen Teil der Verluste aus eigener Tasche zurückzuzahlen.
Dann lud der Kaukasier zu einem freundschaftlichen Gespräch, in dem er unmissverständlich klarmachte, was er in Zukunft von Artjom und Zakhar erwarte: mehr Kunden. Die beiden erklärten ihm, dass sie darin durchaus ein Problem sähen, vor allem weil sich die unschönen Geschichten über Betrug wie ein Lauffeuer verbreiteten. Tief getroffen, rang der Kaukasier um Fassung. Wie sie es wagen

könnten, ihm, dem väterlichen Gönner, derartige Ungeheuerlichkeiten zu unterstellen? Nicht übel hätte er Lust, sie wie kleine Katzen in der Moskwa zu ertränken, so groß sei seine Enttäuschung.
Da er trotzdem noch Sympathien für sie hege, wolle er über diese Beleidigung hinwegsehen und sie ihrer Unerfahrenheit zuschreiben. Es bleibe also dabei: mehr Kunden, wie und woher auch immer.
Zu ihrem unverdienten Glück meinte das Schicksal es gut mit Artjom und Zakhar. Kurz nach der unerquicklichen Unterhaltung mit dem Kaukasier bat Rostislav, Artjoms Vater, die zwei um einen Gefallen. Seit einiger Zeit importierte er italienische Stoffe nach Russland. Seine Aufgabe als Tuchhändler umfasste auch, Geschäftspartner aus Mailand und Turin zu empfangen und sie bei Laune zu halten. Nun hatte sich wieder Besuch angekündigt, just am achten März.
Als treusorgendem Ehemann war Rostislav dieses Datum heilig. Und er wusste, was ihm blühte, wenn er am Internationalen Frauentag, der in der Sowjetunion aufs feierlichste begangen wurde, seine Gattin nicht mit Blumen überhäufte und zum Essen einlud.
Kurzum, Artjom und Zakhar sollten die Italiener übernehmen. Und das taten sie mit derart überschwenglichem Enthusiasmus, dass Rostislav sich ein wenig wunderte. Aber er war so froh, eine Lösung für sein Problem gefunden zu haben, dass er nicht weiter nachfragte.
Der italienische Abend wurde ein voller Erfolg. Rostislavs Bissness-Partner amüsierten sich aufs prächtigste, dank Wodka und anschmiegsamer Begleitung saß ihnen beim Pokern das Geld locker in der Tasche. Artjom und Zakhar waren zufrieden, der Kaukasier war zufrieden, insgesamt waren alle zufrieden. Man verabschiedete sich mit dem

Versprechen, die beiden jungen Russen in der Heimat als versierte Moskau-Guides weiterzuempfehlen.
Fortan florierten die italienisch-russischen Handelsbeziehungen. Artjom und Zakhar bedienten Bauunternehmer, Vertreter der Energiewirtschaft, IT-Spezialisten und Militärtechniker. Beschwerden gab es bei dieser Kundschaft keine, kaum dass sie da war, war sie schon wieder weg. Es hätte ewig so weitergehen können. Aber da das Leben endlich ist und nicht für die Ewigkeit gemacht, fand auch diese Episode ihr Finale mit dem Besuch des netten Signore Rossi.
Signore Rossi war ein kleiner, untersetzter und lebhafter Mann, der, so stellte er sich vor, im Auftrag einer römischen Rüstungsfirma für mehrere Tage in Moskau weilte. Gern wollte er Artjoms und Zakhars Dienste in Anspruch nehmen. Zu dritt speiste man gediegen und genoss anschließend in einer Bar mehrere Digestifs, um das schwere russische Mahl zu verarbeiten.
Währenddessen erwies sich Signore Rossi als gebildeter Plauderer, der seine Begleiter mit lustigen Anekdoten unterhielt. Einzig dass er die ganze Zeit über eine Aktentasche mit sich führte, die mit einer Kette an sein Handgelenk gebunden war, irritierte. Darauf angesprochen, erzählte er unter dem Siegel der Verschwiegenheit, dass sich darin Baupläne für ein Waffensystem befänden, so geheim, dass er sie auf keinen Fall im Hotelsafe lassen könne. Diese Erklärung erstickte nicht nur jedes Misstrauen, vielmehr unterstrich sie noch seine Wichtigkeit.
Als Artjom den sympathischen Römer schließlich fragte, ob er noch Lust auf ein kleines Kartenspiel in geselliger Runde habe, zeigte der sich begeistert. Er verstünde zwar nicht viel vom Kartenspiel, aber eine gesellige Runde wäre genau nach seinem Geschmack.

Nach kurzer Zeit am Kartentisch war klar, dass Signore Rossi aus Bescheidenheit untertrieben hatte und sehr wohl etwas vom Pokern verstand. Er zockte und bluffte wie ein Profi und verlor eine Unsumme an Lira, die er seiner zwischen die Knie geklemmten Aktentasche entnahm.
Dann versiegte die Geldquelle. Signore Rossi war untröstlich, wie gern hätte er weitergespielt! Wie schade, dass er aufhören müsse! Es sei denn …
Alle Augen in dem verqualmten Raum richteten sich auf ihn. Signore Rossi hüstelte verlegen. Es sei denn, so sprach er, die Herren würden ein Pfand akzeptieren, das er bis morgen hinterlegen und nach Öffnung der Banken sofort wieder auslösen könne.
Gespannte Stille breitete sich aus, als der Italiener in seine Aktentasche griff und zwischen den Unterlagen eine schlichte Papprolle herausfingerte, aus der er ein sorgfältig eingewickeltes Ölgemälde befreite. Hierbei handele es sich um einen alten, italienischen Meister, flüsterte Rossi, genauer gesagt um ein Bild des Malers Tizian, *Der Zinsgroschen,* entstanden um das Jahr 1516.
Noch bevor jemand fragen konnte, weshalb der Römer dieses wertvolle Bild in seiner Tasche spazieren führte, lieferte Signore Rossi die Erklärung. Hauptsächlich sei er beruflich vor Ort, aber darüber hinaus müsse er seinem Schwager einen Liebesdienst erweisen. Der stamme aus einem alten Adelsgeschlecht und lebe in einem ebenso großen wie baufälligen venezianischen Palazzo. Die Kosten zum Erhalt des Gebäudes hätten ihn in den Ruin getrieben, und so müsse er die Gemäldesammlung seiner Familie veräußern. Nun sei sein Schwager ein Feingeist, mit dem man über Poesie und klassische Musik sprechen könne. Nur von Geschäften verstünde er nichts. Deshalb fühle er, Signore Rossi, sich verpflichtet, ihm unter die Arme zu greifen –

schon allein, um seiner Schwester weiterhin ein einigermaßen sorgenfreies Leben zu gewährleisten. *La famiglia* eben, wenn die Herren verstünden, was er meine.
Natürlich verstanden die Herren. Schwestern hatten sie fast alle und als Russen Familiensinn im Übermaß.
So habe er, fuhr Signore Rossi fort, seine beruflichen Verbindungen in Europa genutzt. In Russland sei er fündig geworden, ein hoher Moskowiter Politiker und Kunstmäzen war von dem Tizian mehr als angetan – kein Wunder in einem Land, das die großartigsten Künstler hervorgebracht habe.
Nun waren die russischen Spielkameraden zwar allesamt Kulturbanausen, aber der Name Tizian war doch dem einen und anderen geläufig. Man zog sich kurz zurück und telefonierte mit dem Kaukasier. Artjom, der im Geiste ausrechnete, was er für die noch mögliche Provision dieses Abends alles erwerben konnte, legte sämtliche Körperteile für den ehrenwerten Italiener ins Feuer. Der Kaukasier gab sein Okay.
Man spielte weiter, bis alle erschöpft aufgaben – entweder weil sie pleite waren, genug gewonnen hatten oder schlichtweg nicht mehr konnten. Im Licht der ersten Sonnenstrahlen geleiteten Artjom und Zakhar Signore Rossi zu seinem Hotel. Nach kurzer Rast wollte man gemeinsam zur Bank fahren, die Spielschulden begleichen und den Tizian auslösen. Artjom hatte das Gemälde an sich genommen, steckte die Rolle unter sein Kissen und fiel mit dem ehrfürchtigen Gefühl, sein Haupt auf Millionen zu betten, in den Schlaf.
Als die beiden Pokerfaces am späten Vormittag an der Hotelrezeption nach Signore Rossi fragten, entglitten ihnen die Gesichtszüge. Der Italiener habe gleich am Morgen ausgecheckt und sei Richtung Flughafen abgereist.
Artjom bekam weiche Knie, Zakhar wurde blass. Eilig ver-

ließen sie das Hotel und rasten mit einem Taxi nach Schirimetjiwa, wo sie in der Abflughalle feststellten, dass der Flieger gen Rom pünktlich vor einer Stunde gestartet war. Die Panik kroch in ihnen hoch wie die kalte Nässe eines Wintertages. Kopflos beratschlagten sie, was nun zu tun sei.

Den Kaukasier informieren? Lieber noch nicht.

Es Signore Rossi gleichtun und einfach das Land verlassen? Unmöglich.

Immerhin hatten sie noch das Pfand, den Tizian. Die Freunde sahen sich bang an. Sie mussten sich Gewissheit verschaffen.

Nun gab es damals in der Sowjetunion selbstverständlich noch kein Internet, Informationen mussten auf altmodische Art zusammengeklaubt werden. Artjom und Zakhar begaben sich zur Lomonossow-Universität und suchten einen Kunsthistoriker auf. Der völlig vergeistigt wirkende ältere Herr entrollte das Bild und war entzückt. *Ah* und *Oh* sagte er, das sei aber eine besonders gelungene Reproduktion.

Das Bild sei also nicht echt? Der Professor schnaubte empört. Natürlich sei das Gemälde nicht echt, das Original hinge schließlich in Dresden, in der Galerie der Alten Meister, das wüsste doch jedes Kind. Ob sie denn überhaupt wüssten, wo Dresden läge? In der DDR nämlich, aber das sei gar nicht mehr die DDR, er lachte bitter, die ganze Welt würde gerade zugrunde gehen, und was diese verdammten Deutschen machten, wenn man sie nicht beaufsichtigte, das wüsste man wohl.

Um ihn zu besänftigen, schenkten sie ihm den Tizian und überließen ihn seinen trüben Gedanken. Jeder der beiden stopfte das Notwendigste in eine Tasche; sie setzten sich in einen Bus und fuhren nach Westen zur Stadt hinaus. Dort, an der Straße Rubljowka, besaß ein Großonkel Zakhars

eine Datscha. Und dort wollten sie in Ruhe überlegen, was zu tun sei.
Ihre Ruhe währte einen Tag und eine Nacht. Dann hielt eine Tschaika-Limousine vor dem Häuschen, der Kaukasier stieg aus und bat die Helden höflich um ein Gespräch. Am besten würde man gemeinsam in die Stadt zurückkehren und die Angelegenheit dort klären.
Auf der Fahrt erfuhren sie, dass alles noch viel schlimmer war als angenommen. Die Lira, die Signore Rossi so großzügig aus seiner Aktentasche gezogen hatte, waren inzwischen als Blüten identifiziert, von einer Qualität allerdings, die dem Kaukasier Hochachtung abnötigte. Mehrere Anrufe in Rom – die moderne Telekommunikation sei gepriesen, dank derer man ohne Umstände via Helsinki mit dem Westen telefonieren konnte, ohne tagelang auf die Vermittlung eines Auslandsgespräches zu warten – hatten ergeben, dass es in dem Rüstungsunternehmen Rossis gab wie Birken an der Wolga. Einen Signore Rossi, der ihrer Beschreibung entsprach, gab es jedoch nicht.
Der Kaukasier erklärte, dass man den Verlust des Geldes leicht verschmerzen könne. Was viel schwerer wog, war der Gesichtsverlust, der Umstand, dass er, ein ehrbarer russischer Geschäftsmann, von einem italienischen Gauner übers Ohr gehauen worden war. Hätten Artjom und Zakhar eine Idee, wie man aus dieser unglücklichen Situation, an der sie nicht ganz unschuldig waren, wieder herauskäme?
Zu ihrer aller Glück hatte er eine. Zuerst galt es, die Spielschulden des Italieners abzuarbeiten. Das war weiter kein Problem, es gab genug zu tun. Vor den Toren der Stadt, zufälligerweise genau an der Rubljowka, errichtete er gerade ein Wochenendhäuschen, auf dem Bau wurde jede helfende Hand benötigt. Wäre das vorstellbar oder unter ihrer Würde?

Artjom und Zakhar versicherten sofort, dass körperliche Arbeit noch niemandem geschadet habe. In den nächsten Wochen schwitzten und fluchten die beiden Lebemänner, sie sägten Bretter, sie polierten Autos, sie schleppten Kisten unbekannten Inhalts und kutschierten den Kaukasier von A nach B. Die ungewohnten Anstrengungen bekamen ihnen gut, hatten sie doch durch ihr ausschweifendes Leben an Gewicht und Blässe gewonnen. Jetzt verloren sie an Stolz, legten aber Muskelmasse und eine frische Gesichtsfarbe zu.

Aber irgendwie ahnten sie, dass ihre Schuld noch nicht abgegolten war. Deshalb waren sie nicht überrascht, als der Kaukasier erneut vorstellig wurde. Er äußerte sich erfreut über ihren Einsatz und betonte, dass jeder einmal Fehler mache. Daher könne er gar nicht anders, als Gnade vor Recht ergehen zu lassen.

Zakhar solle endlich nach Mariupol zurückkehren und seine Bestimmung bei der Azowstal finden. In der Schwerindustrie läge die Zukunft des Landes, Stahl sei in Phasen des Umbruchs ein verlässlicher Wert. Denn aus sicherer Quelle wüsste er, dass unerhörte Dinge auf sie zukämen. Staatsbetriebe würden nach und nach privatisiert, und glücklich sei, wer über die richtigen Verbindungen verfüge. Der Kaukasier klopfte Zakhar väterlich auf die Schulter und versprach, dass man in engem Kontakt bliebe.

Dann wandte er sich sorgenvoll dem Zweiten zu. Er wüsste es zu schätzen, dass Artjom große Ambitionen hege und etwas aus seinem Leben machen wolle. Aber ob nun ein Studium der Geschichte ihn zu Höherem befähige? Vielleicht denke Artjom darüber nach, in eine eher ökonomische Richtung zu gehen. Artjom solle ihn über seine Pläne auf dem Laufenden halten, und man würde später eine Verwendung für ihn finden.

Zakhar fuhr in die Heimat ans Asowsche Meer und begann seine Karriere bei Azowstal. Artjom beantragte einen Studienfachwechsel, der überraschend schnell bewilligt wurde. Die Freunde verloren sich aus den Augen, auch wenn sie nur etwas über tausend Kilometer voneinander entfernt wohnten. Jeder war für sich damit beschäftigt, das Erlebte zu verarbeiten. Jeder verfluchte im Stillen die glorreiche Idee, sich mit dem Kaukasier eingelassen zu haben. Und jeder gab insgeheim dem anderen die Schuld an dieser Misere.

Am Ende dieses ereignisreichen Jahres, das die Weichen für ihr späteres Leben stellte, fand Artjom sich in einem Flieger wieder, der ihn nach Deutschland brachte. Heimlich hatte sein Vater ihre Ausreise beantragt, da er in geschäftlichen Schwierigkeiten steckte und in Moskau keine Zukunft mehr für die Familie sah. Wohlweislich hatte Rostislav niemanden in dieses Vorhaben eingeweiht, da er fand, dass seine Lieben zur Geschwätzigkeit neigten.

Anders als Darya nahm Artjom diese Heimlichkeiten nicht allzu übel. Er war froh, sich so weit wie möglich aus dem Dunstkreis des Kaukasiers zu entfernen. Noch im Flugzeug, getrieben von einem diffusen Gefühl der Verantwortlichkeit, schrieb er einen Abschiedsbrief an Zakhar, in dem er die Situation erklärte, beteuerte, sich bald wieder zu melden, aber offenließ, mit welchem Ziel er aufbrach.

Ziemlich pünktlich zum Ende der Sowjetunion wagten Artjom und die Seinen einen Neuanfang in der Bundesrepublik. Der Freund indes blieb allein zurück.

13.

Zakhar hat seine Geschichte beendet und schaut mich lächelnd an. Und wenn sie nicht gestorben sind, schießt es mir durch den Kopf. Wortlos halte ich ihm mein Glas hin, das sofort aufgefüllt wird. Mir schwirrt der Schädel, und da ich nicht weiß, was ich sagen soll, trinke ich hastig, um das eingetretene Schweigen zu überbrücken. Meine Augen suchen die von Maxim, er hat seine geschlossen. Ist der etwa eingeschlafen? Eine Hilfe ist er jedenfalls nicht.

»Dolle Geschichte«, sage ich, um irgendetwas zu sagen, und aus Versehen auf Deutsch.

Zakhar zieht fragend eine Augenbraue hoch, Maxim übersetzt mit geschlossenen Augen. Eine Art von Meditation? An Zakhars Mimik sehe ich, dass er etwas mehr von mir erwartet. Ich stehe auf und entschuldige mich in Richtung WC, um Zeit zu gewinnen.

Auf der Toilette schließe ich mich ein und denke angestrengt nach. Die neuen Details über die unrühmliche Vergangenheit meines Mannes muss ich erst einmal sortieren und verdauen. Artjom hat also in jungen Jahren Mist gebaut. Diese Tatsache an sich erstaunt mich nicht weiter. Mist bauen kann er gut, ansonsten wäre ich jetzt nicht hier. Aber was hat nun der vergangene Mist mit dem gegenwärtigen zu tun? Und welche Rolle spielt dabei Zakhar? Ich könnte es diesem Schönling nicht einmal verdenken, wenn er nicht so gut auf Artjom zu sprechen wäre. Immerhin ist der einfach abgehauen und hat ihn seinem Schicksal und dem Kaukasier allein überlassen. Im schwachen Lichte des Waschraums betrachtet, hätte er allen Grund, das übelzunehmen. Einen ungnädigen Eindruck macht er aber nicht.

Entweder hat diese Geschichte doch noch ein gutes Ende gefunden oder sein Zorn sich im Laufe der Jahre abgenutzt. Wieder beschleicht mich dieses unangenehme Gefühl, dass Zakhar nicht der nette Plauderer ist, der er vorgibt zu sein, und dass ich seine Story mit Vorsicht genießen sollte.
Da mir der Champagner zu Kopf gestiegen ist, beschließe ich, nun den direkten Weg zu wählen. Ich kehre zu der Gesellschaft zurück, schaue Zakhar fest in die Augen und sage, dass wir wohl alle in unserer Jugend Flausen im Kopf hatten, aber dass Artjom und er dieses Abenteuer zum Glück gut überstanden hätten. Zakhar lächelt sanft, berührt beiläufig die Narbe auf seiner Wange und bemerkt mit einem Anflug von Ironie, dass sein Leben im Großen und Ganzen angenehm verlaufen sei, die Vergangenheit jedoch auch ihre Spuren hinterlassen habe.
Ach du Scheiße, denke ich und schlucke, wohl doch kein so gutes Ende. Trotzdem bleibe ich wagemutig, übergehe das gerade Gesagte und will wissen, wo denn mein Mann sich nun aufhalte. Er schenkt mir erneut einen seiner abgründigen Blicke – mir wird ganz schwummrig dabei, das war eindeutig zu viel Schampus – und steht auf. Wie auf ein unsichtbares Zeichen erhebt sich seine ganze Entourage. Es sei spät geworden, sagt er, leider müsse er nun aufbrechen. Meine Frage wolle er mir gern morgen beantworten. Ob ich ihm die Freude machen würde, mit ihm zu frühstücken? Neun Uhr im Shaktar Plaza, sei das recht?
Woher weiß der denn, in welchem Hotel wir wohnen?, überlege ich und nicke automatisch. Doch Zakhar hat sich mit dem Habitus eines Mannes, der nie ein Nein hört, schon zum Gehen gewandt. Maxim und ich bleiben zurück. Er öffnet nun endlich seine Augen.
»Hast du das alles gewusst?«, frage ich.
»Da.«

Beherzt trete ich ihm unter dem Tisch kräftig gegen das Schienbein.
»Paula! Wass soll dasss?«
»Selbst schuld! Warum hast du mir das nicht schon längst erzählt?«
»Slova nje verabej, vylitit nje pajmajisch. Worrt ist kain Spärrling, fliegt äs forrt, du fängst äs nicht ain.«
»Kannst du mal aufhören, deine dämlichen Sprüche zu klopfen? Die bringen uns auch nicht weiter. Übrigens haben wir immer noch keinen Schimmer, wo Artjom ist – falls du das in deiner Trance bemerkt hast.«
»Da.«
»Und?«
»Zakharr ist Mann, därr macht Rägeln. Wirr folgen sainen Rägeln.«
»Der scheint ja ungemein wichtig zu sein, dieser Zakhar.«
»Da.«
»Was macht der denn mittlerweile beruflich?«
»Bissness. Zakhar ist mächtigerr Mann, viel Einfluss, viel Gäld.«
»Und natürlich alles legal erworben«, setze ich spöttisch nach.
»Aah Paula!« Maxim schüttelt resigniert den Kopf. »Du dänkst immärr noch ganz deutsch. In Ukrraina du musst läben mit Umstände. Und manchmal Umstände sind so, dass du kannst nicht gähän gerrade Strraße. So du nimmst Wäg mit Kurrvän.«
»Jaja«, sinniere ich, »dass die Straßen hier nicht die allerbesten sind, habe ich schon gemerkt.«
Mein Sarkasmus perlt zum wiederholten Male spurlos an ihm ab. »Da«, sagt er nur.
Die letzte Champagnerflasche ist zum Glück noch halbvoll, ich proste Maxim zu. Es wäre schade, wenn das gute

Zeug verkommt. Als wir das Marrakesch schließlich verlassen, bin ich etwas angeschlagen. Mit einem Blick auf die Uhr, es ist nach eins, frage ich mich, wie ich bis neun einen einigermaßen adretten Zustand wiedererlangen soll. Ob die im Shakhtar Plaza Aspirin haben?
Sie haben. Mit den Tabletten in der Hand schlingere ich an Maxims Arm zum Fahrstuhl. Dabei streift mein Blick den Kids Club, der um diese Zeit verwaist sein sollte. Dort tobt das pralle Leben. Johanna hüpft immer noch durchs Bällebad, hat allerdings mittlerweile ihren Schlafanzug an und quiekt vergnügt, als sie uns sieht. Meine Schwiegermutter liegt in einem langen, lachsfarbenen Abendkleid wie hingegossen auf einem quietschbunten Sofa und schnarcht. Mutter sitzt mit zwei wenig vertrauenerweckenden Menschen an einem der kleinen Tische. Die Typen ähneln ein wenig Maxim – ganz in Schwarz und in Lederjacken, die sie auch in dem warmen Raum nicht abgelegt haben. Auf ihren mehrfach gebrochenen Nasen sitzen wie festgetackert verspiegelte Sonnenbrillen. Jaja, denke ich, während ich das Trio ansteuere, die Tapete hier kann einen echt fertigmachen.
»Wasnhierlos?«, nuschele ich und bemerke, dass der Tisch von leeren Flaschen ehemals alkoholischen Inhalts übersät ist.
»Hach Paula, da seid ihr ja wieder!« Mutter springt auf und fällt Maxim fast in die Arme. Der hält sie vorsichtshalber fest und guckt strafend. »Anni konnte überhaupt nicht einschlafen«, fährt sie heiter fort. »Kein Wunder, das Kind hat ja heute wieder den halben Tag im Auto … Na ja, also haben wir uns ein bisschen hübsch gemacht und sind im Hotelrestaurant essen gegangen. Und hinterher in den Nachtclub. Stell dir vor, hier gibt es sogar eine Disco! Aber da war es für Anni zu laut.« Sie kichert mit rotglühenden

Bäckchen. Auch sie hat sich herausgeputzt. Sie trägt ein Kleid, das ich noch nie an ihr gesehen habe. A-förmig geschnitten, dunkelblau, glänzend und für mein Empfinden viel zu tief dekolletiert. Aber schick ist es schon.
»Schönes Kleid«, sage ich. »Neu?«
Sie windet sich verlegen. »Ach, weißt du, das habe ich an dem Morgen in einem Schaufenster in Kiew entdeckt, als ich die Windeln besorgt habe.« Und dann fügt sie entschuldigend hinzu: »Das war aber die Idee von Herrn Maxim. Er hat gemeint, es wäre genug Zeit, um es mal schnell anzuprobieren.«
Soso, denke ich und will gerade sagen, dass der Herr Maxim ja einen recht offenherzigen Geschmack hat, da kommt er mir zuvor.
»Klaid ist fur Luitschka gemacht. Mit Klaid ihrre Augen leuchtän wie Stärrne.«
Ich bin mir nicht sicher, ob ich in schallendes Gelächter ausbrechen oder ihm noch mal gegen das Bein treten soll. Das Objekt seiner Schmeicheleien ist eine Mutter. Meine Mutter. Und die ist tabu.
Ich schwanke noch zwischen Humor und Handgreiflichkeiten, da fragt Maxim mit einem kalten Blick auf die anderen Gäste: »Luitschka, wärr ist das?«
»Hach, ich habe keine Ahnung. Die Herren sind im Nachtclub zu uns gestoßen und waren so reizend, uns hier im Spielzimmer mit Getränken zu versorgen.«
»Sprechen die denn Deutsch?«, will ich wissen.
»Kein einziges Wort. Aber weißt du, Kind, bei der Völkerverständigung gibt es eine universale Sprache.« Mutter kichert wieder und deutet auf die Flaschen.
Maxim findet, dass die Völker sich nun ausreichend verständigt haben, und richtet einige scharfe Sätze an die zwei Männer. Sie stehen sofort auf und trollen sich.

»Luitschka«, sagt er streng, »du kannst in Ukraina nicht mit Främdän trrinkän. Das ist gefährrlich.«
»Ach, ich hatte doch Darya dabei. Was soll mir da schon passieren?«
Ich betrachte das schnarchende Etwas und habe Zweifel an Mutters Zuversicht. Gemeinschaftlich wuchten wir Darya hoch, sie wacht auf und gibt bei meinem Anblick eine Art »Fuu!« von sich. Aha, denke ich, besoffen, aber immer noch eingeschnappt.

Um Viertel vor neun am Morgen versammelt sich die Reisegesellschaft im Frühstücksrestaurant. Wir Frauen sind nicht in der allerbesten Verfassung, Maxim und Johanna dagegen haben das nächtliche Intermezzo unbeschadet überstanden. Darya redet weiterhin nicht mit mir, demonstrativ rückt sie ein Stück zur Seite, als ich mich mit meinem Teller voller Fisch, Salzgurken und anderen Kater-Killern neben sie setze. Einerseits ist mir das ganz recht, so kann ich mich besser auf das dumpfe Pochen in meinen Schläfen konzentrieren; andererseits finde ich, dass sie genug geschmollt hat und langsam Rücksicht auf mein großes Harmoniebedürfnis nehmen könnte. Werde ich zu lange mit Nichtbeachtung bestraft, falle ich leicht in alte Verhaltensmuster aus meiner Kindheit zurück. Die kleine Paula will doch nur, dass man sie liebhat.
Deshalb fragt die kleine Paula auch artig: »Kann ich dir noch einen Kaffee bringen?« Ich ernte die Andeutung eines Nickens und eile. Großzügig schaufele ich drei Löffel Zucker in die Tasse, meine Schwiegermutter mag es süß, und kredenze das Heißgetränk mit einem liebenswürdigen: »Bitte sehr!«
»Spassiba.« Mehr geknurrt als gesagt, aber immerhin, das ist ein Anfang.

»Ihr hattet gestern Nacht wohl richtig Spaß«, starte ich die Unterhaltung.
Darya rollt mit den Augen. Ich nehme das als Zustimmung und fühle mich ermutigt fortzufahren. »Schön. Maxim und ich waren auch nicht untätig. Wir haben uns gestern Abend mit einem alten Freund von Artjom getroffen.«
Sie rückt wieder ein Stückchen näher an mich heran. Ihr Interesse ist geweckt.
»Vielleicht kennst du ihn sogar. Er heißt Zakhar.«
Bei der Nennung dieses Namens verschluckt Darya sich an ihrem Kaffee und beginnt zu husten.
Volltreffer, denke ich und klopfe ihr auf den Rücken. »Er müsste übrigens jede Minute hier sein.«
»Tschjort«, röchelt sie.
»Bitte was?«
»Teufäl«, dolmetscht Maxim.
Ich überlege noch, ob sie vielleicht etwas meint wie *Hol mich doch der Teufel!,* da kommt der Leibhaftige herangeschlendert. Begleitet wird er heute von nur einem Bodyguard in schwarzer Lederjacke, der mir bekannt vorkommt. Merkwürdig, denke ich, das ist doch einer von Mutters nächtlichen Begleitern, was für ein Zufall!
Zakhar sieht, bei Tageslicht betrachtet, fast noch besser aus als im schummrigen Marrakesch. Schickes Poloshirt, Jeans, an den Füßen Lederslipper, im Gesicht eine vorteilhafte Seglerbräune. Ich frage mich, wo man in Donezk segeln kann, und tippe darauf, dass der gesunde Teint eher Ausflügen an die Côte d'Azur oder nach Kapstadt zu verdanken ist. Auch an diesem Morgen umgibt Zakhar die Aura eines Erfolgsmenschen, der überall auf der Welt zu Hause sein könnte.
Galant begrüßt er erst Mutter, dann wendet er sich Darya zu, die immer noch mit dem Kaffee in ihrer Luftröhre

kämpft. Er sagt leise etwas auf Russisch zu ihr, sehr leise, und hält lange ihre Hand fest, sehr lange. Meiner Schwiegermutter, sonst körperlicher Nähe nie abgeneigt, scheint diese Berührung unangenehm zu sein. Sie presst die Lippen aufeinander und denkt überhaupt nicht daran, diese Begrüßung in irgendeiner Form zu erwidern. Zakhar lächelt wissend und schaut sie durchdringend an. Ich versuche, seinen Blick zu deuten. Eine gewisse Aggressivität liegt darin, vielleicht auch etwas Arroganz und eine leichte Verachtung. Für einen kurzen Augenblick sehe ich sein wahres Gesicht. Und es gefällt mir überhaupt nicht.

Unauffällig rutsche ich an Darya heran, bis wir Po an Po sitzen. Mein gestriges Gefühl hat mich nicht getrogen. Dieser Herr ist kein netter Mensch. Und gerade jagt der Herr meiner Schwiegermutter Angst ein. Auch wenn ich sie manchmal zum Teufel wünsche, diesem Teufel überlasse ich sie nicht. Hände weg von meiner Familie!, denke ich und unterbreche Zakhars kleine Demonstration der Macht mit der Frage, ob er sich nicht endlich setzen wolle.

Er schenkt mir ein Lächeln und ist sofort wieder der höfliche, souveräne Mann von Welt. Ich lächle zurück und zische mit eingefrorenen Mundwinkeln, die von einem Ohr zum anderen reichen: »Mama, Dascha, schnappt euch Johanna und ab ins Bällebad!«

Mutter protestiert. »Kind, ich habe doch noch gar nicht richtig gefrühstückt.«

»Mama, keine Diskussionen! Tu, was ich dir sage, und schaff Anni hier weg!«

Johanna hat sich neugierig unserem Gast genähert, der sie konzentriert betrachtet und ein Bonbon aus seiner Hosentasche zaubert.

»Wir nehmen nichts von Fremden, Schatz«, sage ich scharf zu ihr. Mein Ton und meine Reaktion überzeugen Mutter,

dass sie tatsächlich besser das Weite suchen sollte. Darya ist schon aufgestanden, blinzelt mir zu, nimmt Johanna an die Hand und zieht sie hinter sich her. Begleitet von Maxim, verlassen die drei das Restaurant.
Zakhar lächelt wieder sein wissendes Lächeln und sagt, dass Johanna ein ausgesprochen hübsches, kleines Mädchen sei, eben ganz die Mutter.
Das ist meine Steilvorlage. Johanna habe auch sehr viel vom Vater, erwidere ich, und – hupsa – da seien wir schon bei unserem eigentlichen Thema: Artjom.
Zakhar zieht die Nase kraus, die Überleitung ist dem Florettfechter zu plump. Doch ich kämpfe weiter mit der Machete und stelle fest, dass ich nun langsam und sehr gern meinen Mann wiederhätte. Wo ich ihn denn abholen könne?
Zakhar überlegt einen Augenblick. Dann sagt er, dass Artjom geschäftlich unterwegs sei. Er habe nämlich seinen alten, guten Freund gebeten, ihm in einer dringenden Angelegenheit beizustehen. Und der gute, alte Freund habe sich sofort bereit erklärt, ihn zu unterstützen. Denn Artjom sei sich natürlich seiner alten Schuld bewusst gewesen – dabei tippt Zakhar auf die Narbe in seinem Gesicht – und sehr froh, sie endlich begleichen zu können.
Mir reicht es mit dem Geschwafel von Schuld und Sühne. Und ich verliere langsam die Geduld mit windigen Geschäftsleuten und flüchtigen Ehemännern. Barsch wiederhole ich meine Frage.
Zakhar zückt sein Handy und tut so, als müsste er das auch erst einmal in Erfahrung bringen. Nach einem kurzen Telefonat erklärt er mir, dass sich Artjom aktuell an der Küste aufhalte – an welcher, sagt er nicht. Leider gebe es bei der bevorstehenden Transaktion einige Komplikationen, die Sache könne sich ziehen. Ein paar Tage, eine Woche, viel-

leicht auch länger, das könne niemand mit Bestimmtheit sagen.
Nun gut, befinde ich mit unterdrücktem Zorn, aber ich könne doch sicher mal schnell mit meinem Mann telefonieren.
Zakhar hebt bedauernd die Hände. Artjom stecke zurzeit in einem Funkloch. Er sei untröstlich, dass er uns solche Schwierigkeiten bereiten müsse. Als Zeichen seines großen Bedauerns sollten wir uns doch als seine Gäste betrachten. Er habe da eine kleine Datscha in der Nähe von Donezk, wahrlich nichts Besonderes, nur acht Zimmer und ein Außenpool, aber sehr malerisch mitten im Wald gelegen. Er würde sich freuen, uns dorthin einzuladen, bis Artjom zurück sei. Stanislaw, dabei deutet er auf seinen Wachhund, würde uns begleiten und für alle Annehmlichkeiten sorgen. Sei eine Stunde ausreichend, um unsere Koffer zu packen und auszuchecken?
Ich mache *Oh!* und *How nice!,* bedanke mich überschwenglich für das großzügige Angebot und denke, dass ich mit Sicherheit nicht mit Stanislaw in irgendeinem abgelegenen Wald hocken werde. Mit der Bemerkung, dass ich nun lieber packen und den Rest der Familie einsammeln sollte, verabschiede ich mich von unserem Gönner.
Kaum bin ich außer Sichtweite, fange ich an zu rennen. Uns bleibt nicht viel Zeit. Ich hetze zum Kids Club, stecke nur meinen Kopf zur Tür hinein und brülle: »Alle raus hier!«
Die Sippe folgt mir im Schweinsgalopp, im Fahrstuhl keucht Mutter: »Was ist denn jetzt schon wieder los?«
»Wir fahren. Und zwar schleunigst. Jeder schnappt sich seine Sachen. Abfahrt in zehn Minuten. Treffen am Auto! Erklärung später!«, belle ich.
Mein Kommandoton unterbindet jegliche Nachfragen, sogar Darya pariert, das muss ich mir für die Zukunft merken.

In meinem Zimmer stopfe ich die herumliegenden Klamotten wahllos in den Koffer. Rechts das Gepäck, links Johanna auf der Hüfte, hetze ich zur Rezeption und will unsere Rechnung bezahlen.
Dort steht Zakhar und gibt der Empfangsdame eine Kostprobe seines Charmes. Sie kichert und hat ganz rote Ohren. Bevor er mich bemerkt, biege ich links ab in einen langen Flur. Zum Glück hat das Shakhtar Plaza zwei Ausgänge. Ich renne einmal um das riesige Gebäude herum zum Parkplatz und kämpfe gegen meine Atemnot. Ich sollte nicht nur mehr Kommandos geben, ich sollte auch mehr Sport machen, denke ich.
Die anderen stehen schon am SUV und warten.
»Schnell, schnell!«, hechele ich, drücke Darya ihre Enkelin in den Arm und wuchte meinen Koffer ins Wageninnere. Bevor ich erneut den Drill Sergeant machen und alle anschnauzen kann, endlich ins Auto zu steigen, legt sich eine schwere Hand auf meine Schulter.
Ich fahre herum. Vor mir steht Stanislaw und guckt fragend.
»Ach«, flöte ich, »da sind Sie ja. Ich habe schon überall nach Ihnen gesucht. Wir wären dann so weit.«
Er versteht mich nicht, das sehe ich an seinem leeren Blick. Seinem tumben Gesicht nach zu urteilen, ist er generell nicht die hellste Kerze auf der Torte. Aber er überragt Maxim um mindestens zwei Köpfe, und doppelt so breit ist er auch, ein anderes Kaliber als unser Freund Sebastian aus dem Kiewer Container. Trotzdem sehe ich, dass Maxim schon in Stellung geht und die Fäuste ballt. Scheiße, scheiße, scheiße, sage ich mir, das geht schief.
Da flüstert Darya Johanna etwas ins Ohr. Und das Kind beginnt zu brüllen wie am Spieß. Nicht gerade der beste Zeitpunkt, um die Enkeltochter zu disziplinieren, denke ich

und beobachte verwirrt, wie Darya mit großartigem Hüftschwung auf den Hünen zustolziert und ihm etwas entgegengurrt. Sie lacht und seufzt und lacht, ihr Busen bebt dabei. Stanislaw lacht schließlich auch und trabt ins Hotel. Wir springen alle in den Wagen, Maxim braust los, und ich kann unser Glück kaum fassen.

»Was hast du nur zu dem gesagt?«, frage ich Darya.

»Täddy von Jochanna noch bei Bälle. Er cholt.« Darya lächelt triumphierend.

»Aber Johanna hat doch gar keinen Teddy …«

»Ich sage: Schrai! Jochanna immär macht, was Babuschka sagt.«

Nicht schlecht, finde ich. Vielleicht sollte ich meine Haltung zu russischen Erziehungsmethoden grundsätzlich überdenken.

14.

Mit postsowjetischer Pädagogik konfrontierte mich meine Verwandtschaft aus dem Osten schon, bevor Johanna überhaupt auf der Welt war. Moderne westliche Errungenschaften wie Geburtsvorbereitungskurse, Akupunktur gegen Schwangerschaftsbeschwerden oder Pekip-Gruppen für Säuglinge wurden misstrauisch beäugt und als unnötiger Firlefanz abgetan. Zum Geburtsvorbereitungskurs gingen wir genau zwei Mal, das erste und das letzte. Danach entschied Artjom, dass diese Veranstaltung überflüssig sei.

»Paula, ich bitte dich! Was sollen wir da? Hecheln wie Hunde? Was für ein Quatsch!«

»Die Atemtechnik ist aber ganz wichtig.«

»Ach was, du atmest doch automatisch. Dafür braucht man keine Technik. Und ich sitze bestimmt nicht einmal in der Woche zwei Stunden auf dem Boden. Warum gibt's da eigentlich keine Stühle?«

»Auf dem Boden kann man die Entspannungsübungen besser machen.«

»So ein Unsinn! Schatz«, Artjom lachte, »du bekommst doch nur ein Kind. Was willst du dich dabei denn entspannen? Keine große Sache, mach dir nicht so viele Sorgen.« Und dann jammerte er noch ein wenig über einen eingewachsenen Zehennagel, der ihm wirklich unerträgliche Schmerzen bereitete.

Mehr Aufmerksamkeit widmete die Sippe der Wahl des Krankenhauses. Zu den jeweiligen Informationsabenden rückten wir in voller Mannschaftsstärke an, neben Artjom und mir auch Darya, Großvater Alexej und Rostislav. Letzterer wahrscheinlich eher, weil er musste, nicht weil er wollte.

Deduschka sprengte jede einzelne dieser Veranstaltungen, weil er die vortragenden Ärzte durch seine – wie er fand – fundierten Fachfragen verunsicherte. Schließlich war auch er Mediziner, ihm konnte so leicht keiner etwas vormachen. So dozierte er lange und ausführlich in seinem mittlerweile recht passablen Deutsch über die vorgestellten Entbindungsmethoden, zitierte aus internationalen Studien und fuchtelte mit Unterlagen, die bewiesen, dass die favorisierte Kaiserschnitt-Technik jüngst in Papua-Neuguinea mehrere Frauen das Leben gekostet habe.

Das war meist der Zeitpunkt, an dem die ersten Paare, blass geworden, vorzeitig und abrupt aufbrachen. Die meisten allerdings entschuldigten sich nach seiner – wie er fand – alles entscheidenden Frage: »Chärr Kollägä, wärr zahlt, wänn Chospital macht Fählärr? Wänn gäht schief, und Kind chat nur ain Bain und blutät aus Kopf, und Muttär waint, und Vatärr ist värrzwaifelt und will nicht mährr läbän? Wärr zahlt?«

Ich meldete mich heimlich im Universitätsklinikum Eppendorf an. Gegen eine Uniklinik konnte die Mischpoke nichts einwenden, fand ich. Außerdem würden sie sich sowieso nicht einigen können. Endlose Diskussionen standen bevor, ließ ich mich darauf erst ein, müsste ich wahrscheinlich auf unserem Küchentisch entbinden.

Deduschka und Darya boten auch an, mich zur Geburt in den Kreißsaal zu begleiten. Vor meinem inneren Auge malte ich mir aus, wie Alexej dort seine Arzttasche, ohne die er nie das Haus verließ, auspacken, den Gynäkologen beiseiteschieben und kurzerhand selbst zur Tat schreiten würde. Vielleicht wäre das sogar gut, weil der deutsche Kollege, von Darya aufs penibelste und natürlich auf Russisch nach den Hygienestandards befragt, keine Zeit fände, sich um mich zu kümmern. Ich lehnte dankend ab und sagte, das sei nicht nötig, da selbstverständlich mein Mann mich begleite. Artjom allerdings hielt diese Selbstverständlichkeit für völlig abwegig.

»Ich soll bei der Geburt dabei sein? Bist du verrückt?«

»Wieso? Wer sollte mich denn sonst begleiten, wenn nicht du?«

»Also, Mam könnte sich nichts Schöneres vorstellen …«

»Auf keinen Fall! Du kommst mit!«

»Ach, Paula, ich kann doch kein Blut sehen.«

»Ist mir egal. Du kommst mit. Sonst lass ich mich scheiden.«

Die letzten Wochen vor der Geburt waren mühsam. Wie ein Michelinmännchen watschelte ich in die Kanzlei und wies Heike in die laufenden Fälle ein. Wenn ich abends im Bad an meinem gewaltigen Bauch vorbei nach unten linste, konnte ich sehen, dass meine Fußknöchel vollständig in den Wassereinlagerungen verschwunden waren. Dabei war ich immer so stolz auf meine schlanken Fesseln gewesen.

»Das geht wieder weg, das geht wieder weg«, flüsterte ich meinem Spiegelbild beschwörend zu.

»Hoffentlich geht das wieder weg«, sagte Artjom, der mit der Faszination des Grauens das Ding betrachtete, das einstmals seine Frau gewesen war.

Der errechnete Geburtstermin verstrich, und nichts geschah. Ich horchte in mich hinein, jedes Magenglucksen, jedes noch so leise Geräusch meines Körpers versetzte mich in Aufruhr. Doch jede vermeintliche erste Wehe entpuppte sich als falscher Alarm und war doch nur ein kleiner Pups.

Meine Gynäkologin zeigte sich nicht beunruhigt. Es sei alles in Ordnung, versicherte sie mir, dem Kind gehe es gut, wenn es bereit sei, das Licht der Welt zu erblicken, würde es sich schon bemerkbar machen. Bis dahin laute die Devise: Abwarten, Tee trinken, Ruhe bewahren! Und notfalls könne man die Geburt auch mit Hilfe von Medikamenten einleiten.

Mir leuchtete das ein, und ich versuchte, mich an ihren Rat zu halten. Angesichts der zunehmenden Hysterie um mich herum fiel mir das nicht leicht. Artjom, unterstützt von seiner Mutter, unkte in immer kürzer werdenden Abständen, dass da etwas nicht stimmen könne, das Baby sei wahrscheinlich krank und meine Frauenärztin komplett unfähig. Alexej schleppte jeden Tag neue Tinkturen, Tropfen und übelriechende Wässerchen an, die er mir einflößen wollte. Da mir die Zusammensetzung dieser Arzneien unklar war, weigerte ich mich, sie zu nehmen. Das beschwor erst bittende Kniefälle, dann die schönsten Schauermärchen über schwerwiegende gesundheitliche Beeinträchtigungen des Kindes und schließlich etliche Flüche herauf. Ich blieb hart. Am Ende traktierte er meine Fußsohlen mit einer Massage und schwenkte dabei eine brennende Zigarre durch die Luft. Wenn's hilft, dachte ich, ließ ihn gewähren und hoffte zumindest, dass es nicht schadete.

Zehn Tage später entschied Johanna, sich auf den Weg zu machen. Ihre Reise dauerte achtzehn Stunden, in denen ich mir abwechselnd die Seele aus dem Leib brüllte und versuchte, meinen hyperventilierenden Mann zu beruhigen. Artjom konnte tatsächlich kein Blut sehen, mehrmals stand er kurz vor einer Ohnmacht, mehrmals verwies ihn die Hebamme des Kreißsaals, weil sein Handy permanent klingelte und er nicht einsah, es auszustellen.

Mit der letzten mir zur Verfügung stehenden Kraft presste ich Johanna heraus, die unmittelbar und wie am Spieß

schrie. Beim Anblick des blutverschmierten Menschleins kippte Artjom um und zog sich eine schmerzhafte Rippenprellung zu, die uns über Wochen beschäftigen sollte.
»Ihr Mann hat wirklich nicht die allerbesten Nerven«, raunte die Hebamme. »So ein Theater hab ich ja noch nie erlebt.«
»Das täuscht«, keuchte ich, »er ist sonst ein ganz harter Bursche. Er hat's nur nicht so mit Blut.«
Nachdem Johanna vermessen, gewogen und für pumperlgesund befunden worden war, legte man sie mir endlich auf den Bauch. Ich schaute meine Tochter an, versank in ihren tief schwarzblauen Augen, und es war um mich geschehen. Hatte die Welt jemals etwas so Wundervolles gesehen, etwas so rundum Perfektes?
Mit dieser Meinung über Johanna stand ich nicht allein da. Auch der Rest der Familie, der sich im Laufe des Tages die Klinke der Krankenzimmertür in die Hand gab, fand, dass Johanna ein außergewöhnlich prächtiges Exemplar eines Neugeborenen darstellte. Einzig Vater mokierte, dass sie so viele Falten und Runzeln hätte, ließ sich aber von Mutter überzeugen, dass sich dieses körperliche Defizit bald auswachsen würde.
Darya versuchte sofort, das Kommando auf der Entbindungsstation zu übernehmen, und schritt das Personal zum Rapport ab. Mit Artjom als Dolmetscher an ihrer Seite wollte sie wissen, welche Ausbildung und Zusatzqualifikationen die Pfleger absolviert hätten, warum mein Zimmer so klein sei und weshalb man Johanna zum Schlafen in eine Plastikwanne gelegt habe. Es sei doch kaum vorstellbar, dass es in einem deutschen Krankenhaus keine anständigen Babybetten gebe!
»Dascha, lass es gut sein!«, stöhnte ich. »Wir sind doch nur zwei, drei Tage hier. Dann komm ich nach Hause.«

Als sie die Reinigungskraft anherrschte, sie solle gefälligst vor der Säuberung meines Raums das Wasser wechseln und sich dafür auch neue Lappen besorgen, hatte Oberschwester Margarete genug. Dies war ihre Station, und hier gab es nur eine Herrscherin. Mit dem Hinweis, Kind und Kindsmutter brauchten nun wirklich ihre Ruhe, schmiss sie Darya und die anderen kurzentschlossen aus ihrem Reich. Die Sippe trollte sich murrend. Nur Artjom durfte bleiben. Der wollte aber gar nicht, sondern sich lieber von dem traumatischen Geburtserlebnis erholen und mit Kumpel Mischa seinen brandneuen Status als Vater begießen.
Ich ließ ihn ohne Einwände ziehen, da ich tatsächlich ein dringendes Ruhebedürfnis verspürte und insgeheim ahnte, dass Johanna und mir nur eine kurze Zeit der Zweisamkeit vergönnt sein würde.
Oberschwester Margarete, die nicht nur mit Willensstärke, sondern auch mit einem siebten Sinn gesegnet war, entschied nach Rücksprache mit dem Arzt, dass ich nicht nur die üblichen zwei, sondern vier Nächte bleiben sollte. Sie betüddelte mich von vorn bis hinten, kontrollierte argwöhnisch die Einhaltung der Besuchszeiten und gab mir einen Schnellkurs in Säuglingspflege. Ich genoss das Verwöhnprogramm und die unerwartete Möglichkeit, mein kleines Wunderwesen ohne größere Ablenkungen kennenzulernen.

Zu Hause empfing mich eine nahezu kahle Wohnung. Darya hatte in einer Hauruckaktion sämtliche Gegenstände, die ihrer Enkelin gefährlich werden konnten, in den Keller geräumt. Dazu zählten Kerzenständer, Bilder, Flaschen, Zimmerpflanzen, Kissen, Decken und andere Wohnaccessoires, die ein Heim behaglich machen. Ich fand die Vorsicht übertrieben und meine Umgebung ein wenig zu steril.

Artjom meinte lakonisch: »Sieh's mal so, Schatz: Jetzt, wo der alte Plunder weg ist, haben wir Platz für neue Sachen.« Alter Plunder?, dachte ich. Ich glaub, es hakt. Das sind alles Dinge, die ich über Jahre gesammelt habe! Peu à peu schaffte ich den Nippes an der naserümpfenden Darya vorbei wieder nach oben und begann, mich in meinem neuen Leben als Mutter einzurichten. Anfangs fiel mir die Umstellung leicht, Johanna war ein friedliches Baby, schrie selten, hing artig an der Milchbar und füllte verlässlich ihre Windeln.

Nur der Schlafmangel machte mir zu schaffen, drei Mal in der Nacht forderte unsere Tochter eine Mahlzeit. Ich beschloss, meine Milch auf Vorrat abzupumpen, damit Artjom auch mal eine Nachtschicht übernehmen konnte. Doch mit der Milchpumpe, die an meinen prallen Brüsten zerrte, kam ich mir vor wie eine Kuh, die gemolken wird, und ließ die Idee wieder fallen. Was soll's, dachte ich, irgendwann schläft Johanna durch, bis dahin schaff ich's schon.

»Das schaffst du schon, Schatz«, meinte auch Artjom und zog vorübergehend auf die Wohnzimmercouch. »Ich brauche wirklich meinen Schlaf, Paula«, erklärte er mit einem leichten Vorwurf in der Stimme. »Du kannst dich ja tagsüber wieder hinlegen. Aber ich muss schließlich arbeiten.« Genau, dachte ich, wo ich ja jetzt den ganzen Tag in der Hängematte rumgammle und den lieben Gott einen guten Mann sein lasse.

Die Häufigkeit meiner Nachmittagsnickerchen war überschaubar. Johanna wollte umsorgt werden und hatte natürlich auch tagsüber Kohldampf. Wenn sie schlief, nutzte ich die Zeit, um andere Sachen zu erledigen. Für den Haushalt fühlte Artjom sich jetzt noch weniger verantwortlich als früher. Schließlich, so fand er, hätte ich nun ausreichend Zeit für *diese Dinge.* Wenn ich *diese Dinge* wie Einkauf,

Wäsche, Chaosbeseitigung und Essenszubereitung bewältigt hatte und voller Hoffnung war, kurz die Füße hochlegen zu können, stand just in diesem Moment jemand vor der Tür.
Unangemeldet.
Darya, die nach dem Rechten schauen wollte.
Meine Nachbarin Frau Hinrichs, die nach dem Rechten schauen wollte.
Mutter, die nach dem Rechten schauen wollte.
Keine von ihnen verstand, dass sie eher störte als half.
»Warum soll ich denn vorher anrufen?«, fragte Mutter konsterniert. »Wo sollst du denn schon groß sein außer zu Hause?«
Genau das ist der Punkt, dachte ich, ich bin nur zu Hause. Und mir fiel die Decke auf den Kopf. Während ich durch Wäscheberge watete, die Fliesen im Bad schrubbte und mit dem stinkenden Windeleimer kämpfte, stellte ich immer öfter mein Dasein in Frage. Sah so jetzt mein Leben aus? Mutter war ich wirklich gern – und nach wie vor bis über beide Ohren verliebt in meine Tochter, ein Gefühl, das sogar jeden Tag wuchs. Aber mein derzeitiger Status als gestresstes Hausmütterchen missfiel mir zunehmend.
Deshalb begann ich, ab und an unangemeldet in der Kanzlei aufzutauchen, unter dem absurden Vorwand, nur auf ein kleines Schwätzchen zu kommen, tatsächlich aber, um unauffällig nach dem Rechten zu schauen. Angesichts dessen, was ich sah, bildeten sich zu den schwarzen Schatten unter meinen Augen zusätzlich Sorgenfalten auf der Stirn.
In der Kanzlei regierte das Chaos. Heike hatte in den Wochen, in denen sie allein und nach Gutdünken walten konnte, ein eigenes Ablagesystem geschaffen, dessen Logik für mich undurchschaubar war. Überall in meinem Büro türmten sich Aktenberge, der Schreibtisch war übersät mit losen

Zetteln voller kryptischer Botschaften. Selbst auf dem Boden lagen neben leeren Coffee-to-go-Bechern und ebenso leeren Keksschachteln kleine Stapel, von denen ich annahm, dass sie Altpapier waren.
»Bring mir bloß nichts durcheinander!«, rief Heike, als ich eines Tages mit dem Fuß vorsichtig einen Haufen beiseiteschob, um mir einen Weg zu bahnen. »Ich find sonst nichts wieder!« Die Unordnung unterlag also einer geheimnisvollen Ordnung.
Ich sah mir das Chaos eine Zeitlang an, dann suchte ich vorsichtig das Gespräch.
»Du kommst so weit klar?«
»Natürlich komm ich klar.«
»Okay. Äh, was hältst du davon, wenn wir zusammen mal ein bisschen aufräumen?«
»Aufräumen? Warum das denn?«
»Äh, das ist eine Anwaltskanzlei. Und vielleicht wird der eine oder andere Mandant abgeschreckt, weil es hier so, äh, anders aussieht, als er es von früher kennt.«
»Abgeschreckt?« Heike lachte laut und, wie ich fand, ein wenig freudlos. »Deine Mandanten schreckt rein gar nichts ab, glaub mir. Das ist ja nun wirklich eine sehr spezielle Klientel.«
Ich zog den Kopf ein und mich zu Irina ins Vorzimmer zurück.
»Was ist denn hier los?«, fragte ich flüsternd.
Irina rollte nur mit den Augen, hielt sich einen Finger wie eine Pistole an den Kopf und bedeutete mir mit einer weiteren Handbewegung, dass sie mich später anrufen würde.
Spät am Abend meldete sie sich endlich und kam entgegen ihrer sonstigen Gepflogenheit sofort zur Sache.
»Heike ist gutärr Mänsch, abärr schlächtär Anwalt.«
»Wie meinst du das?«, fragte ich ängstlich.

Irina holte tief Luft und erklärte, dass es meiner Freundin eindeutig an Takt mangele und sie außerdem ihre Herkunft nicht verleugnen könne.
»Wie meinst du das?«, fragte ich erneut.
»Ist Tochtärr von Bauer, benimmt sich wie Bauer.«
»Na, na«, tadelte ich, »es fehlt ihr sicher an Berufserfahrung, aber das hat doch nichts damit zu tun, dass sie vom Land kommt. Ihr Studium hat sie jedenfalls mit Bravour absolviert.«
Irina explodierte. »Wenn Heike blaibt noch langä, ich gähä. Fur immärr!«
Mit vielen Beschwichtigungen und behutsamem Nachhaken entlockte ich meiner Assistentin schließlich, was das eigentliche Problem war: Der Dithmarscher Dickkopf war einfach zu direkt, zu pragmatisch, zu bodenständig für unsere sensible Kundschaft. Die Probleme der Mandanten waren für sie keine, allenfalls sah sie deren Anliegen als bloße Befindlichkeitsstörungen, die sie mit der Hand vom Tisch wischte und keinesfalls ernst nahm.
Einem Weißrussen, der sie aufsuchte und um die Annullierung der Ehe seines Sohnes bat, fiel sie barsch ins Wort: »Ist Ihr Sohn nicht geschäftsfähig? Nein? War er zum Zeitpunkt der Eheschließung betrunken? Nein? Will Ihr Sohn die Ehe ebenfalls auflösen? Nein? Was machen Sie eigentlich hier?« Sie wies ihm die Tür, bevor er sich erklären konnte.
Einem russisch-orthodoxen Kasachen, der sich durch die täglichen Gebete seines moderat muslimischen, tschetschenischen Nachbarn in der Mittagsruhe gestört sah, beschied sie: »In Deutschland herrscht Religionsfreiheit. Da kann man nix machen. Wär ja auch noch schöner! Kaufen Sie sich Ohrstöpsel!«
Leider hatte es sich unter den Klienten schon herumge-

sprochen, dass die Vertretung der allseits geschätzten deutschen Advokatin keinerlei Verständnis für dringende Sorgen und Nöte aufbrachte, geschweige denn, sich mit der Mentalität ihrer Kundschaft auskannte. Unter dem Siegel der Verschwiegenheit hatte der eine und andere Irina anvertraut, dass man sich nach einem neuen Rechtsbeistand umsehen müsse, wenn der alte nicht in absehbarer Zeit zurückkehre.

Nach einer erneuten Unterredung meinerseits mit Heike unter Zuhilfenahme erheblicher Mengen Feingefühls und Proseccos stellte sich heraus, dass auch sie mit der Situation unzufrieden war. Sie verstand einfach nicht, was meine Klienten von ihr wollten.

»Und dann reden die und reden und reden. Und kommen einfach nicht zum Punkt. Und wenn ich nach der Sachlage frage, dann werden die immer ganz weinerlich und wollen über ihre Gefühle sprechen. Herrgott, was hat denn das deutsche Recht mit Gefühl zu tun?«

Es war allerhöchste Zeit, mich wieder an die Arbeit zu machen. Zunächst nur stundenweise, so viel war klar. Johanna würde ich einfach mitnehmen, stillen und Windeln wechseln konnte ich auch in unserer kleinen Teeküche. Ich vereinbarte mit Heike, dass sie die reinen Sachfälle und ich die Klienten mit erhöhtem Gesprächsbedarf übernehmen würde. Wenn ich in einem Mandantengespräch war und Johanna unruhig wurde, würden Heike oder Irina als Babysitter einspringen und die Kleine bespaßen. Ein famoser Plan, fand ich. Auch meine beiden Mitarbeiterinnen zeigten sich angetan. Irina war sowieso vernarrt in das Baby. Und Heike als gestandene zweifache Mutter sah dieser Herausforderung gelassen entgegen. Artjom, den ich eher beiläufig über die Änderung meines Tagesablaufs informierte, meinte nur: »Jaja, Schatz, mach nur. Ich glaub, es tut dir ganz gut,

mal ein bisschen rauszukommen. In letzter Zeit warst du doch etwas zickig.«
In meiner Euphorie vergaß ich Darya. Das war ein Fehler. Natürlich war die Babuschka nicht damit einverstanden, dass ihre Kronprinzessin von einer Bauerstochter aus der norddeutschen Tiefebene beaufsichtigt wurde.
Und damit nahm das Unheil seinen Lauf.

15.

Schaschlik«, rufe ich entfesselt, »ich brauch jetzt unbedingt ein Schaschlik!«

»Ässän ist gutt. Ärrnährrt auch Gädanken«, schwadroniert Maxim, während seine Finger wieder über das Lenkrad tanzen.

Ich kann ihm nur beipflichten. Schließlich habe ich vor unserer überstürzten Abreise aus Donezk nicht anständig gefrühstückt. Der Gedanke an die zurückgelassenen Mayonnaisesalate stimmt mich wehmütig. Wenn mein Magen erst einmal gefüllt ist, wird sicher auch mein Kopf klar, und ich weiß, was als Nächstes zu tun ist. Im Moment weiß ich es nicht. Ich bin nur froh, dass wir Zakhars Fängen entronnen sind.

Das Adrenalin pumpt immer noch durch meine Adern, unsere geglückte Flucht hat mich nachhaltig euphorisiert.

»Das war ja ein dolles Ding«, wende ich mich an die Damen auf der Rückbank. »Das blöde Gesicht von Stanislaw würde ich gern sehen, wenn er merkt, dass wir abgehauen sind.«

Darya und Mutter nicken einhellig, grinsen und wippen im Takt zu Maxims Italo-Schnulzen, die in Endlosschleife aus den Lautsprechern quellen. Die Stimmung im Wagen ist aufgeräumt, sogar Maxim sieht aus, als ob er gute Laune hätte. Er beendet seinen ziellosen Zickzackkurs, wendet den Wagen und fährt zurück in ein Wäldchen, das wir vor ein paar Minuten passiert haben. Sein Gefühl täuscht ihn nicht, nach ein paar Minuten haben wir den ersten Schaschlik-Grill gefunden, der schon am Morgen in Betrieb ist.

Wir Frauen machen es uns auf einfachen Holzbänken unter Bäumen bequem, Maxim besorgt das Fleisch. Der Grillmeister hat natürlich kein kleinkindkompatibles Nahrungsangebot. Außer Schaschlik gibt es nur noch Würstchen.

Was soll's, denke ich, sage fröhlich: »Eine Bratwurst am Morgen vertreibt Kummer und Sorgen!«, und stopfe meiner hungrigen Tochter das fetttriefende Teil häppchenweise in den Mund. Johanna macht *Mmmhh, mmmhh,* grabscht nach der Wurst und wischt nach dem Mahl ihre klebrigen Hände an ihrem sonnengelben Kleidchen ab. Selbst Darya hat rein gar nichts dagegen einzuwenden und widmet sich mit spitzen Fingern ihrem Fleisch.

»Fir müffen reden«, schmatze ich in die andächtige Stille, die nur von Kau- und Schluckgeräuschen unterbrochen wird. Alle schauen mich an. Maxim ist zuerst fällig, beschließe ich. Immerhin hat er uns zu Zakhar geführt. Wer weiß denn schon, wie er mit diesem Menschen verbandelt ist? »Also Maxim, wo genau in dieser Geschichte stehst du eigentlich?«

»Ich stähä nicht, ich sitzä.« Maxim guckt verwundert.

»Mann, ich will wissen, auf wessen Seite du stehst!«

Maxim ist nun wirklich erstaunt. »Bin ich Frreund von Mischa, und Mischa ist sich Frreund von dirr. Also gechöre ich zu euch, Paula. Was dänkst du!«

»Schon gut, ich wollt's nur mal aus deinem Mund hören. Aber eines sag ich dir: Wenn du zu uns gehörst, dann ist ab sofort Schluss mit dieser Heimlichtuerei. Davon habe ich echt die Schnauze voll!«

Maxim senkt den Kopf.

»Das gilt übrigens für uns alle«, sage ich, leicht zu Darya gewandt.

Darya senkt den Kopf. Wunderbar, denke ich, dann sind wir uns ja ausnahmsweise einig, und fahre fort mit meiner

Ansprache ans Volk. »Ihr erzählt mir später alles, was ihr wisst und was ich noch nicht weiß. Jetzt müssen wir erst mal überlegen, was wir als Nächstes tun. Ich glaube, wir sollten uns noch ein paar Kilometer weiter von Zakhar entfernen.«

»Wäg von Donezk ist sich guttä Idää«, bestätigt Maxim.

»Ja, aber die Frage ist, wohin? Besser gesagt: Wo verdammt noch mal ist Artjom?«

»Artjom sollte sain in Donezk, ist aber wiedärr weg. Jätzt ich chabe kaine Ahnung, Paula, ährrlich!« Maxim hebt zwei Finger wie zum Schwur und legt die andere Hand theatralisch ans Herz.

»Scheiße«, sage ich, »und nun?«

Die Antwort ist ratloses, angespanntes Schweigen. Die gute Laune bröckelt merklich. Da schießt mir eine vage Idee durch den Kopf. »Hat Zakhar nicht angedeutet, dass Artjom irgendwo an der Küste ist? Also am Meer. Welches Meer ist denn in der Nähe, das Schwarze?«

»Nain, nain«, sagt Maxim, »ist sich Määr von Asow, nicht wait. Und Zakharr kommt von Mariupol. Und Mariupol ist gänau bai Määr von Asow.«

»Na also«, sage ich, »ab nach Mariupol!«

»Genau, wir fahren ans Meer!« Mutter freut sich. »Am Meer ist es ja immer schön. Wo heute auch wieder so gutes Wetter ist.«

»Gädankä ist nicht schlächt, Paula!«

Ich bin mir nicht sicher, welchen Gedanken Maxim meint. Die Möglichkeit, Artjom zu finden, oder die Aussicht, mit Mutter am Strand zu lustwandeln.

Laut Maxim gibt es zwar eine größere Straße, die ziemlich direkt von Donezk nach Mariupol führt, er entscheidet sich aber für Nebenstrecken über kleine Dörfer. Wir wissen

nicht, wie weit Zakhars Arm reicht und ob er überhaupt nach uns greift. Wir wollen es auch nicht herausfinden.
Aber die Sache hat auch den einen oder anderen Haken: Regelmäßig muss Maxim anhalten und nach dem Weg fragen, unser Navi haben wir erst gar nicht eingeschaltet. Und der Umweg frisst nicht nur Zeit, sondern auch Benzin. Mit wachsender Sorge beobachte ich unsere Tanknadel, die fällt und fällt. Eine Tankstelle habe ich allerdings in den letzten drei Stunden nicht mehr gesehen. In dieser dünnbesiedelten Gegend ist die Sache mit dem Benzin wohl kein einträgliches Geschäft.
»Wir müssen unbedingt tanken«, sage ich daher leise zu Maxim.
»Blaib rruhig, Paula!«, erwidert er nur.
»Ja, aber …«
»Gälägänhait kommt.«
Und sie kommt wirklich. Denn der Ukrainer an sich weiß sich zu helfen. Schon mehrmals in den letzten Tagen sind mir Autos aufgefallen, die mitten in der Wallachei parken und auf selbstgemalten Schildern irgendetwas feilbieten. Genau so einen Wagen steuert Maxim nun an, und das Geheimnis lüftet sich: Hier wird Benzin verkauft, aus riesigen Kanistern.
»Kaine guttä Qualität, abärr wirrd gähän«, meint Maxim.
Über weitere Umwege nähern wir uns langsam Mariupol.
»Herrje«, fällt es Mutter kurz vorm Ziel ein, »ich habe gar keine Strandsachen eingepackt. Ich konnte ja nicht ahnen, dass wir ans Meer fahren.«
»Mama, dann gehst du halt in irgendeine Boutique und kaufst dir, was du brauchst«, rate ich der Touristin.
»In Mariupol ist sich kain Geschäft fur Strrand«, schaltet sich Maxim ein.
»Papperlapp«, sage ich, »auf der Promenade gibt's be-

stimmt irgendwelche Buden mit Schnickschnack. Das ist immer so.«

»Du wirrst sähänn«, antwortet Maxim düster.

Ich sehe. Und was ich sehe, gefällt mir nicht.

Mariupol ist wie eine riesige Industrieanlage, in deren Zentrum zufällig ein paar Wohnhäuser stehen. Schäbig, dunkel, trist und öde, auch bei strahlendem Sonnenschein. Unwillkürlich fällt mir die erste Strophe von Theodor Storms *Die Stadt* ein:

Am grauen Strand, am grauen Meer
Und seitab liegt die Stadt;
Der Nebel drückt die Dächer schwer,
Und durch die Stille braust das Meer
Eintönig um die Stadt.

Wer weiß, denke ich, vielleicht war der alte Theodor ja mal in Mariupol.

Maxim kurvt durch die engen Straßen, wir fahren einen Hügel hinauf, und da sehen wir es endlich – das Asowsche Meer. Grau, glatt und bewegungslos liegt es vor uns, umrahmt von Fabrikschloten und einer enormen Hafenanlage, deren rostige Kräne bedrohlich in den Himmel ragen.

»Oh«, sagt Mutter.

»Hmm«, sage ich. »Wo ist denn jetzt der Strand?«

»Untän«, antwortet Maxim und schießt die Straße herab.

Der Strand entpuppt sich als ein langer, schmaler, schmutziger Streifen, statt auf einer Promenade stehen wir vor Eisenbahngleisen, die ihn von der Straße trennen. Weit und breit gibt es keinen Übergang, also stiefeln wir einfach drauflos, die wenigen Menschen, die unterwegs sind, machen es genauso. Ich sehe Mutter an, dass sie sich ihren Beach-Aufenthalt etwas anders vorgestellt hat. Auch Darya

wirkt nicht begeistert. Mit unverhohlenem Abscheu mustert sie die Umgebung, breitet ihre Jacke am Strand aus und lässt sich dann mit Todesverachtung darauf nieder.
Die Einzige, die es hier schön findet, ist Johanna. Im Auto hat sie wieder die meiste Zeit geschlafen, nun ruft sie erfreut *Pielen! Pielen!,* plumpst voller Tatendrang in den Sand, der hauptsächlich aus Zigarettenkippen zu bestehen scheint, und beginnt zu graben.
»Fuh!«, macht Darya, bevor ich »Pfui« sagen kann.
»Und nun?«, frage ich Maxim.
Aber der hat sich schon zum Telefonieren zurückgezogen und schreitet, laut sprechend und wild gestikulierend, am Wasser auf und ab.
»So!«, sagt Mutter entschieden. »Andere Länder, andere Sitten, andere Strände. Aber ich mach es uns mal ein bisschen schön.« Mit diesen Worten greift sie den Autoschlüssel, hüpft über die Gleise zurück zum Toyota und kommt mit Handtüchern, Thermoskanne und ziemlich lädierten Bananen wieder. Sie ist offensichtlich wild entschlossen, ihren Ausflug zu genießen.
»So!«, sagt auch Maxim. »Ich chabe mit Mischa gesprochen. Gibt Frau in Mariupol, ist altä Bäkanntä. Kännt Mischa, kännt Artjom. Viellaicht sie weiß, wo ist dain Mann.«
»Prima! Dann lass uns da mal hinfahren.«
»Nicht jätzt. Sie schläft. Arrbaitet viel nachts, schläft am Tag. Abends wirr fahrren.«
Was das wohl für ein Job ist?, denke ich. Vielleicht ist sie Krankenschwester oder arbeitet im Schichtdienst in einer der Fabriken? Und dann wundere ich mich noch ein wenig, wer hier immer alles wen kennt, und dass die Welt wohl doch ein Dorf ist.
Maxim legt sich aufs Handtuch neben seine Luitschka, zieht genüsslich an der Zigarette und schließt die Augen.

Damit er es sich nicht zu gemütlich macht, stupse ich ihn an.
»Bis zum Abend ist es noch lang hin. Da kannst du mich jetzt mal über all die Sachen aufklären, die du mir bisher verschwiegen hast.«
»Ah Paula, muss sein?«
»Jep, muss.«
Widerwillig richtet er sich auf und beginnt zu erzählen. Das meiste weiß ich schon von Zakhar – dass Artjom in dessen Schuld steht und dem alten Kumpel gerade eine Gefälligkeit erweist, um diese Schuld abzutragen.
»Aber warum gerade jetzt?«, frage ich. »Warum hat Zakhar sich dafür so lange Zeit gelassen?«
»Ärrst err musste gähän aigenen Wäg. Dann ärr wusste nicht, wo ist Artjom.«
»Aber ein Mann wie Zakhar braucht doch nicht zwei Jahrzehnte, um jemanden zu finden«, wende ich ein. »Der kennt doch Mittel und Wege und Leute.«
»Dain Mann ist klug«, unterbricht mich Maxim, »chat gäläbt lange Zait ohne Spurrän, ganze Familie ganz diskrrät.«
»In Deutschland? Ohne Spuren? Wie soll das denn gehen? Krankenversicherung, Bankkonto, Einwohnermeldeamt – bei uns hinterlässt du überall Spuren!«
»Ah Paula!«, Maxim lacht über meine Unwissenheit. »Gäht laicht auch in Deutschland. Mäldest du chier und läbst du dort. Chast du Freund wie Mischa, mietet Wohnung und kauft Datscha fur dich. Chast du Arrzt aus Haimat, gibst du Gäld in Chand. Gibt immärr Lösung.«
»Stimmt das?«, will ich von Darya wissen und weiß im selben Moment, dass es ganz sicher stimmt. Meine Schwiegermutter starrt, ohne mit der Wimper zu zucken, in die Ferne.

»Und wie hat Zakhar Artjom dann doch noch gefunden?«
»Chat gewarrtet. Kännt alte Frreund. Artjom ist klug, abärr langsam err wirrd laichtsinnig. Artjom fuhlt sich sichärr. Liebt Frrau, chairatet, grundet Familie. Läbt nun ganz offizielles Läbän. Dänkt: Ah, so viel Zait ist verrgangän, Zakharr chat värgässen. Abärr Zakharr vergisst nicht.«
»Und dann ist der mal auf einen Kaffee vorbeigekommen und hat gesagt: *Hallo Kumpel, wir haben noch eine Rechnung offen. Kannst du mal schnell was für mich erledigen? In der Ukraine. Ist ja gleich um die Ecke.* Oder wie soll ich mir das vorstellen?«
Maxim lacht wieder. »Nain, nain. Ärrst schickt Zakhar klaine Brrief und ubermittelt Gluckwunsch. So schöne Frau, so schöne Tochtärr, alle so gesund! Und schickt Hoffnung, dass alle blaiben so gesund. Dann kommt ain Mann nach Chamburg und sagt viele Grruße fur Arrtjom. Und dann Zakhar rruft an und sagt, err brraucht Chilfä.«
Ich schweige einen Augenblick und lasse das Gehörte sacken. Die Geschichte ist unglaublich. Vor allem, weil sie mir vor Augen führt, dass ich nichts, wirklich rein gar nichts über meinen Mann wusste. Jedenfalls nicht die entscheidenden Dinge. Der Fremde in meinem Bett, denke ich fassungslos.
Aber die Geschichte ergibt auch Sinn. Vor unserer Heirat führte Artjom ein Nomadendasein, wohnte mal hier, mal dort und immer bei Freunden. Ein eigenes Zuhause lohne sich für ihn nicht, hatte er mir erklärt, dafür sei er beruflich zu viel unterwegs. Auch Darya und Rostislav waren oft umgezogen, immer auf der Suche nach einer besseren, schöneren, größeren Wohnung, wie sie sagten. Ich hatte das Daryas Überspanntheit zugeschrieben und mir weiter keine Gedanken darüber gemacht.
Auch dass Artjom in den letzten Wochen so übellaunig und gereizt gewesen war, erklärt sich nun. Bei jedem Telefon-

klingeln zuckte er zusammen, stundenlang starrte er aus dem Fenster auf die Straße. Ich nahm an, er würde über unsere Ehe nachdenken. Endlich einmal. Dabei hatte er wohl nach ungebetenem Besuch Ausschau gehalten. Auch seine Weigerung, im Dunkeln noch einmal das Haus zu verlassen, um wie sonst auch Mischa zu besuchen, erscheint jetzt plausibel. Nur eines begreife ich nicht.

»Maxim, etwas musst du mir noch verraten: Was kann Artjom eigentlich so besonders gut, dass nur er Zakhar helfen kann?«

»Paula, du chast wiedärr nicht verrstanden. Arrtjoms Chilfä ist mähr wie Symbol. Ist Demonstrration von Macht. Äs gibt viele Mänschen, die wissen von alte Gäschichtä und Mann aus Kaukasus. Du musst läsän diese alte Gäschichtä wie Parabäl von nähmen und gäben. Arrtjom hat genommen Tail von Zakhars Läbän. Nun err muss gäben.«

»Aha. Und was gibt er? Ich meine, welchen symbolischen Job hat er gerade?«

»Du musst mirr glauben, Paula, ich waiß nicht. Das ist grroßes Rätsel auch fur mich. Wenn ich wusste das, ich wusste auch, wo ich soll suchän. Ich dänkä, dass es hat zu tun mit Trransporrt von Sachen, wail Arrtjom viel fährt durch Ukraina.«

»Sachen? Was für Sachen? Drogen? Waffen?«

»Nain, nain! Paula, wass dänkst du? Zakhar ist Bissnessman, ganz seriös.« Maxim legt sich erneut zurück. »Jätzt ich chabe Pause. Genug gärrädät!«

Mir reicht es auch. Dass mein Mann es mit der Wahrheit nicht allzu genau nimmt, ist mir schon länger klar. Aber diese erstaunlichen neuen Fakten bringen mich aus dem Gleichgewicht. Wie konnte er mir verschweigen, dass er seit Jahren quasi im Untergrund gelebt hat? Aber andererseits, was hätte er mir auch erzählen sollen?

Schatzi, reg dich nicht auf. Da gibt es einen ziemlich merkwürdigen Typen. Kann gut sein, dass der irgendwann mal vor der Tür steht und es etwas unangenehm wird. Aber mach dir mal keine Sorgen, wird schon schiefgehen.
Wie hätte ich darauf reagiert? Die Hölle hätte ich ihm heißgemacht, mindestens. Ihm den Kopf abgerissen, ihn rausgeschmissen, zum Teufel gejagt. Ich merke, dass sich meine Finger bei diesen Gedanken tief in den Sand gegraben haben und ich wütende Schnauflaute von mir gebe.
»Poletschka, alläs gutt?« Darya, die aus den Tiefen ihrer Tasche ein weiteres Täschchen hervorgeholt hat und sich die Nägel feilt, guckt mich fragend an.
»Nichts ist gut«, blaffe ich sie an. »Sei bloß still! Du hast das doch alles gewusst und deinen Herrn Sohn die ganze Zeit gedeckt. Und mich habt ihr die ganze Zeit belogen!«
»Poletschka, abärr …«
»Ach, lasst mich doch alle in Ruhe!«, sage ich, stehe auf und gehe einfach weg.

16.

Nach einem ordentlichen Fußmarsch an den Gestaden Mariupols habe ich mich so weit beruhigt, dass ich zur Kompanie zurückkehren kann. Ich bin aber immer noch sauer. Doch mittlerweile mehr auf mich als auf meine Russen. So blauäugig und überstürzt ich in meine Ehe geschlittert bin, so naiv und mit festgezurrten Scheuklappen bin ich durch sie hindurchgerutscht.

Dass mein Mann mehr als nur ein paar Macken hat, war von Anfang an klar.

Dass wir so verschieden sind wie Wodka und Wasser, auch. Und dass unsere gegensätzlichen Charaktere sich nicht nur anziehen, sondern auch abstoßen, durften wir schließlich live und in Farbe im Alltag erleben.

Trotzdem habe ich sämtliche Alarmglocken, die in letzter Zeit laut und anhaltend schrillten, tapfer überhört. Anzeichen dafür, dass etwas nicht stimmte, was über die übliche Missstimmung hinausging, gab es ausreichend. Und dann dieser plötzliche Einfall mit dem *Honeymoon.* In der Ukraine! Wie blöd kann man eigentlich sein, Matthes?, denke ich, selbst schuld!

Darya kann ich keinen Vorwurf machen – auch wenn ich gern würde. Für meine Einfalt kann sie nichts. Natürlich wirft sich die Löwin vor ihr Junges. Und wie hätte sie mir diese komplizierte Geschichte auch erklären sollen? Auf Russisch? Hätte ich ihr überhaupt zugehört oder jedwede Intervention wieder als Einmischung in meine Ehe empfunden? Wenn ich schon unbedingt jemanden anders als mich selbst für diese Misere verantwortlich machen will, dann Artjom. Den kann ich mit gutem Gewissen auf seinen

Honeymoon schießen. Aber dafür müsste ich ihn erst einmal in die Finger kriegen.

Meine Mitreisenden behandeln mich bis zum Abend wie ein rohes Ei und schleichen bemüht freundlich um mich herum. Wir haben eine Menge Zeit totzuschlagen. Was soll man schon machen in Mariupol? Selbst Mutters Reiseführer geben nicht viel her, außer dem obligatorischen Heimatmuseum hat die Stadt nicht viel zu bieten. So brüten wir in der Sonne vor uns hin, spielen mit Johanna – uns dabei artig abwechselnd, damit wir uns nur nicht ins Gehege kommen.

Da Seeluft den Appetit anregt, gehen wir auch noch ein zweites Mal essen und landen erneut in einem Restaurant, das wie eine Kulisse seiner selbst erscheint: piekfein und mit komplett eingedeckten Tischen, als würde man eine ganze Festgesellschaft erwarten, aber menschenleer. Gleich vier Kellner erscheinen aus dem Nichts, springen um uns herum und freuen sich, dass sie endlich etwas zu tun haben.

»Lass mich raten«, knurre ich Maxim an, »mit den Restaurants verhält es sich ähnlich wie mit den Tankstellen. Astreine Geldanlage, oder?«

»Gänau. Du lärrnst schnäll, Paula.«

Als die Sonne untergeht, brechen wir auf und begeben uns auf die Suche nach der schläfrigen Dame. Kein leichtes Unterfangen. Maxim hat zwar die Adresse, aber in den schlecht beleuchteten Straßen haben wir Mühe, Hausnummern an den Plattenbauten auszumachen. Wahrscheinlich gibt es keine. Mutter nörgelt, Darya grummelt, und selbst Johanna, die wahrscheinlich befürchtet, dass sie erneut für Stunden im Kindersitz festgeschnallt werden wird, quengelt. Kurz bevor die Stimmung auf dem absoluten Tief-

punkt ist, steuert Maxim entschlossen auf ein Hochhaus zu, das aussieht wie alle anderen.
»Chierr muss sain.«
»Sicher?«, frage ich zweifelnd.
»Sichärr.«
Nicht nur Hausnummern fehlen, auch Namensschilder – die Türklingeln sind mit Nummern versehen. Maxim zögert einen Moment und drückt dann sehr resolut und sehr lange auf einen Knopf. Im Haus fangen diverse Köter an zu kläffen. Ansonsten passiert nichts.
»Wau«, sagt Johanna, »ssabaka!«
»Genau, mein Schatz, ein Hund.« Sprachlich macht meine Tochter wirklich enorme Fortschritte, denke ich, tja, Reisen bildet.
Nun lässt Maxim einfach seinen Daumen auf der Klingel. Die Hunde im Haus rasten aus. Irgendwo oben wird das erste Fenster geöffnet, und ein Schwall Flüche ergießt sich auf uns. Schließlich knirscht von innen ein Schlüssel im Schloss der massiven Eingangstür, sie wird einen Spalt geöffnet, und heraus lugt ein dürrer, faltiger Methusalem.
»Schto?«, wispert er.
Maxim erklärt unser Anliegen, die Tür geht zwei Zentimeter weiter auf, wir schlüpfen hinein und folgen dem Greis, der in Frotteebademantel und plüschigen Hauspuschen vor uns herschlurft, nachdem er den Eingang wieder sorgfältig verriegelt hat. Das schwach beleuchtete Treppenhaus ist schäbig, der Putz der Wände hat zahlreiche Risse, die Stufen sind ausgetreten und voller Löcher, es riecht ungesund modrig. Schon von außen wirkte die Platte nicht vertrauenerweckend, drinnen fühle ich mich wie in einem Abbruchhaus, das jederzeit einstürzen könnte.
Maxim hat Johanna auf seine Schultern gesetzt, sie zieht begeistert an seinen Ohren, wir erklimmen den dritten

Stock und stehen vor der nächsten verrammelten Stahltür. Unser Führer zückt ein großes Schlüsselbund, es folgt das gleiche Prozedere: aufschließen, reinlassen, abschließen. Wo sind wir denn hier bloß gelandet?, denke ich. In Fort Knox? Die Erkenntnis, an diesem ungastlichen Ort eingeschlossen zu sein, löst erhebliches Unbehagen bei mir aus. Am liebsten würde ich mir meine Tochter schnappen und auf dem Absatz kehrtmachen.
Wir folgen einem dunklen Gang, von dem mehrere Wohnungstüren abgehen. Ganz am Ende haben wir unser Ziel erreicht. Aufschließen, reinlassen, abschließen, und die Welt sieht plötzlich anders aus. Wir stehen in einem von warmem, indirektem Licht beschienenen Flur. Die Pitchpine-Dielen des Bodens sind auf Hochglanz poliert, die Wände ziert eine dunkle Samt-Tapete mit üppigem Blumenmuster. Für meinen Geschmack etwas zu opulent, aber durchaus elegant.
Der Opa führt uns in das Wohnzimmer und zeigt mit einem Finger auf die Couch. Ehrfürchtig versinken wir in einem dunkelblauen, weichen Ungetüm, das deutsche Möbelhäuser als *Wohnlandschaft* anpreisen würden. Johanna beginnt sofort, das Sofa als Trampolin zu nutzen, und hüpft quietschend auf den dicken Polstern herum.
»Na, mein Schatz, das macht Spaß, was?«, sage ich zu ihr, setze mich aber lieber strategisch so hin, dass sie nicht herunterfallen kann.
Auch in diesem Raum ist die Beleuchtung gedimmt, die Fenster sind mit schweren, bodenlangen Brokatvorhängen verhüllt, überall stehen Kerzen und hängen Spiegel, in einer Ecke gibt es eine veritable Hausbar mit einem kleinen Tresen und drei Barhockern, die dem Zimmer leichte Club-Atmosphäre verleiht. Sieht komisch aus, denke ich. Aber wahrscheinlich gibt es in Mariupol nicht so viele Bars, so

dass die Bewohner lieber daheim feiern. Und einen Drink könnte ich jetzt eigentlich auch vertragen.
Während ich noch überlege, ob ich mir lieber einen Gin Tonic oder einen Campari mit Orangensaft mixen würde, die beachtliche Batterie an Flaschen gäbe beides her, betritt eine Frau den Raum. Anscheinend sind wir zu früh dran und haben sie in ihrem Schönheitsschlaf gestört. Die Dame ist noch nicht fertig angekleidet, sie trägt einen nahezu durchsichtigen roséfarbenen Morgenmantel mit Federbesatz an den Säumen und darunter schwarze Spitzenwäsche. Das Make-up allerdings sitzt. Zielstrebig steuert sie auf die Bar zu und streift uns mit einem kurzen Blick, der an Johanna hängenbleibt. Mit einer von Alkohol und Zigaretten getrübten Stimme raunt sie Maxim etwas zu, während sie fünf Brandys eingießt.
»Was hat sie gesagt?«, frage ich.
»Kaine guttä Umgäbung fur Kind.«
Wieso?, denke ich. Ist doch ganz ordentlich hier, und betrachte die Dame unauffällig, während sie mit den Getränken hantiert. Ihre Blütezeit hat sie längst hinter sich, ich schätze sie auf Anfang fünfzig – vielleicht ist sie aber auch eine verlebte Vierzigerin. Unter der dicken Puderschicht ist die Haut teigig und aufgequollen, ihre Augen sind blassblau mit Rotstich und müde. Die fisseligen, zu oft gefärbten Haare hat sie zum Zopf gebunden, am Ansatz schimmern sie deutlich hell – das rote Krähennest gehört zu einer vormals echten Blondine. Ihre Rundungen sind üppig, leider mehr Bauch als Busen. Insgesamt betrachtet, ist sie nicht das, was man als klassische Schönheit bezeichnen könnte, dennoch verströmt sie einen gewissen bäuerlichderben Sex-Appeal.
»Ja Nika«, nuschelt sie, als sie die Gläser vor uns auf einen zierlichen Kristalltisch knallt.

Das ist also Nika, denke ich und nippe vorsichtig an meinem Brandy. Sie quetscht sich in einen Ohrensessel, der vis-à-vis vom Sofa steht, dabei öffnet sich ihr rosa Mäntelchen und gewährt eine unerfreuliche Aussicht auf feiste, weiße Schenkel. Während sie einen großzügigen Schluck nimmt, mustert sie mich genauso eingehend wie ich sie, nur deutlich unverhohlener. Unter ihrem Blick stellen sich in meinem Nacken die feinen Härchen auf. Ich mag es nicht, so ungeniert angestarrt zu werden, das macht mich nervös. Hilfesuchend schaue ich erst zu Maxim, der aber wieder in seine meditative Starre versunken ist, und dann zu Darya, die leise auf Johanna einredet und versucht, ihre Enkelin vor einem Sturz vom Sofa zu bewahren.

Unerwartet springt Mutter mir zur Seite.

»Schön haben Sie es hier. So gemütlich«, eröffnet sie die Konversation, die jedoch einseitig bleibt – wahrscheinlich weil Nika sie nicht versteht. Mutter stört das nicht, sie redet unbeirrt weiter. »Das Wetter war ja heute wieder fantastisch. Ich wusste gar nicht, dass es in der Ukraine um diese Jahreszeit schon so warm ist. Wie im Süden, wirklich wie im Süden!«

Endlich bequemt sich Maxim zu übersetzen. Und Nika beginnt zu lächeln, Komplimente hört jeder gern. Es entspinnt sich eine gedolmetschte Unterhaltung über Heim und Heimat und andere Belanglosigkeiten, die ich kurz mit dem Einwurf »Toilet?« unterbreche. Nika nickt etwas harsch Richtung Flur, und ich überlasse die Damen ihrem Geplänkel.

Suchend öffne ich die erste Tür und stehe im Schlafgemach. Ein rundes Kingsize-Bett in Knallrot, übersät mit zahlreichen Herzchenkissen, dominiert den Raum. Die Wände sind in einem fröhlichen Schwarz gehalten und mit Aktbildern aus verschiedenen Epochen behängt, die Vorhänge glänzen ebenfalls rot, die Decke ist verspiegelt. Wie

in einem Puff, denke ich, und als ich die Kleenexvorratspackung nebst Einmachglas voller Kondome auf dem Nachttisch entdecke, dämmert es mir, dass ich das *Wie* getrost streichen kann. Mensch, Matthes, du bist aber auch manchmal schwer von Begriff! Unwillkürlich muss ich grinsen.
Mein Anflug von Heiterkeit erstirbt, als ich auf einer Kommode an der Längsseite des Zimmers neben Puderpinseln, Tiegeln und anderem Beautyequipment eine gerahmte Fotografie entdecke. Die Aufnahme muss mindestens zwanzig Jahre alt sein, sie zeigt eine Nika aus besseren Tagen: taufrisch, faltenfrei, bestimmt fünfzehn Kilo leichter, mit langen blonden Haaren und im knappen Bikini am Strand. Sie lacht unbeschwert aus dem Bild heraus, in inniger Umarmung mit einem knackbraun gebrannten jungen Burschen in Badehose, der dem Fotografen seinen Rücken zuwendet. Ich stutze nur kurz, aber es gibt keinen Zweifel. Das wie ein *S* geformte Muttermal unterm rechten Schulterblatt kenne ich sehr genau; der entzückende Rücken gehört meinem Mann.
Natürlich weiß ich, dass Artjom ein Leben hatte, bevor wir uns begegnet sind – ein rein theoretisches Wissen allerdings, erzählt hat er mir nur das Nötigste und immer unter Beteuerungen, dass ich seine große Liebe sei. Und natürlich ist das, was ich gerade sehe, verdammt lang her und auch nur eine Momentaufnahme. Trotzdem merke ich, dass sich in meinem Magen angesichts Artjoms gemeinsamer Vergangenheit mit der Bewohnerin dieses Etablissements ein kleiner, heißer Klumpen formt. Ich versuche, dieses Gefühl einzuordnen. Hunger kann es nicht sein.
Matthes, du bist doch nicht etwa eifersüchtig?, frage ich mich. Wie albern!
Trotzdem werfe ich aus einem kindischen Impuls heraus das Bild einfach um, bevor ich weiter nach dem Klo suche.

Nach meiner Rückkehr von der Örtlichkeit, auch dort viel Plüsch und Plunder, aber alles picobello, bemühe ich mich, möglichst neutral zu gucken, und setze ein unverbindliches Lächeln auf. Nika steht an der Bar und schenkt sich ihren zweiten Brandy ein. Vielleicht ist es auch schon der dritte, denke ich, als sie mit einem leichten Ausfallschritt in ihren Sessel fällt. Darya, die hocherhobenen Hauptes, mit durchgedrücktem Rücken und fest geschlossenen Beinen auf der vorderen Sofakante sitzt, verdreht die Augen und klopft sich mit zwei Fingern seitlich gegen den Hals. Verschwörerisch blinzele ich ihr zu, ich kenne diese abfällige Geste. Kein Wunder, dass Nika dem Alkohol verfallen ist – bei dem Beruf, denke ich.
Mutter plaudert immer noch ganz unbefangen und ist nun bei der wunderbaren ukrainischen Küche angelangt. Maxim übersetzt artig die warmen Worte seiner Luitschka, Nika lächelt wohlwollend.
»So!«, sage ich vielleicht etwas zu laut. »Ich unterbreche euer Schwätzchen nur ungern. Aber wir sind ja nicht zum Quatschen hier. Es wäre schön, Maxim, wenn du die, äh, Dame, langsam mal nach Artjom fragst.«
Als der Name meines Mannes fällt, seufzt die Dame wohlig und kichert anzüglich. Darya und ich zucken simultan zusammen. Blöde Kuh, denke ich. Weiß die überhaupt, wem sie gegenübersitzt?
»So!«, sage ich ein weiteres Mal und noch einen Tick lauter. »Was ist mit Artjom? War der Mistkerl hier? Und wenn ja, wo ist er hin?«
Die plötzliche Schärfe in meiner Stimme irritiert Maxim, doch er beginnt, Nika Fragen zu stellen. Sie antwortet im Stakkato, ihre rauhe Stimme bleibt dabei ohne Höhen und Tiefen. Maxim bemüht sich, ihrem Wortfluss zu folgen. Einen Teil ihrer Erzählung lässt er offensichtlich unter den

Tisch fallen, denn seine Übersetzung fällt wesentlich knapper aus als das vorher Gesagte.
So ist Nikas Geschichte kurz, aber aufschlussreich: Vorgestern habe Artjom plötzlich und unangemeldet vor ihrer Tür gestanden. Ach, was für eine Wiedersehensfreude! Schließlich habe sie ihn eine Ewigkeit nicht mehr gesehen. Er sei nur auf der Durchreise gewesen, wollte es aber nicht versäumen, ihr einen Besuch abzustatten und über alte Zeiten zu plauschen. Ein wenig ramponiert habe er ausgesehen, der gute Artjom, deshalb habe sie ihm auch angeboten, die Nacht bei ihr zu verbringen. Sie habe sich fürsorglich um ihn gekümmert, damit der Ärmste wieder zu Kräften käme. Schließlich habe er noch eine anstrengende Kurierfahrt vor sich gehabt, den ganzen Wagen voller Matrjoschkas, mit denen er Souvenirläden von Dnipropetrowsk bis runter zum Schwarzen Meer zu beliefern habe.
»Matrjoschkas?«, frage ich ungläubig. »Artjom kutschiert Matrjoschkas durch die Gegend?«
Nika nickt und deutet auf ein buntbemaltes Püppchen, das auf dem Bartresen steht. Ein kleines Geschenk ihres Gastes, sozusagen als Dankeschön für die Herberge. Denn natürlich sei es nicht bei einer Nacht geblieben, so viel habe man sich zu erzählen gehabt, und so wohl habe sich Artjom bei ihr gefühlt. Erst heute in den späten Mittagsstunden sei er aufgebrochen, um seiner Pflicht, wenn auch verspätet, weiter nachzukommen.
Heute Mittag? Ich könnte schreien. Da lagen wir am Strand, ungefähr vierhundert Meter Luftlinie entfernt. Ermattet halte ich Nika mein leeres Glas unter die Nase. »Dürfte ich …?«
»Hach, ich glaube, ich nehme auch noch ein Schlückchen«, flötet Mutter, die sämtliche Zwischen- und Misstöne überhört hat.

Nika grinst nur und schenkt uns allen nach. Darya steht ruckartig auf und verlässt das Zimmer.
»Weiß Nika, mit was für einem Wagen Artjom unterwegs ist?«, frage ich.
Maxim nickt. »Da, Rränooh Kanguuh, gälb.«
»Na, immerhin etwas. Jedenfalls wissen wir ungefähr, wo wir hinmüssen. Wenn wir uns beeilen, holen wir ihn vielleicht irgendwo auf der Strecke ein. Unser Toyota ist auf alle Fälle schneller als so ein klappriger Kastenwagen.«
»Wohärr weißt du, dass ist klapprrig?«
»Weiß ich nicht, hoffe ich einfach.«
Mit zu Schlitzen verengten Augen und roten Flecken im Gesicht kommt Darya zurück. Uii, denke ich, da ist aber jemand geladen. Auch erst die falsche Tür erwischt? Mir geht es nicht viel anders. Und ich weiß nicht, was mich wütender macht – die Tatsache, dass wir Artjom wieder so knapp verpasst haben oder der Mistkerl es sich zwei Tage bei Nika hat gutgehen lassen.
Der Abschied von der Herbergsmutti ist kühl, aus den Augenwinkeln sehe ich beim Gehen, wie Darya zur Bar tritt und mit einer schnellen Handbewegung die Matrjoschka in ihre Handtasche fegt. Genau, denke ich, passt hier sowieso nicht rein. Nika bekommt davon nichts mit, gerade tätschelt sie Johannas Kopf und gurrt ein paar Silben.
»Ganz Vatärr«, sagt Maxim, »Malinka ist wie Arrtjom, wänig Muttärr.«
Schlampe, denke ich, spare mir aber eine Erwiderung. Schlagfertigkeit verliert gehörig an Tempo, wenn sie erst übersetzt werden muss.

17.

Gib Gummi!«, fordere ich Maxim auf, der für mein Empfinden viel zu vorsichtig durch die Nacht gleitet.
»Paula, ist dunkäl und Strraße schlächt. Kann nicht fahrren so schnäll.«
»Aber so holen wir Artjom nie ein!«
»Wirr finden, Paula, wirr finden. Jätzt wirr wissen, wo suchän, und kännän Auto. Blaib rruhig.«
Der hat gut reden, denke ich, wie soll man ruhig bleiben, wenn man gerade erfahren hat, dass der eigene Mann zwei Tage bei seiner Ex-Geliebten verbracht hat, um in Erinnerungen an alte Zeiten zu schwelgen?
»Diese Nika war ja wirklich sehr nett«, unterbricht Mutter meine trüben Gedanken, »und so schön eingerichtet! Die Möbel sahen richtig teuer aus. Was die wohl beruflich macht?«
»Deine neue Freundin ist eine Professionelle«, gebe ich pampig zurück.
»Jaja, einen professionellen Eindruck machte sie durchaus. Aber welche Profession übt sie denn nun aus?«
Mir wird klar, von wem ich meine Begriffsstutzigkeit geerbt habe. »Mama, die Dame ist vom horizontalen Gewerbe. Du warst zu Besuch in einem Bordell.«
»Ach, Paula, das glaube ich nicht. Dafür war Nika ja viel zu sympathisch!«
»Wer sagt denn, dass Prostituierte unsympathisch sein müssen?«
»Unsinn! Was du immer redest.«
»Maxim, sag's ihr.«
»Paula chat rrächt«, bestätigt Maxim mit einem verlegenen Blick in den Rückspiegel.

»Oh.« Mutter schweigt einen Augenblick. »Nun ja, man kann sich seinen Beruf nicht immer aussuchen. Das Leben führt einen oft auf verschlungene Pfade und manchmal auch auf Irrwege«, philosophiert sie schließlich.
»Amen!«, sage ich und beschließe, dass Mutter ab sofort keinen Alkohol mehr bekommt.
Langsam bahnt sich unser Landcruiser den Weg durch die finstere Ukraine und ihre Schlaglöcher. Wider besseres Wissen haben wir das Navi eingeschaltet, damit wir zumindest eine grobe Orientierung haben. Und wider Erwarten führt uns das Gerät einigermaßen verlässlich gen Dnipropetrowsk, auch wenn es ein paar Mal einen spontanen Richtungswechsel vorschlägt.
Johanna schlummert selig in ihrem Kindersitz, Mutter ist ebenfalls eingenickt, schwer ruht ihr Kopf auf Daryas Schulter. Meine Schwiegermutter starrt still in die Nacht, im Dunkeln ist ihre Miene noch undurchdringlicher als sonst. Ich gäbe ein kleines Vermögen dafür, in ihren Kopf hineinschauen zu können.
»Alles gut, Dascha?«, frage ich vorsichtig.
»Da.«
»Zeig doch mal dein kleines Souvenir.«
Darya wühlt in ihrer Tasche und reicht mir die Matrjoschka nach vorn.
Maxim guckt erstaunt zur Seite. »Chast du gästohlän?«
»Tss, tss«, mache ich, »was heißt hier gestohlen? Ich würde das mal als unfreiwillige Leihgabe bezeichnen.«
Ich betrachte die Puppe. Nichts Besonderes, eine ganz normale Matrjoschka aus Holz, typisch folkloristisch bemalt. Da brettert mein Mann nun quer durchs Land mit einem Wagen voller Matrjoschkas. Der Sinn dieser absurden Unternehmung erschließt sich mir nicht im Geringsten. Es kann sich wirklich nur um eine Gemeinheit

Zakhars handeln, eine echte Strafarbeit. Was für ein Quatsch!

Gedankenverloren nehme ich die Puppe auseinander. Im schwachen Schein der beleuchteten Armaturen sehe ich, wie etwas aus der Matrjoschka heraus in den Fußraum fällt. Ich bücke mich und halte eine Hundert-Dollar-Note in der Hand. Hektisch schraube ich die innenliegenden Puppen weiter auf. Am Ende liegen zehn Geldscheine in meinem Schoß.

Darya hat sich neugierig nach vorn gebeugt, Maxim pfeift scharf durch die Zähne.

»Wie viele Matrjoschkas passen denn so in einen Renault Kangoo?«, frage ich.

»Kanguu chat grroße Platz. Wenn du klappst Sitzä, viellaicht tausänd, viellaicht noch mährr.«

»O Gott, o Gott, o Gott! Halt an, schnell, ich glaub, mir wird schlecht!«, japse ich.

Maxim steigt in die Eisen und fährt rechts ran. Ich springe aus dem Auto und schnappe nach Luft. Mir ist speiübel, in meinem Kopf dreht sich alles. Darya kommt zu mir. Sie legt ihren Arm um mich.

»Gutt, gutt«, sagt sie und grinst breit. »Arrtjom Milliomärr!«

»Schön, dass du deinen Humor nicht verlierst«, würge ich und versuche, möglichst tief und ruhig zu atmen.

Auch Maxim ist aus dem Wagen gestiegen, bewaffnet mit seiner Thermoskanne. Er schenkt mir pechschwarzen, kalten Tee ein. »Trrink!«, befiehlt er. »Chilft immärr.«

Ich stürze das Gebräu hinunter, und es geht mir tatsächlich gleich etwas besser. »O Mann«, stöhne ich, »das kann doch alles nicht wahr sein!«

»Komm, Paula«, Maxim zieht mich zum Auto, »staig ain! Ist nicht gut, mitten auf Strraße in Nacht.«

Mutter und Johanna haben von der Aufregung nichts mitbekommen, sie schlafen den Schlaf der Unschuldigen. Mutter grunzt nur kurz, als sich der SUV wieder in Bewegung setzt.

»Wofür ist das Geld in den Matrjoschkas?«, frage ich, nachdem ich wieder Herrin über meinen Magen geworden bin.

Maxim zuckt mit den Schultern. »Viellaicht ist Gäld nurr in diesärr Matrjoschka. Viellaicht ist Gäschänk von Arrtjom an Nika, fur Ässän und, ah, Unterrkunft.«

»Unsinn, das glaubst du doch selbst nicht! Tausend Dollar als Geschenk! Ich glaube, Artjom weiß gar nichts von dem Geld. Aber warum schickt Zakhar ihn mit so viel Knete durch die Gegend? Das ist doch gefährlich.«

Maxim überlegt einen Augenblick. »Hmm, ist nicht so gäfährrlich. Kain Mänsch dänkt, dass in Wagän ist so grroßärr Schatz. Kanguu ist ganz diskrrät.«

»Und wofür ist die Kohle?«

»Kann sain fur Angäställtä von Zakharr, ist Gächalt. Und vielä Mänschän in ganzes Land arrbaiten fur Zakhar.«

Den Gedanken finde ich so absurd, dass ich lachen muss. »Nee, klar«, kichere ich, »die Gehälter werden bei euch nicht aufs Konto überwiesen, sondern in Puppen gesteckt und von Kurieren überbracht. Völlig logisch und die normalste Sache der Welt.«

»Da«, Maxim nickt ernsthaft, Ironie ist wirklich nicht seine Sache. »Gänau so wirrd gemacht. Langsam du värrstähst, wie funktionierrt Ukrraina. Norrmal Gäld kommt in Umschlag. Abärr Puppä odärr Umschlag, ist sich ägal.«

Ich bin baff. Erstaunlich, denke ich, dieses Land ist wirklich ganz, ganz erstaunlich.

Als der Morgen graut, hält Maxim mit der Bemerkung »Zait fur Fruhstuck!« bei einer Ansammlung kleiner Häuser. Hier herrscht trotz der frühen Stunde schon Hochbetrieb. Fliegende Händler bauen ihre Stände mit Marmeladen, Honig, eingewecktem Gemüse, Kräutern und getrocknetem Fisch am Straßenrand vor den Hütten auf. Auf der anderen Seite ist ein großer Schotterparkplatz, auf dem zahlreiche Lkw stehen. Die ersten Trucker taumeln schlaftrunken und mit Zahnbürsten in den Händen über die Straße.

Vorsichtig wecke ich Johanna, etwas unsanfter rüttle ich an Mutters Schulter. »Mama, Essen fassen!« Wir betreten ein kleines Café, die Bedienung rümpft bei unserem Anblick leicht die Nase. Wahrscheinlich machen wir nicht den besten Eindruck – übermüdet, rotäugig, mit zerknitterter und angeschmutzter Kleidung. Außerdem umweht unsere Gruppe der würzige Duft von *Eau de Kack,* es ist allerhöchste Zeit für einen Windelwechsel.

Ich lasse mir den Weg zu den Waschräumen zeigen und lande in einem Bretterverschlag voller Schmutz und Spinnen. Ich rätsele noch, wie ich in diesem Loch meine Tochter wickeln soll, da klingelt mein Handy. Nach einem Blick aufs Display zögere ich kurz, gehe aber doch ran.

»Guten Morgen, Papa!«

»Kannst du mir mal sagen, wo deine Mutter steckt?«, blökt er ohne Umschweife los. »Seit Tagen versuche ich, diese Frau zu erreichen, und immer ist ihr verfluchtes Handy aus.«

»Die ist doch an der Ostsee, Papa, das weißt du doch.«

»Ja, aber warum ruft sie nicht mal an? Das sieht ihr überhaupt nicht ähnlich.«

Johanna greift nach dem Handy, Telefonieren findet sie toll und außerdem, dass sie jetzt mal dran ist. »Anniauchanni-

auchanniauch«, schreit sie und kommt mit ihren kleinen, dicken Fingern irgendwie an die Lautsprechertaste.
»Paula?«, dröhnt Vaters Stimme jetzt klar und deutlich durch den Waschraum. »Bist du noch dran?«
Ich fixiere Johanna, lege einen Finger beschwörend auf meine Lippen, presse das Telefon fest an mein Ohr und rufe: »Ganz schlechte Verbindung, Papa. Wollen wir lieber später sprechen?«
»Ich hör dich klar und deutlich. Was ist das denn für ein Krach im Hintergrund?«
»Opaopaopa!«, meldet sich Johanna lautstark zu Wort.
»Ist das ein Kind?«
»Jaja, Kinder. Ich bin gerade beim Frühstück. Im Restaurant. Alles voller Kinder! Höllenlärm hier!« Zur Bekräftigung trete ich gegen einen Mülleimer aus Blech, dass es nur so scheppert.
»Oooooopa!«, schreit Johanna.
»Man versteht ja sein eigenes Wort nicht, fürchterlich«, schnaubt Vater. »Also, hast du was von deiner Mutter gehört?«
Ha, denke ich, den Ball spiele ich virtuos zurück. »Klar«, behaupte ich, »habe gerade gestern mit ihr telefoniert. Geht ihr super. Ich glaube, die haben richtig Spaß an der Ostsee. Kein Wunder, bei dem schönen Wetter.«
»Schönes Wetter? Seit Tagen regnet es ununterbrochen, der Fischmarkt steht unter Wasser. Wie soll da in Scharbeutz schönes Wetter sein?«
»Opaanniopaanni«, kommentiert Johanna den Sachverhalt.
»Paula? Wer ist das? Da stimmt doch was nicht!«
»Ganz schlechte Verbindung«, brülle ich, »ich hör dich gar nicht mehr.« Dann haue ich das Handy mehrmals gegen den Eimer, drücke Vater weg und vorsichtshalber noch die Lautlos-Taste.

»Puh, mein Schatz«, sage ich zu meiner Tochter, »das war knapp.«

»Johanna hat schon wieder was gesagt«, berichte ich stolz, als ich mich zu den anderen im Café geselle. »Sie kann jetzt auch *Hallo* und *Opa.*«
»Opa?« Mutter ist alarmiert. »Wieso hat sie denn *Opa* gesagt?«
»Ach ja, Papa hat eben angerufen«, erkläre ich beiläufig und stibitze mir ein Würstchen von Maxims Teller.
»O Gott! Was wollte er denn?«
»Och, nur mal hören, ob ich irgendetwas über den Verbleib seiner geliebten Gattin weiß.«
Mutter wird ein wenig blass um die Nase und schiebt ihren Teller von sich. Das gibt mir die Gelegenheit, mich über ihr Rührei herzumachen. »Mmmh, schmeckt gut.«
»Paula, jetzt erzähl endlich! Was hat er denn gesagt?«
»Nichts weiter. Die Verbindung war so schlecht. Deshalb musste ich leider auflegen. Lass doch mal schauen!« Ich werfe einen Blick auf mein Handy, schon vier Anrufe in Abwesenheit. Vater ist niemand, der vorschnell aufgibt.
»Oh, er hat's wohl noch mal probiert. Schade, dass ich hier so gut wie kein Netz habe.« Verschwörerisch zwinkere ich Mutter zu. Verschwörerisch zwinkert sie zurück – ja, wir sind *sisters in crime.*
Nach dem Frühstück vertreten wir uns noch ein bisschen die Beine, Mutter inspiziert an der Seite von Maxim die Stände und erwirbt mehrere Gläser Marmelade sowie einen getrockneten Fisch. Angesichts des toten Tieres wendet Darya sich demonstrativ ab und hält sich die Nase zu.
»So, Familie!«, rufe ich. »Auf geht's! Wir haben schließlich noch was zu erledigen.«
Maxim grinst, weil mein Aufruf explizit auch ihm gilt und

er plötzlich neue Verwandte hat. Und ich finde, die hat er durchaus verdient. In den letzten Tagen ist mir dieser komische Mensch arg ans Herz gewachsen.

Nach wenigen Kilometern auf einer wirklich üblen Landstraße erreichen wir die Autobahn nach Dnipropetrowsk und können endlich Gas geben.
»Was hat die Straße für eine komische Farbe?«, wundere ich mich, denn ab und an blitzt es unter dem Asphalt grünlich hervor.
»Ist grrun. Fur Breschnew.«
»Für wen, bitte?«
»Du chast nicht gechörrt von Leonid Breschnew?«
»Doch, doch. Aber was hat die grüne Autobahn mit Breschnew zu tun?«
»Ist gebaut zu sainen Ährren mit besondärren Stainen von Krrim, wail ärr warr gäborren in Nähe von Dnipropetrowsk. Und jädäs Mal ärr ist gefahren nach Chause, er chat sich gefrreut uber grune Strraße.«
»Aha. Was du alles weißt.«
»Da. Breschnew warr cool.«
»Cool?«
»Da. Chat gäliebt Autofahrren. Immärr ohne Chauffeur, immärr sälbst, mit Sonnänbrrillä und Zigarrättä. Cool.«
»Aha.«
Maxim ist heute Morgen in Plauderlaune, denn er schiebt noch einen nach: »Allä bährrumtän Mänschän sind von Ukraina.«
»Alle?«
»Na, fast allä.« Und dann haut er mir eine Reihe von Namen um die Ohren: Leo Trotzki, Sergej Bubka, Vladimir Horowitz, Golda Meir, Zino Davidoff, Paul Celan, Dustin Hoffman, Harvey Keitel.

Ich muss lachen. »Dein Patriotismus in Ehren, aber Dustin Hoffman und Harvey Keitel sind Amerikaner.«
»Cheute viellaicht. Aber chaben Wurrzäln in Ukraina.«
»Wenn du es sagst.« Ich widerspreche lieber nicht mehr, beschließe aber, diese Informationen in der Heimat einmal zu googeln.

Dnipropetrowsk empfängt uns mit strahlendem Sonnenschein.
»Ach, ist das schön hier«, sagt Mutter, die sich längst von ihrem Schreck erholt hat und mal wieder in ihren Reiseführern blättert.
Eigentlich habe ich keine Augen für die Sehenswürdigkeiten dieser Stadt, weil ich die Straßen konzentriert nach einem gelben Kastenwagen absuche. Aber ich muss Mutter recht geben: Nach der Tristesse von Mariupol mutet Dnipropetrowsk nahezu westeuropäisch an. Es gibt große, schicke Malls, beeindruckende Bankzentren und in der City einen breiten Prachtboulevard mit der üblichen Leninstatue und Edelboutiquen. Wir holpern im Stau über Kopfsteinpflaster und werden von einer pittoresken Straßenbahn überholt. Und an jeder dritten Ecke lächelt Julia Timoschenko von überlebensgroßen Plakaten milde auf uns herab.
»Was macht die denn hier?«, frage ich Maxim.
»Ist gäborrän chierr. Ihrrär Familie gechörrt alläs in Dnipropetrowsk.«
Na klar, denke ich, alles! Unter dem machen die's nicht, die Ukrainer.
Wir fahren und fahren. Ich weiß nicht, was ich erwartet habe. Dass wir einmal rechts abbiegen und Stoßstange an Stoßstange mit dem Renault Kangoo stehen, aus dem Artjom uns fröhlich zuwinkt?

Nachdem wir zwei Stunden kreuz und quer, Hügel rauf und Hügel runter, durch die Stadt gekurvt sind, ist meine Laune erneut kurz vorm Gefrierpunkt angelangt.

»Das macht doch keinen Sinn«, motze ich. »Dnipropetrowsk ist viel zu groß. Artjom könnte sonst wo sein. Den finden wir nie!«

»Wirr findän«, sagt Maxim, biegt rechts rein und stellt unseren SUV direkt hinter einem gelben Kastenwagen ab.

18.

»Oi, oi, oi, das tut wäh!« Maxim sitzt auf dem Bürgersteig und reibt sich seinen Kiefer, während ich wie ein angestochenes Rumpelstilzchen fluchend neben ihm auf und ab gehe.

»Das kann doch nicht wahr sein!«, brülle ich.

»Chabe ich gesagt: Wirr warrtän im Wagän. Allä. Wann chörrst du auf mich? Wann?«, fragt Maxim resigniert.

»Klugscheißer! Elender Klugscheißer«, gebe ich zurück. Dabei hätte ich wirklich nur auf ihn hören müssen, und alles wäre gut gewesen.

Nach unserem unerwarteten Glückstreffer herrschte für einen Augenblick atemloses Schweigen im Auto. Alle starrten wir auf den gelben Renault Kangoo.

»Ich glaub's nicht«, flüsterte ich. »Ist das Artjoms Wagen?«

»Viellaicht. Wirr guckän«, sagte Maxim und stieg aus.

Wir umrundeten den Kastenwagen und starrten ins Innere. Die Ladefläche war mit einer Plane abgedeckt. Auf dem Beifahrersitz türmten sich angebissene Sandwiches, halbvolle Colaflaschen und leere Zigarettenschachteln.

»Guck mal da!«, quietschte ich und deutete auf eine Matrjoschka, die halb verborgen unter all dem Müll lag. Volltreffer!

»Otschin charascho!«, sagte Darya zufrieden.

»Genau«, erwiderte ich, »sehr gut! Das ist sehr, sehr gut.«

»Und was machen wir jetzt?«, fragte Mutter aufgeregt.

»Wirr warrtän«, gab Maxim die Order aus. »Wo ist Auto, ist Mann. Wirr warrtän, ärr kommt.«

Ich schaute die ruhige Seitenstraße hinunter, in der wir gelandet waren. Ein paar kleine Geschäfte, Blumen, Schuhe, Lebensmittel, nichts Besonderes. Ansonsten schien es eine reine Wohngegend zu sein. Maxim hatte völlig recht. Es war das Beste, einfach zu warten. Irgendwann musste Artjom auftauchen.

Wir setzten uns wieder ins Auto und warteten und warteten. Nach einer Stunde wurde Johanna maulig. Mutter sagte: »Puh, ist das heiß.«

»Ich steig mal aus und gehe mit Johanna ein paar Schritte«, meinte ich.

»Nain, nain«, widersprach Maxim. »Wirr warrtän. Im Auto.«

»Papperlapapp«, sagte ich, »ich bleib ja direkt hier vorn auf dem Bürgersteig. Die Kleine muss mal ein bisschen an die frische Luft, sonst dreht sie durch.« Und ich übrigens auch, dachte ich.

Also ging ich mit meiner Tochter auf und ab, immer brav in der Nähe der Autos. Zehn Minuten später schlossen sich Darya und Mutter unserer Wanderschaft an.

»Was meinst du, Paula?«, fragte Mutter vorsichtig. »Ob ich mal kurz da rüber ins Schuhgeschäft gehen kann? Ist doch direkt gegenüber.«

»Geh nur!«, sagte ich großzügig. »Wir bleiben ja hier.«

Also ging Mutter Schuhe shoppen, Darya im Schlepptau. Durch unsere Windschutzscheibe konnte ich sehen, dass Maxim schlechte Laune bekam. Dreißig Minuten später hatte Johanna Durst. Und Hunger. Ich ging zum Kofferraum und überprüfte unsere Vorräte, die nicht mehr viel hergaben. Versuchsweise schnupperte ich an Mutters Fisch, ließ aber lieber die Finger davon. Wasser gab es auch keines mehr, wir mussten dringend einkaufen. Kurzerhand setzte ich Johanna auf Maxims Schoß und sagte: »Ich husch mal kurz zu dem Laden und kauf was zu trinken und ein paar Kekse.«

»Nain, nain«, widersprach Maxim. »Gäh nicht wäg! Was ist, wänn Mann kommt?«
»Ach was«, wischte ich seinen Einwand beiseite, »ich bin in einer Minute zurück. Außerdem habe ich durchs Schaufenster die ganze Straße im Blick. Und du bist ja auch noch da.«
Bevor er weitere Widerworte geben konnte, rannte ich schon los, schnappte mir in dem kleinen Laden vier Flaschen Wasser und eine Tüte mit etwas, das wie Cracker aussah. Gerade wollte ich bezahlen, da erspähte ich durch die Scheibe Artjom, der, vergnügt pfeifend, aus einem Hauseingang trat und den Renault ansteuerte. Mit einem Aufschrei sprang ich zur Tür, wurde aber von der Verkäuferin gestoppt, die mich am Arm packte und zurückriss. Ich ließ meine Einkäufe fallen, sie hielt mich trotzdem weiter fest.
So konnte ich nur zusehen, wie Artjom seinen Wagen aufschloss, Maxim gleichzeitig dem unseren entstieg und auf meinen Mann zuging. Was dann geschah, war mir in diesem Augenblick unbegreiflich.
Maxim sagte etwas.
Artjom zuckte zusammen und fuhr herum.
Und ohne eine weitere Sekunde zu zögern, verpasste er Maxim einen rechten Aufwärtshaken, sprang in den Kangoo und fuhr davon.

»Oi, oi, oi, ich glaubä, Zahn ist los!«, jammert Maxim und befühlt mit schmerzverzerrtem Gesicht sein Gebiss.
»Jetzt reiß dich mal zusammen!« Ich bin viel zu aufgebracht, um Mitleid zu empfinden. »Was um Himmels willen hast du zu Artjom gesagt? Warum hat er dich geschlagen?«
»*Challo.* Ich chabe gesagt *Challo* und *Gruße von Familije*

und *Daine Tochtärr ist ganz aus Hauschen.* Mährr nicht. Kaine Zait, soforrt Knockout.«
Ratlos schüttele ich den Kopf. Das verstehe, wer will, ich nicht.
»Nun ja«, mischt sich Mutter schüchtern ein, »vielleicht hat Artjom gedacht, dass er überfallen wird.«
Ich betrachte Maxim, wie er so dahockt. Der kahlrasierte Schädel. Die Narben. Die dunkle Sonnenbrille. Die tätowierten Hände. Die schwarze Lederjacke. Mutter liegt wahrscheinlich gar nicht so falsch.
Ich zucke mutlos mit den Schultern. »Was auch immer«, murmele ich, »weg ist weg.«
»Dawai!« Maxim wuchtet sich ächzend hoch. »Wirr fahrrän, bevorr Miliz kommt.«
»Warum sollte denn die Miliz kommen?«, frage ich genervt.
Maxim deutet auf die Verkäuferin, die vor ihrem Geschäft steht und jede unserer Bewegungen beobachtet. Wir sind kein schöner Anblick, denke ich, eine ausgeknockte Schlägertype, ein heulendes Kind, eine brüllende Deutsche, eine fluchende Russin und Mutter auf Socken. Wir sollten wirklich zusehen, dass wir Land gewinnen.
»Mama, hol noch deine Schuhe aus dem Geschäft, dann können wir los. Und beeil dich!«

Wir verlassen Dnipropetrowsk und fahren gen Süden, weil wir keinen Plan haben, aber doch irgendeine Richtung einschlagen müssen. Eine ganze Zeit lang herrscht Schweigen, bleischwer. Maxim macht noch nicht einmal das Radio an.
»Entschuldigung«, sage ich schließlich.
»Wass?«
»Entschuldige bitte, dass ich nicht auf dich gehört habe.

Das war saublöd. Kommt nicht wieder vor, versprochen! Ab sofort mache ich nur noch das, was du sagst, ehrlich.«

»Gutt.«

»Was für einen Eindruck machte Artjom denn?«

»Wass?«

»Ich meine: Wie sah er aus? Ist er wenigstens gesund?«

»Warrum solltä krrank sain? Nur gäsundä Mann chat so viel Krraft!«

»Gut, das ist ja schon mal was.«

»Paula, Rruhä! Muss dänkän.«

Ich drehe mich nach hinten um. »Alles okay bei euch?« Daryas Miene ist versteinert. So kurz vorm Ziel, und doch gescheitert. Und niemand da, den sie dafür verantwortlich machen kann. Das schmeckt der Russin nicht.

Johanna schaut mich mit großen Augen aus ihrem Kindersitz heraus an. Sie weint nicht mehr, aber auf ihren schmutzigen kleinen Wangen sind noch deutliche Tränenspuren zu sehen. Mein armer Schatz, denke ich, erst siehst du deinen Vater und freust dich, und dann haut der blöde Kerl Maxim um und verschwindet. Das ist echt zum Heulen!

»Weißt du, Süße«, sage ich zu ihr, »das hat der Papa nicht so gemeint. Der wollte Onkel Maxim gar nicht weh tun. Der hat sich einfach nur erschrocken, und dann ist das aus Versehen passiert.«

Johanna nickt tapfer. »Papapa«, sagt sie, »aua.«

Genau, denke ich, wenn ich den Papa erwisch, dann mach ich ihm Aua, darauf kannst du wetten.

Die Einzige, die den Vorfall mit unverändert guter Laune überstanden hat, ist Mutter. Gerade öffnet sie ihren Schuhkarton und zieht ein Paar knallrote Lacklederpumps heraus. »Wozu soll ich die nur anziehen?«, überlegt sie.

»Kannst ja noch mal mit Maxim shoppen gehen. Vielleicht findet ihr was Passendes.«

»Oh, das ist eine gute Idee!«, antwortet sie frei von jeglicher Ironie.
Insgeheim argwöhne ich, dass Mutter über Artjoms Flucht gar nicht so traurig ist. Finden wir meinen Mann, ist schließlich auch ihr Ausflug auf den Abenteuerspielplatz beendet. Und in der Heimat wird sie arg in Erklärungsnöte geraten. Wie ich Vater kenne, macht er ihr die Hölle heiß.
Ich schaue auf mein Handy. Dreiundzwanzig Anrufe in Abwesenheit. Nein, in Mutters Haut möchte ich nicht stecken.
Maxim denkt und fährt und fährt und denkt. Er hat dafür eine kleine Straße gewählt, nicht mehr als ein befestigter Weg, der sich schnurgerade durch die Felder zieht. Von oben knallt die Sonne auf das Wagendach. *Eau de Kack* und Mutters getrockneter Fisch sind inzwischen eine unheilvolle Allianz eingegangen. In der Ferne erahne ich eine Gruppe von Bäumen und bitte Maxim, dort im Schatten für einen Windelwechsel anzuhalten.
Während ich Johanna versorge und entsetzt feststelle, dass wir nur noch eine Windel übrig haben, breitet Maxim seine Picknickdecke aus und versucht, aus den kläglichen Resten so etwas wie einen Mittagsimbiss zu bereiten. Wir knabbern salziges Gebäck, trinken warmes Wasser und schweigen uns weiter an. Wieder ziehe ich mein Handy aus der Tasche. Achtundzwanzig Anrufe in Abwesenheit, Vater ist verdammt hartnäckig. Dann entdecke ich eine Nummer, die nicht aus Hamburg ist.
»Kennst du die?« Ich halte Maxim das Telefon unter die Nase.
Er schüttelt den Kopf. »Abärr Nummärr aus Ukrraina, das sähe ich.«
Ist es etwa mein Freund aus der deutschen Botschaft? Oder gar Zakhar? Kurzentschlossen rufe ich zurück.
»Allooo?«, ertönt es schwach.

»Allooo?«, mache auch ich. »Wer ist denn da?«
»Paula?«
»Artjom?« Vor Schreck fällt mir fast das Telefon aus der Hand. »Artjom, bist du das?«
»Paula!« Er ist es. »Paula, hör gut zu. Du musst sofort meine Mutter anrufen. Oder deine Mutter. Oder deinen Vater. Egal, irgendwen zu Hause. Wenn es sein muss, die Polizei. Irgendetwas ist mit Johanna!«
»Wieso?«, frage ich scheinheilig.
»Stell jetzt bitte keine Fragen. Mach einfach. Und dann melde dich sofort wieder bei mir, hörst du, so-fort!« Artjoms Stimme klingt panisch.
»Ich ruf nirgendwo an, bevor du mir nicht erklärt hast, was du eigentlich gerade für einen Mist baust.«
»Pauuuuula!« Artjom schreit jetzt. »Unsere Tochter ist in Gefahr!«
Versonnen betrachte ich Johanna, die voller Enthusiasmus Getreidehalme ausreißt und sich in den Mund stecken will. Aber da ist Babuschka davor. »Nö, ist sie nicht«, sage ich, »sie erntet gerade Weizen.«
»Was?«
»Deine Tochter steht direkt neben deiner Frau, und es geht ihr gut. Übrigens, deine Mutter und deine Schwiegermutter sind auch anwesend, falls du mit einer von beiden sprechen möchtest. Ansonsten grüße ich sie schön von dir.«
Für einen Augenblick ist Ruhe in der Leitung. Diese Information will erst einmal verdaut werden.
»Wo bist du denn? Wieder in Hamburg? Wartest du nicht in Kiew auf mich?«
»Erstens warte ich ungern. Und zweitens hocken wir alle in einem ukrainischen Feld.«
»Was macht ihr?« Artjom versteht nichts mehr.
Deshalb schiebe ich noch einen nach. »Ach ja, der Typ, den

du in Dnipro-Dingsbums niedergeschlagen hast, heißt Maxim und ist ein Kumpel von Mischa.«
»Paula, kannst du mir mal sagen …«
»Nix da!« Nun werde ich laut. »Ich sag gar nichts mehr. Wenn jetzt einer was sagt, bist du das. Du bist doch völlig wahnsinnig! Einfach abzuhauen und mich in Kiew allein zu lassen!«
»Aber Paula, so war das doch gar nicht.«
Es ist an der Zeit für einen meiner neuartigen, ukrainischen Ausraster. Ich brülle mir die Seele aus dem Leib.
Dass ich alles weiß, von Zakhar, von den Matrjoschkas, von Nika.
Dass seine bekloppte Mutter und meine bekloppte Mutter nichts Besseres zu tun hatten, als mit Johanna nach Kiew zu fliegen.
Dass wir seit Tagen durch dieses riesige Land irren und ihn suchen.
Dass er ein verlogenes, verantwortungsloses Arschloch ist.
Dass ich ihn umbringe, wenn er mir unter die Finger kommt.
Und mich danach auf alle Fälle scheiden lasse.
»Äh, und wo genau seid ihr jetzt?«, fragt Artjom vorsichtig, als ich Luft holen muss.
»Keine Ahnung«, krächze ich, meine Stimmbänder sind etwas in Mitleidenschaft gezogen, »irgendwo hinter Dnipro-Dingsbums.«
»Das ist gut. Pass auf, ihr fahrt jetzt sofort weiter. Nach Saporischja. Dort treffen wir uns, im Restaurant Aristokrat. Das ist mitten im Zentrum, das findet ihr. Um fünfzehn Uhr, okay?«
»Okay.«
»Prima. Paula, es kommt alles in Ordnung, glaub mir.«

»Jaja, schon gut. Und lass bloß dein Handy an, du Mistkerl«, erwidere ich noch, da hat der Mistkerl schon aufgelegt.

»Wir haben ihn gefunden! Wir haben ihn gefunden!«, rufe ich den anderen zu und schwenke die lachende Johanna durch die Luft.
»Das war nicht zu überhören«, sagt Mutter spitz. »*Meine bekloppte Mutter!* Wie hast du das gemeint?«
»Ach, Mama, ist mir so rausgerutscht. So bekloppt bist du gar nicht.« Ich drücke ihr überschwenglich einen Schmatzer auf die Stirn, Darya bekommt auch einen, Maxim geht vorsichtshalber in Deckung.
Eilig packen wir unsere Sachen zusammen und werfen sie in den Kofferraum.
»Ist es weit bis nach Saporischja?«, frage ich Maxim.
»Nain, viellaicht aine Stundä, viellaicht zwai. Ist glaich da.« Er deutet zum Horizont, wo sich nur Feld an Feld reiht.
Maxim gibt Gas, biegt hier links ab und dort rechts. Nach einer halben Stunde vermute ich, dass wir uns verfahren haben. Wir sind immer noch auf einem Landwirtschaftsweg, weit und breit gibt es kein Anzeichen irgendeiner Zivilisation.
»Bist du sicher, dass wir hier richtig sind?«, frage ich.
»Da!«, antwortet Maxim im Brustton der Überzeugung. »Glaich kommt grroße Sträßä. Nicht wait.«
Es kommt keine große Straße.
Dafür kommt ein großer Stein, der mitten auf der Fahrbahn liegt und dem Maxim aufgrund überhöhter Geschwindigkeit nicht mehr ausweichen kann. Es rumst, es kracht, der SUV schlittert ein wenig hin und her und landet in einem Feld.

»Ach du Scheiße«, sage ich.
»Ah«, sagt Maxim gelassen, »ist Allrrad. Kain Prrobläm. Ich wändä, wirr fahrren waiter.«
Als Maxim das Lenkrad einschlägt, gibt es ein hässliches Knirschen und Knacken, und der Wagen sackt nach vorne ab.

19.

»Allrad, hmm? Na, dann wende mal und fahr weiter«, sage ich spöttisch, als Maxim fluchend aus dem Auto springt. Unser Landcruiser hat eine erhebliche Schieflage und presst seine Schnauze platt auf die schwarze Erde. Ich wende mich zur Rückbank. Dort scheint alles in Ordnung zu sein, die drei haben nur einen kleinen Schrecken bekommen. Dann beobachten wir Maxim, der mehrmals das Auto umrundet, an ihm rüttelt, auf die Knie geht und anschließend schimpfend weiter auf und ab hopst. Unwillkürlich muss ich kichern. Ein Fehler.

»Wass ist lustig? Wass?« Maxim flucht und fuchtelt. »Ist nicht lustig. Ist schaiße!«

Ich öffne meine Tür und gehe zu ihm. »Reg dich ab! Ich besorg Hilfe.«

Maxim ist so verblüfft, dass er sofort aufhört, zu fluchen und zu fuchteln. »Wass?«

»Ich besorge Hilfe.« Schließlich bin ich Deutsche. Und als Deutsche weiß ich genau, was ich in einer derartigen Situation zu tun habe. Triumphierend zücke ich mein Portemonnaie und hole eine goldene Karte heraus. »Ich ruf den ADAC.«

»Wass?«

»Den ADAC. Der hilft immer.«

»In Ukraina?«

»Klar«, sage ich ein wenig von oben herab, »auch im Ausland. Dafür sind die gelben Engel ja da.«

Maxim steht der Mund offen, wahrscheinlich vor lauter Ehrfurcht.

»Schmeiß du doch schon mal das Navi an, damit wir denen

unseren ungefähren Standort durchgeben können«, befehle ich und wähle die Nummer für *Hilfe im Ausland – Fahrzeugschaden,* die auf meiner Karte steht. Eine Automatenstimme führt mich durch ein langes Menü und endlich zu einem Menschen aus Fleisch und Blut.

»Guten Tag, ADAC München. Was kann ich für Sie tun?«

»Hallo, Paula Matthes mein Name. Wir sind mit unserem Auto liegengeblieben und brauchen Ihre Hilfe.«

»Selbstverständlich, Frau Matthes. Wo stehen Sie denn?«

»Irgendwo in der Nähe von Saporischja, in der Ukraine.«

»Wo?«

»In der Ukra-i-ne.«

»Wo ist das?«

»In Europa.« Volltrottel, denke ich, kennt die Ukraine nicht.

»Äh, Augenblick, bitte.«

Der Mensch schickt mich in eine Warteschleife, und plötzlich macht es nur noch *tut-tut-tut.*

»Moment! Schlechte Verbindung«, sage ich zu Maxim, der skeptisch die Augen zusammengekniffen hat. Ich wähle erneut und erkläre zum zweiten Mal mein Anliegen.

»Ukraine, hmm? Da können wir Ihnen leider nicht helfen«, sagt mein diesmaliger Gesprächspartner.

»Warum nicht?«

»Da sind wir nicht zuständig.«

»Sie sind der ADAC, natürlich sind Sie zuständig.«

»Nicht in der Ukraine.«

»Hören Sie, das ist ein absoluter Notfall. Selbst wenn Sie hier keinen Vertragspartner haben, können Sie doch bestimmt die Telefonnummer der nächstgelegenen Werkstatt herausfinden und mir durchgeben. Den Rest schaffen wir dann schon.«

»Nicht in der Ukraine. Da sind wir nicht zuständig.«

»Mag sein«, meine Stimme hat nun etwas Flehendes, »aber ich brauche trotzdem Ihre Hilfe. Wir stehen hier mitten in einer gottverlassenen Gegend. Und wir haben ein kleines Kind dabei und kaum noch Wasser im Auto. Können Sie da nicht mal ausnahmsweise und ganz unbürokratisch …«
»Nicht in der Ukraine.«
»Passen Sie mal auf«, pöbele ich, »ich bin seit fast zwanzig Jahren Mitglied bei Ihnen und habe Ihre Hilfe noch nie in Anspruch genommen, aber immer brav meine Beiträge gezahlt. Da kann ich wohl erwarten, dass Sie …«
Tut-tut-tut.
Maxim lacht. Aus vollem Hals. Und ich bin in meinen Grundfesten erschüttert. Sobald ich wieder in Hamburg bin, kündige ich meine Mitgliedschaft. Wenn auf den ADAC kein Verlass mehr ist, auf wen dann?
»Alläs gutt«, sagt Darya und stapft auf ihren High Heels über das Feld davon.

Zwei Stunden später fange ich an, mir Sorgen zu machen. Na prima, denke ich, den Mann haben wir gefunden, dafür fehlt jetzt die Schwiegermutter. Obwohl, gefunden haben wir den Mann auch noch nicht, und wenn wir hier noch länger in der Pampa hocken, schaffen wir es unmöglich, rechtzeitig in Saporischja zu sein.
Ich rufe Artjom an. Er hat meine Bitte beherzigt und das Handy nicht ausgeschaltet. Er geht nur nicht ran. Also schreibe ich eine SMS.
Haben Autopanne.
Die Antwort kommt fünf Minuten später:
Kein Problem! Meldet euch, wenn der Wagen wieder flott ist.
Kein Problem? Sehr witzig, denke ich, und warum fragt der eigentlich nicht, ob wir Hilfe brauchen? Kein *Schatz,*

ich eile, kein *Bin in einer Stunde bei euch* oder *Kann ich was für euch tun?*.
Bevor ich mich wieder aufregen kann, höre ich das typische Propp-propp-propp eines näher kommenden Traktors. Maxim läuft zur Straße und schwenkt die Arme. Ein himmelblauer Trecker mit grünem Anhänger zuckelt langsam auf uns zu. Am Steuer sitzt ein älterer, sehr dünner Mann, die Schiebermütze aus der Stirn geschoben, das Gesicht wettergegerbt und von zahlreichen Falten durchzogen. Und neben ihm, leicht erhöht an der Seite, thront Darya, ihre Haare flattern malerisch im Wind, ihre komplett ruinierten Schuhe hat sie ausgezogen und in die Hand genommen.
Das Gefährt kommt mit einem satten Blubb zum Stehen, und zwischen Maxim und dem Mann entspinnt sich eine angeregte Diskussion. Beide laufen um den SUV herum, der Bauer macht *Oioioi!,* schaut unters Auto, kratzt sich am Kopf, schüttelt denselben und sagt noch einmal bekräftigend: »Oioioi!«
Maxim öffnet den Kofferraum und beginnt, unser Hab und Gut auf den Anhänger zu laden.
»Was machst du da?«, frage ich.
»Wagän ist kaputt. Bauärr brringt uns auf Chof, dann ärr brringt mich in nächstäs Dorrf. Dorrt gibt Mächanik.«
»Klingt nach einem Plan«, sage ich.
Johanna findet es natürlich toll, mit einem echten Traktor zu fahren. Sie darf vorn bei Darya auf dem Schoß sitzen und klatscht fortwährend vergnügt in die Hände. Der Rest von uns krabbelt auf den Anhänger. Auch Mutter ist ganz angetan von dem Fahrzeugwechsel.
»Wie aufregend!«, ruft sie und krallt sich an Maxims Arm fest, als der Trecker knatternd losruckelt.
Der Bauernhof besteht aus einem ebenso kleinen wie windschiefen, weißgetünchten Steinhaus mit türkisen Fensterlä-

den und einer Scheune, die auch schon bessere Zeiten gesehen hat. Er liegt mitten im Nirgendwo, weit und breit scheint es keine Nachbarn zu geben. Ein paar Hühner flattern herum, unter einem Baum ist eine Kuh angepflockt, die uns desinteressiert anblinzelt. Als wir vom Traktor springen, humpelt kläffend ein winziger, dreibeiniger Hund auf uns zu, aus dem Haus tritt eine dicke Frau, die uns mit großen Augen anschaut und verlegen ihre kräftigen Hände vor dem Bauch knetet.
Maxim berät sich kurz mit unserem Helfer, dann schafft er das Gepäck in die Scheune, die beiden besteigen wieder den Trecker und sind erst mal weg. Die Bäuerin guckt uns noch eine ganze Weile an, endlich löst sie sich aus ihrer Starre und winkt uns schüchtern ins Haus. Die Kate besteht nur aus einem Raum, der gleichzeitig Küche, Wohn- und Schlafzimmer ist. Wo sich wohl das Bad befindet?, rätsele ich.
Die Frau nestelt an ihrer Schürze herum und bedeutet uns, auf dem mit einer bunten Decke überworfenen Sofa Platz zu nehmen. Dann verlässt sie das Haus, kommt mit einem Eimer Wasser wieder und setzt einen Kessel auf den Herd. Sie bereitet Tee zu, den sie uns vorsichtig und fast ein wenig ängstlich serviert. Johanna bekommt ein großes Glas Milch und eine Scheibe Brot. Ich tippe auf selbstgebacken. Das alles geschieht schweigend.
»Darya«, sage ich leise zu meiner Schwiegermutter, »sag doch der Dame bitte, dass es total nett von ihr ist, dass wir hier bei ihr warten dürfen, und dass wir uns ganz, ganz herzlich für ihre Gastfreundschaft bedanken. Hast du das verstanden?«
Darya nickt und redet dann ohne Punkt und Komma auf die Bauersfrau ein. Die senkt verschämt den Kopf, antwortet einsilbig und fängt an, in ihrer Küche zu hantieren. Dabei

wirft sie uns ab und an schnelle Blicke zu. Der dreibeinige Hund hat es sich auf Daryas nackten Füßen bequem gemacht und röchelt leise im Schlaf. Meine Schwiegermutter plaudert weiter mit ihrer immer noch stummen Gesprächspartnerin. Aus ihren Gesten, ihrem Lachen und der dramatischen Betonung ihrer Worte schließe ich, dass sie gerade die Ereignisse der letzten Tage Revue passieren lässt.
Als unsere Gastgeberin beginnt, Weißkohl zu hacken und Kartoffeln zu schälen, steht Mutter auf, schnappt sich ein Messer und geht ihr entschlossen zur Hand. Johanna hat sich wie ein Kätzchen auf dem Sofa zusammengerollt und gibt ähnliche Geräusche von sich wie der Hund. Und ich müsste jetzt mal dringend aufs Klo.
»Toilet?«, frage ich behutsam.
Die Bäuerin führt mich hinter das Haus und deutet auf einen Holzverschlag. Daneben stehen eine alte Wasserpumpe und eine verwitterte Kommode mit angeschlagenem Spiegel, Schüssel, Seife und Handtüchern. Oh, Open-air-Waschanlage und Plumpsklo, denke ich, wie rustikal. Na ja, wir sind schließlich nicht im Ritz.

Es dauert eine halbe Ewigkeit, bis Maxim wiederkommt. Er guckt nicht glücklich, als er in die Kate hineinmarschiert.
»Mächanik ist noch betrrunkän. Gästärrn warr Chochzeit von Schwästärr.«
»So ein Mist«, schimpfe ich, »und jetzt?«
»Wirr warrten. Morrgän ärr kommt und macht Auto.«
»Morgen? Wir können nicht bis morgen warten, wir müssen zu Artjom.«
»Wass willst du machen? Laufän?«
»Können wir nicht ein Taxi rufen? Oder der Bauer fährt uns mit seinem Traktor bis nach Saporischja?«

Maxim bricht in Gelächter aus. »Paula, wass dänkst du? Nach Saporischja es ist achtzig Kilomätärr. Und Taxi es gibt nicht.«
»Kein Taxi?«, frage ich ungläubig.
»Taxi nurr in Stadt. Du kannst anrrufen. Aberr kommt nicht so wait.«
»Warum nicht?«
»Darrum. Paula, chörr auf mit unnutzen Frragän. Außärrdäm wirr mussen blaiben bai Auto.«
»Gibt's denn in dem Dorf ein Hotel oder einen Gasthof, wo wir übernachten können?«
»Chotel?« Maxim lacht schon wieder. »Nain, Paula, kain Chotel.«
»Aber wir müssen doch irgendwo schlafen. Und Artjom wartet auf uns. Und einkaufen müssen wir auch. Johanna hat keine Windeln mehr.«
»Wsigo nje piridjelajisch«, sagt Maxim, »allä Dingä kannst du nicht machän.«
»Alter Besserwisser«, gifte ich und tippe hektisch die nächste Nachricht an Artjom in mein Handy.
Wir sitzen fest. Was sollen wir tun?
Die Replik kommt postwendend.
Keine Ahnung. Melde mich heute Abend.

Bis zum Abend hat Darya schon alles geregelt. Erst erklärt sie Sergej und Nadeshda, so heißen unsere wortkargen Gastgeber, die missliche Lage, dann nimmt sie huldvoll die Einladung an, eine Nacht auf dem Hof zu verbringen. Das Ehepaar will uns sogar die Kate überlassen und in die Scheune ziehen.
»Das kommt überhaupt nicht in Frage«, sage ich entschieden, »wir schlafen in der Scheune. Wir können die armen Leute doch nicht aus ihren Betten vertreiben.«

Das sieht Darya zwar anders, beugt sich aber der unerbittlichen deutschen Höflichkeit. Geschickt baut Sergej aus Stroh, Heu und zahlreichen Decken ein Nachtlager, das ziemlich gemütlich wirkt. In der Scheune herrscht strikte Geschlechtertrennung: Das Heubett für die Frauen steht links in der Ecke neben einem rostigen Pflug; Maxim zieht mit Isomatte und Schlafsack, die er aus unserem Kofferhaufen gepult hat, rechts zur Kuh.
Nadeshda schneidet derweil aus alten Stoffresten Dreieckstücher zurecht und zeigt mir, wie ich Johanna für die Nacht damit wickeln kann.
»Hach«, sagt Mutter ein wenig wehmütig, »das erinnert mich an früher.«
Nachdem Maxim mir noch einmal eindringlich erklärt hat, dass es wirklich besser ist, in der Nähe unseres Autos zu bleiben, füge ich mich in mein Schicksal. Insbesondere sein Argument, dass wir in der Stadt wie auf dem Präsentierteller säßen und ohne fahrbaren Untersatz mit dem ganzen Gepäck samt Kleinkind nicht so einfach flüchten könnten, wenn uns einer von Zakhars Häschern nachstellte, hat mich überzeugt. Mensch, Matthes, denke ich, mach einfach das Beste draus. Wir hätten's wesentlich schlechter treffen können. Ist doch ein bisschen wie Ferien auf dem Bauernhof.
Im Laufe des Nachmittags schließe ich Freundschaft mit Rind und Hund und laufe wie ein Dackel hinter Sergej her – in der Hoffnung, ihm irgendwie bei seiner Arbeit helfen zu können, sozusagen als Dankeschön, was er jedoch strikt ablehnt. Wahrscheinlich versteht er gar nicht, was ich von ihm will, und wundert sich, warum die merkwürdige Deutsche ihn permanent verfolgt.
Johanna nähert sich den Hühnern an und versucht mit nicht nachlassendem Enthusiasmus, eines zu fangen. Zum Glück

gelingt es ihr nicht. Darya hat sich mit einem Stuhl in den Schatten eines Baumes verzogen, liest Zeitung und beobachtet ihre Enkelin mit Argusaugen.
Maxim und Luitschka verabschieden sich mit der Bemerkung, sie würden ein wenig die Gegend erkunden. Erst bei Einbruch der Dämmerung kehren sie zurück. Mutter berichtet vergnügt und mit frischer Farbe im Gesicht, wie schön die Landschaft sei und dass sie einen kleinen Fluss entdeckt hätten, wohl ein Nebenarm des Dnipro, der ganz in der Nähe fließe.
»Und morgen früh gehe ich mit Maxim angeln«, teilt sie uns mit.
»Was angelst du dir denn?«, frage ich süffisant. »Einen Fisch oder den Herrn?«
»Paula!« Sie tut entrüstet, aber ihre Wangen leuchten noch mehr.
Zum Essen gibt es einen einfachen, aber äußerst schmackhaften Eintopf aus Kohl und Kartoffeln mit Kümmel. Der Abend ist mild, wir sitzen vor der Kate, Sergej macht ein Feuer, und Maxim holt aus seinem unerschöpflichen Fundus eine Flasche Wodka hervor, unter dessen Einfluss unsere Gastgeber ein wenig auftauen. Bevor wir schlafen gehen, wasche ich Johanna von oben bis unten mit dem eiskalten Wasser aus der Pumpe, was sie mit ohrenbetäubendem Gebrüll quittiert.
Als wir in unser Nachtlager schlüpfen, flüstert Mutter: »Hier gibt es bestimmt ganz viele Spinnen.«
Ich grinse. Mit Insekten hat sie's nicht so. »Handtellergroß«, raune ich ihr zu.
Sie erstarrt unter ihrer Decke.
»Quatsch«, wispere ich, »ich mach nur Spaß. Und solange Maxim da ist, würde ich sowieso keinem wilden Tier raten, sich dir zu nähern.«

Schnell werden die Atemzüge der anderen tief und gleichmäßig. Leise stehe ich auf und ertaste mir meinen Weg nach draußen.

»Wass machst du, Paula?«, zischt es aus Richtung Kuh. Dass Maxim mit mindestens einem offenen Auge schläft, hätte ich mir denken können.

»Ich geh noch eine rauchen.«

»Ohnä Zigarättä?«

»Stimmt«, sage ich, schleiche zu ihm und nehme Schachtel und Feuerzeug, die er mir wortlos hinhält. Draußen stecke ich mir eine an und wähle hustend Artjoms Nummer.

»Allo?«

»Ich bin's.«

»Schatz! Wie geht es dir? Bist du erkältet?«

»Nee, nee. Wolltest du dich nicht melden?«

»Natürlich, hab ich doch geschrieben. In einer Stunde hätte ich dich angerufen. Ich bin noch unterwegs.«

»Wo steckst du denn jetzt?«

»Auf der Autobahn.«

»Welche Autobahn?«

»Richtung Süden.«

»Verflucht noch mal«, raunze ich, »muss ich dir alles aus der Nase ziehen? Kannst du nicht in ganzen Sätzen mit mir reden?«

»Paula, reg dich bitte nicht auf. Das kann ich überhaupt nicht gebrauchen. Ich bin jetzt auf dem Weg zur Krim, dann muss ich noch nach Odessa, und dann ist dieser verdammte Job erledigt, und wir fahren alle schön nach Hause. Läuft euer Auto wieder?«

»Noch nicht. Morgen wird es repariert.«

»Prima, sobald ihr mobil seid, kommt ihr hinterher. Also, bis morgen.«

Will der etwa schon auflegen?

»Warte!«, rufe ich. »Willst du gar nicht wissen, wo wir abgeblieben sind? Und was wir heute alles durchgemacht haben?«
»Ach, Paula«, sagt Artjom mit diesem belehrenden Unterton, den ich so hasse. »Das weiß ich doch längst. Mam hat's mir erzählt.«
»Du hast mit deiner Mutter telefoniert? Und mich rufst du nicht an? Ich glaube, es hakt!«
»Paula, so war das gar nicht. Sie hat mich angerufen. Du kennst doch Mam.«
»Wann soll sie das denn gemacht haben?«
»Paula?« Artjoms Stimme wird schwächer. »Du, die Verbindung ist gerade ganz schlecht.«
»Den Trick kenne ich! Wage es ja nicht …«
Und zack, weg ist er.

20.

Als ich am Morgen erwache, wundere ich mich, warum ich Heu zwischen den Zähnen habe. Dann fällt mir wieder ein, wo ich bin. Die nächste Frage, die ich mir stelle, lautet: Wieso bin ich ganz allein? Und wo sind die anderen? Sogar die Kuh ist weg.

Zumindest das Rindvieh finde ich draußen auf der Weide hinter der Kate. Es grast friedlich und blinzelt mir zu. Ansonsten ist der Hof verwaist. Im Haus entdecke ich einen gedeckten Frühstückstisch und kombiniere angesichts des schmutzigen Geschirrs, dass die anderen mit diesem Thema schon durch sind; aber sie haben mir etwas übrig gelassen. Hungrig mache ich mich über die Reste her, der Kaffee ist immerhin noch lauwarm. Was will ich mehr?

Die Stimme meines Gatten hören, beschließe ich.

The person you have called is temporarily not available, teilt mir eine Automatenstimme mit und bekräftigt das Gesagte noch einmal auf Russisch. Ich bin nicht weiter erstaunt, aber trotzdem sauer. Die anschließende Katzenwäsche an der Pumpe vertreibt meine Wut. Das Wasser ist so eisig, als ich kurz meinen Kopf darunter halte, spüre ich schmerzhaft jede einzelne Haarwurzel und japse nach Luft. Aus meinem Koffer ziehe ich das letzte T-Shirt, das noch sauber ist, aber leicht nach Mutters getrocknetem Fisch müffelt, und mache mich auf die Suche nach den Meinen. Hinterm Haus, an meiner Freundin, der Kuh, vorbei, führt ein Trampelpfad zwischen Wiese und Feld entlang. Ich folge ihm und marschiere drauflos. Nach fünfzehn Minuten windet sich der Weg durch ein Birkenwäldchen und folgt schließlich einem kleinen Fluss.

Einen knappen Kilometer weiter entdecke ich zwei Mitglieder der abtrünnigen Truppe. Mutter liegt auf einer Decke am Ufer und sonnt sich. Maxim steht mit freiem Oberkörper und in kurzer Hose knietief im Wasser und angelt.
»Guten Morgen, die Dame«, rufe ich und lasse mich neben Mutter fallen.
»Schschsch«, macht sie, »nicht so laut. Du vertreibst die Fische.«
»Entschuldigung, ich wollte die Herrschaften nicht weiter bei ihren Vergnügungen stören.« Meine Mutter hat wirklich einen Dachschaden, denke ich und wispere: »Warum habt ihr mich nicht geweckt? Und wo steckt Johanna?«
»Anni ist mit Darya und diesen netten Bauern aufs Feld gefahren. Und du hast heute früh so tief geschlafen, dass wir dich lieber in Ruhe gelassen haben. War ja auch alles ein bisschen viel für dich die letzten Tage.«
»Wie rücksichtsvoll von euch! Was ist eigentlich mit …«
»Oh, schau mal! Maxim hat schon wieder einen!«
Mit Schwung reißt der Genannte seine Angelrute hoch, und ein fetter Fisch klatscht auf den Sand. Maxim springt zu seiner Beute, löst sie vom Haken und schmeißt sie in einen Eimer, in dem sich schon vier Leidensgenossen tummeln.
»Nicht schlecht«, meine ich anerkennend. »Wie lange seid ihr denn schon hier?«
»Aine Stundä. Odärr zwai. Zait fliegt wie Vogäl, wänn Gäsällschaft ist angänähm.« Es folgt ein tiefer Blick zu seiner Luitschka.
»Wie schön für euch beide. Aber was macht denn die Reparatur unseres Autos?«, unterbreche ich den innigen Augenkontakt und frage mich insgeheim, wann Vater Mutter wohl das letzte Mal so angeschaut hat.
»Mächanik kommt um Mittag. So langä ich fangä Fisch.« Und mit diesen Worten stakst Maxim zurück ins Wasser.

Da auch mir nichts anderes übrigbleibt, als zu warten, lege ich mich neben Mutter, die entspannt wieder die Augen geschlossen hat und zufrieden seufzt.
»Sag mal, Mama, was ist das eigentlich mit dir und Maxim?«, frage ich leise. »Muss Papa sich Sorgen machen?«
»Wie meinst du das?« Sie richtet sich auf.
»Na, ihr beide versteht euch ja ausgesprochen gut.«
»Ja, und? Maxim ist auch wirklich ein sehr interessanter Gesprächspartner.«
»Mama, jetzt tu nicht so unschuldig. Ihr flirtet doch die ganze Zeit!«
Mutter kichert verlegen. »Ach was, das bildest du dir ein. Maxim ist einfach nur nett. Und so höflich. Und so anders als dein Vater.«
»Das kannst du wohl laut sagen!« Ich betrachte Maxims tätowierten Rücken. Auf beiden Schulterblättern prangen Kreuze, der Rest wird fast vollständig von einer Madonna geziert. Überhaupt kann ich nur wenig freie Haut auf seinem Körper entdecken.
Ich nehme meinen ganzen Mut zusammen und stelle ihr die Frage, die ich ihr schon lange stellen wollte. »Hast du eigentlich jemals überlegt, dich von Papa zu trennen?«
»Wie kommst du denn jetzt darauf?« Mutters Stimme zittert ein wenig.
»Ich mein ja nur. Er ist nun wirklich kein einfacher Mensch. Und ich glaube, du hast es mit ihm nicht leicht. Jedenfalls bevormundet er dich ganz schön.«
Mutter schweigt einen Augenblick. »Weißt du, Kind, eine Scheidung kam für mich nie in Frage«, sagt sie dann zögerlich. »Das ist in meiner Generation eben so. Ich weiß nicht, was gewesen wäre, hätte ich deine Möglichkeiten gehabt – zu studieren, einen Beruf zu ergreifen, finanziell unabhängig zu sein. Aber ich bin so erzogen worden, dass der Mann

der Herr im Haus ist und die Entscheidungen trifft. Außerdem darfst du nicht vergessen, dass ich deinen Vater früher einmal sehr geliebt habe.«

Ich werde hellhörig. »Was meinst du damit: *früher?* Liebst du ihn jetzt nicht mehr?«

Mutter lacht auf. »Ach Paula, Liebe! Nach so langer Zeit sind andere Sachen wichtig.«

»Was denn zum Beispiel?«, frage ich irritiert.

»Verlässlichkeit, Loyalität. Und wir haben uns so aneinander gewöhnt, da ist ein Leben ohne den anderen fast nicht mehr vorstellbar. Was sollte ich denn ohne deinen Vater machen?«

»Mal ein bisschen Spaß haben? Dinge tun, die für dich gut sind? Nicht immer nur daran denken, was Papa möchte?«, entfährt es mir spontan. Gerade weil du dich immer um Papa gekümmert hast und er sich nie um dich, denke ich noch, sage es aber nicht.

»Im Großen und Ganzen geht es mir doch gut, Paula. Ich habe nichts weiter auszustehen, finanziell sind wir abgesichert, und ich habe eine Tochter, die ihren eigenen Weg gegangen ist und auf die ich sehr, sehr stolz bin. Das ist für mich das Wichtigste.« Mutter nimmt meine Hand und drückt sie einmal fest.

Ich schlucke. Diese Art von Mutter-Tochter-Gespräch haben wir so gut wie noch nie geführt. Schade, denn es fühlt sich gerade richtig und selbstverständlich an. »Weißt du was, Mama?«, sage ich mit belegter Stimme. »Du solltest ruhig ein bisschen mehr vom Leben erwarten.«

»Ach, papperlapapp! Mach dir mal keine Sorgen! Und so prächtig wie auf dieser Reise habe ich mich seit Jahren nicht mehr amüsiert.«

»Das hast du auch verdient«, murmele ich und denke dann noch, dass ich es eigentlich nicht mehr schlimm fände, wenn ihr Flirt mit Maxim gar nicht so harmlos bliebe. Aber sagen tu ich das natürlich nicht.

Fünf Fische später treten wir den Rückweg an.
»Was passiert eigentlich mit denen?«, frage ich Maxim und deute auf den Eimer.
»Wass dänkst du? Wirr ässän! Ich mache spätärr mit Rauch. Ist sährr, sährr gut. Und so gäsund!«
Auf dem Hof begibt sich Maxim sofort an die Arbeit. Er zückt sein riesiges Messer, schlägt den Fischen ohne viel Federlesens die Köpfe ab und beginnt, sie auszunehmen und zu entschuppen. Mir wird ein wenig übel bei dem Gemetzel und dem ganzen Blut. Mensch, Matthes, du verwöhntes Stadtkind, denke ich, zu viel Natur ist auch nix für dich.
Nachdem er die Fische vorbereitet hat, spießt Maxim sie auf lange Stöcke, schiebt dann einen rostigen Metallkasten aus der Scheune und stellt ihn hinters Haus. »Ist sich Ofän fur Rauch«, erklärt er, füttert das Ungetüm mit Holz, befeuert es und hängt die Fische hinein. »Cheute abänd wir chaben Dälikatäss!«
»Wenn du meinst«, sage ich und versuche, das flaue Gefühl in meinem Bauch zu ignorieren.
Mit großem Getöse knattert ein alter Lada auf den Hof und hält vor der Scheune. Heraus springt ein Hüne mit knallrotem Gesicht, der Mutter und mich misstrauisch beäugt, einmal auf den Boden spuckt und sich dann an Maxim wendet. Es ist der Mechaniker aus dem Dorf, unser Retter, deshalb entschuldige ich sein schlechtes Benehmen und nicke ihm freundlich zu.
Nach einer kurzen Diskussion sagt Maxim zu uns: »Wirr cholän Auto. Ihrr warrtät.«
Scherzkeks, denke ich, natürlich warten wir. Oder glaubst du, dass wir auf der Kuh davongaloppieren? Und dann fra-

ge ich mich noch, wie sie mit dem klapprigen Lada wohl unseren Kawenzmann vom Feld ziehen wollen.
Die Männer entschwinden, und Mutter überkommt der Tatendrang. »Wenn die anderen wieder da sind, haben sie bestimmt Hunger. Ich koch mal was Schönes«, meint sie und beginnt, Nadeshdas Küche nach Zutaten zu durchforsten. Sie findet nicht viel, nur einen Sack Mehl.
»Mach doch Pfannkuchen«, schlage ich vor.
Ihren Einwand, dass sie dafür noch Milch und Eier brauchte, entkräfte ich mit dem Hinweis auf Kuh und Hühner. Mutter begibt sich auf Eiersuche, ich schnappe mir eine Kanne und nähere mich meiner Freundin auf der Wiese. Melken kann doch nicht so schwer sein, denke ich, zumal ich Sergej ja gestern dabei zugeschaut habe.
Es ist schwer.
Zuerst mühe ich mich vergeblich am Euter ab. Zum Glück ist die Kuh Stoikerin, es scheint sie nicht weiter zu stören. Von Zeit zu Zeit klatscht sie mir zwar ihren Schwanz ins Gesicht, aber das nehme ich nicht persönlich. Endlich habe ich die richtigen Handgriffe raus, ein feiner Strahl ergießt sich in das Gefäß. Mit stolzgeschwellter Brust trage ich die Milch ins Haus. Auch Mutter hat mit Erfolg die Hühner bestohlen und macht sich ans Werk.
Ihre Arbeitswut ist ansteckend, in Ermangelung einer besseren Tätigkeit und mit Blick auf meinen schmuddeligen Zustand beschließe ich, Wäsche zu waschen. Aber wie? Eine Waschmaschine suche ich vergeblich, also hole ich Wasser von der Pumpe, erhitze es auf dem Herd und kippe es zusammen mit meinem Duschgel in einen Eimer. Versonnen sehe ich meinen Klamotten beim Einweichen zu, Mutter setzt sich zu mir vors Haus, zupft sich einen Grashalm aus dem Haar und sagt: »Ach, das einfache Landleben hat schon etwas für sich.«

»Weiß nicht, Mama. Stell dir mal vor, wie's hier im Winter ist. Ob du's dann immer noch so schön findest?«
Ich überlege, wie Sergej und Nadeshda tatsächlich klarkommen – sommers wie winters. Natürlich ist es idyllisch bei ihnen, übersättigte deutsche Großstädter zahlen viel Geld, um ihren Urlaub so einfach und ohne jeglichen Komfort zu verbringen. Strom gibt es zwar, allerdings nur zeitweilig, wie mir Maxim erzählt hat. Dafür sind sie nicht an die örtlichen Gasleitungen angeschlossen, zu weitab vom Schuss. Reicht das, was Felder und Tiere hergeben zum Überleben? Und was machen sie eigentlich, wenn sie krank werden? Ob wohl ein Arzt zu ihnen kommt – oder müssen sie mit ihrem himmelblauen Traktor bis zur nächsten Stadt tuckern?
Wie aufs Stichwort unterbricht das Geräusch dieses Gefährts meine Gedanken. Der Trecker rollt vor, und mich durchfährt ein *Ach du Scheiße!,* als ich meine Schwiegermutter sehe. Schon immer habe ich ihre Fähigkeit bewundert, sich in Sachen Styling wie ein Chamäleon, wenn auch ein recht schillerndes, ihrer Umgebung anzupassen. Heute hat sie sich selbst übertroffen.
Ihr wallendes Haar ist mit einem bunten Kopftuch bedeckt, das sie wie ein Pirat im Nacken geknotet hat. Sie trägt ein kariertes Hemd, darüber einen Blaumann, den sie sich bestimmt von Sergej geliehen hat. Er ist ihr viel zu groß, in der Taille hat sie ihn mit einem breiten Ledergürtel zusammengebunden. Derbe Arbeitsstiefel runden das Outfit ab.
Wie aus dem Landfrauenkalender, denke ich und grinse.
»Schick siehst du aus«, sage ich, als ich ihr Johanna abnehme, die auf ihrem Arm eingeschlafen ist. Landluft macht müde. Darya zieht eine Augenbraue in die Höhe, weil sie nicht so recht weiß, wie ich das meine, nickt dann aber huldvoll vom Trecker herab.

»Wir müssen gleich mal reden«, kündige ich an. Erneuter erstaunter Blick. »Du hast gestern mit Artjom telefoniert. Woher hattest du überhaupt seine Nummer?«
»Chandy!«
»Hä?«
»Dain Chandy!«
»Du gehst einfach an mein Handy? Ohne mich zu fragen?«
Sehr erstaunter, nahezu konsternierter Blick. Natürlich geht sie einfach an mein Handy, ohne mich zu fragen. Bevor ich mich richtig aufregen kann, ruft Mutter aus dem Haus: »Essen ist fertig!«
Und so setzen sich alle erst einmal an den großen Tisch und futtern Pfannkuchen. Sergej und Nadeshda bedanken sich überschwenglich für das frugale Mahl, auch wenn es der Bäuerin etwas unangenehm zu sein scheint, dass eine fremde Frau durch ihre Küche gefuhrwerkt ist.
Johanna ist zum Essen kurz aufgewacht, schiebt sich zwei Pfannkuchen rein und nickt sofort wieder ein. Ihren Mittagsschlaf möchte ich für ein Problemgespräch nutzen und renne Darya hinterher, die sich nach dem letzten Bissen eine Forke geschnappt und mit unbestimmtem Ziel davongemacht hat. Du entkommst mir nicht, denke ich und rufe: »Warte!«
Sie stoppt ihren Lauf, an ihren hängenden Schultern sehe ich, dass sie sich ins Unvermeidliche fügt. Ich nehme das als Eingeständnis ihres schlechten Gewissens und frage erbost: »Wenn du schon an mein Handy gehst und mit meinem Mann telefonierst, warum erzählst du mir nichts davon? Ich dachte, wir sind uns einig, dass mit der Heimlichtuerei endlich Schluss ist.«
»Da.«
»Also, spuck's schon aus.«
»Schto?«

»Na, was wohl? Worüber ihr geredet habt! Was hat Artjom dir erzählt?«
Darya schüttelt den Kopf.
»Er hat dir nichts erzählt?« Das glaube ich ihr sogar. Ich kann mir ungefähr vorstellen, wie dieses Telefonat gelaufen ist. Meine Schwiegermutter hat geredet wie ein Wasserfall, und ihr Sohn ist kaum zu Wort gekommen. Vorwürfe wird sie ihm gemacht haben, schätze ich, und das nicht zu knapp. Weniger wegen seines Verschwindens und unserer daraus resultierenden Irrfahrt, vielmehr wegen seines Aufenthalts in Mariupol. Nika ist wahrlich kein Umgang für ihren Kronprinzen, und er hat zwei Nächte bei der Dame verbracht. Artjom kann froh sein, dass er mit seiner Mutter nur telefoniert hat. Ich traue ihr durchaus zu, bei einer persönlichen Begegnung handgreiflich geworden zu sein. Den Gedanken finde ich gar nicht uncharmant, trotzdem wäre es mein Part als liebende Ehefrau, den Gatten einen Kopf kürzer zu machen.
»Dascha«, sage ich tadelnd, »ich kann dich ja irgendwie verstehen. Aber du kannst dich nicht ständig in meine Ehe einmischen. Das ist ein echtes Problem.«
»Prrobläm? Kain Probläm. Ich Muttärr!«

21.

Die Mutter der Kompanie erfuhr allzu schnell von meinem erneuten beruflichen Arrangement in der Kanzlei. Und sie grätschte sofort dazwischen. Empörend fand sie es, dass ich ihre Enkelin meiner Freundin Heike, also einer wildfremden Person, anvertraute und sie noch nicht einmal um Erlaubnis gefragt hatte. Noch schlimmer allerdings wog in ihren Augen, dass Heike ein Bauerntrampel war und somit völlig ungeeignet, Johanna in ihrem Sinne zu erziehen.

Meine Argumente, dass Johanna noch gar nicht erzogen werden musste, weil sie ein Baby war, und dass Heike als zweifache Mutter durchaus zum Babysitten taugte, wurden ignoriert. Fortan suchte Darya uns mehrmals täglich in der Kanzlei heim, um nach dem Rechten zu schauen. Grußlos tauchte sie auf, wickelte ihre Enkelin und entschwand mit ihr zu ausgedehnten Spaziergängen; grußlos lieferte sie das Kind wieder ab.

»Deine Schwiegermutter hat einen Knall«, meinte Heike.

»Ich weiß«, sagte ich matt.

Irina rollte nur mit den Augen und äußerte sich nicht dazu. Ändern konnte man ihrer Ansicht nach daran sowieso nichts, einem russischen Panzer stellte man sich nicht in den Weg.

Ich hätte Darya von Anfang an Einhalt gebieten müssen, schließlich war ich Johannas Mutter und somit eigentlich die Oberbefehlshaberin. Aber die Kleine bekam ihren ersten Zahn und hielt mich auf Trab. Mit blutunterlaufenen Augen saß ich mit ihr nachts stundenlang in der Küche. Sie kaute begeistert auf ihrem Beißring herum, ich beobachtete hundemüde, wie ihr dabei der Sabber vom Kinn tropfte, bis der Schlafanzug völlig durchnässt war und ich sie umziehen musste. Sobald ich sie hinlegte, begann sie zu weinen. Also standen wir wieder auf.

Artjom leistete uns immer nur kurz Gesellschaft. Verschlafen schlurfte er zum Kühlschrank, holte sich etwas zu trinken, tätschelte meinen Kopf, tätschelte Johannas Kopf und sagte mit unnatürlich hoher Stimme: »Bekommt meine Kleine ein Zähnchen? Ja, feini, feini machst du das!« Dann legte er sich wieder hin.

Tagsüber war ich gerädert und daher zu keiner ernsthaften Defensive fähig. So übernahm Darya kampflos nach und nach das Regiment und die Deutungshoheit darüber, was Johanna guttat und was nicht.

Gut taten ihr viel frische Luft und sehr viel Schlaf, bevorzugt an der frischen Luft. Meine schwächlich geäußerte Bitte, Johanna möge doch am Tag nicht mehr so viel nickern, weil sie ansonsten in der Nacht putzmunter sei, wurde schweigend weggelächelt.

»Artjom, red du doch mal mit deiner Mutter! Du willst doch nachts auch wieder deine Ruhe haben, oder?«

»Schatz, ich hab schon mit ihr gesprochen. Und Mam hat völlig recht: Wichtiger als unser Schlaf ist Johannas Gesundheit.«

»Ja, aber sie wird doch nicht krank, wenn sie nachts durchschläft.«

»Ein Kind in diesem Alter braucht ausreichend Schlaf, auch und gerade am Tag«, dozierte mein Mann. »Sonst verschalten sich seine Synapsen im Gehirn nicht richtig.«

»Bitte was?«

»Sonst wird Johanna debil. Und das will ja schließlich keiner.«

Gar nicht gut taten Johanna Viren und Bakterien. Und die

lauerten überall, jederzeit bereit, sich an ein wehrloses Baby heranzumachen und es dem Siechtum zu übereignen. Sobald jemand in Johannas Nähe auch nur ein wenig hüstelte oder schniefte, wurde er sofort des Raumes verwiesen oder von Darya gezwungen, medizinischen Mundschutz und Einweghandschuhe zu tragen. Niemand wagte mehr, auch nur kurz die Nase hochzuziehen.
Schmutz in jedweder Form war tabu. Ständig wischte Darya mit chlor- und sonst-was-haltigen Reinigungsmitteln hinter mir her. Ich warf die Flaschen heimlich in den Müll, um sie am nächsten Tag wieder – frisch eingekauft – in der Abstellkammer vorzufinden.
Ich schleppte Darya mit zur Kinderärztin, die sie, psychologisch durchaus geschickt, erst für ihren großartigen und umsichtigen Einsatz lobte und ihr dann vorsichtig erklärte, dass ein wenig Dreck nicht schade. Im Gegenteil würde sich dadurch das Immunsystem besser ausbilden; Kinder, die in einer sterilen Umgebung aufwüchsen, hätten später öfter an Allergien zu leiden.
Darya nickte verständig, erleichtert verließ ich mit ihr die Praxis. Kaum waren wir auf der Straße angekommen, zückte sie keimtötende Feuchttücher und reinigte ihre Enkelin großflächig.

Unserer Ehe bekam das ständige Hin und Her, was Johannas Wohlergehen abträglich war und was nicht, eher nicht so gut. Ich fühlte mich von Artjom verraten und verkauft und warf ihm vor, er würde nicht zu mir stehen und wie ein kleiner Junge immer noch auf seine Mami hören. Artjom wiederum beschuldigte mich, ich hätte seine Mutter, die es ja nur gut meine, auf dem Kieker, würde sie mit ungerechtfertigten Vorwürfen verfolgen und, streng genommen, hätte sie sowieso noch nie leiden können.

Er zog nicht nur vorübergehend zum Schlafen auf das Sofa und ich mich in meine Wutecke zurück. Eine ganze Zeit lang redeten wir nur das Nötigste, aber das mit ausgesuchter und unterkühlter Höflichkeit. Wir schlichen umeinander herum wie zwei Raubkatzen, angespannt auf eine Schwäche des anderen lauernd.

Johanna entschied, dass sich ihre Eltern wieder vertragen sollten, und fing sich Rotaviren ein. Tagelang hielt sie uns mit Durchfall und hohem Fieber in Atem, abwechselnd schleppten wir das heiße, heulende Kind durch die Wohnung und bereiteten die verschriebenen Elektrolytlösungen zu. Ich verspürte eine Angst wie noch nie in meinem Leben: Mein kleiner Liebling war krank, todkrank, dessen war ich sicher. Selbst die Beteuerungen der Kinderärztin, dass Johanna keinesfalls an diesem Infekt sterben würde, konnten mich nicht beruhigen. Nachts hielt ich mich mit Unmengen schwarzen Kaffees wach, felsenfest davon überzeugt, dass Johannas Atmung aussetzen würde, sobald ich nur ein Auge zumachte.

Artjom wurde zum Retter der Stunde. In einem Anflug von Hellsichtigkeit verbannte er den Rest der Familie aus der Wohnung – schließlich brauchte Johanna ihre Ruhe, und die Gefahr einer Ansteckung sei viel zu hoch. Er kaufte ein; er presste mir frische Fruchtsäfte, damit mich die Kraft nicht verließ; er entsorgte die Windeln und putzte. Und er war felsenfest überzeugt, dass Johanna diese Krankheit unbeschadet überleben würde.

»Paula, das ist immerhin meine Tochter. Eine echte Polyakowa haut so leicht nichts um, glaub mir!«

Als das Fieber endlich sank, brach ich erleichtert, erschöpft und weinend zusammen. Artjom steckte mich mit der Bemerkung: »Hab ich doch gesagt! Wann hörst du endlich mal auf mich?« ins Bett. Ich schlief fünfzehn Stunden durch und fand Mann und Tochter am nächsten Tag vergnügt vor dem Fernseher. Generös klopfte Artjom mit einer Hand auf den freien Platz neben sich, ich schlüpfte aufs Sofa und kuschelte mich an ihn. Friedlich schauten wir zu dritt *Richterin Barbara Salesch* zu, die aufzuklären versuchte, warum ein Mann seine Angetraute von der Dachterrasse geschubst hatte.

»Da kannst du mal sehen, wozu Frauen fähig sind«, meinte Artjom.

»Wieso? Er hat doch sie umgebracht und nicht umgekehrt.«

»Jaha«, Artjom hob warnend einen Finger, »aber sie hat ihn durch ihr dauerndes Gezänk dazu getrieben. Der konnte ja gar nicht anders.«

»Ach so.« Ich kicherte. »Was für ein Glück, dass wir keine Dachterrasse haben.«

»Unser Balkon tut's auch«, brummte Artjom.

Nach seinem heldenhaften Einsatz, der mir fortan als ewiger Beweis für väterliche Opferbereitschaft und andere Tugenden wie Fleiß, Disziplin und Ausdauer unter die Nase gerieben wurde, zog Artjom zurück ins Schlafzimmer und erklärte die Ehekrise für beendet. Ich teilte seine Meinung zwar nicht, weil ich fand, dass unser grundsätzliches Problem nicht einmal angesprochen, geschweige denn gelöst worden war, hielt aber meine Klappe. Auch ich hatte die Nase voll von den Streitereien und wünschte mir nichts sehnlicher als ein wenig Frieden. Wird schon alles werden, sagte ich mir und beruhigte mich mit meinem durch die Lektüre zahlreicher Erziehungsratgeber erworbenen Wissen, dass ein Baby auch für die beste Partnerschaft eine Belastungsprobe darstelle. Außerdem sagte mir ein Blick aufs Konto, dass ich die Scharmützel mit meinem Mann

besser einstellen und mich einem wichtigeren Kriegsschauplatz zuwenden sollte.
So krempelte ich in der Kanzlei die Ärmel hoch, gewann schon verloren geglaubte Klienten zurück und neue hinzu. Heike, die trotz meiner schwierigen Kundschaft Geschmack am Berufsleben gefunden hatte, blieb mir erhalten. Sie spezialisierte sich nach und nach auf jenen Teil unserer weiblichen Mandanten, die von Eheproblemen geplagt wurden. Ich trat diese Fälle nur allzu gern an sie ab, weil ich feststellte, dass sie mich zu sehr an mein eigenes Leben erinnerten und ich deshalb zu emotionalen Kompensationshandlungen neigte.
»Schmeißen Sie die blöde Kuh raus und Ihren Scheißkerl gleich dazu!«, riet ich etwa einer aus Nowosibirsk stammenden Frau, die eigentlich nur auf der Suche nach einer größeren Wohnung war, weil ihre Schwiegermutter zu ihnen ziehen sollte. Verschreckt wies sie mich darauf hin, dass sie sich ja gar nicht trennen wolle.
»Das ist aber das Beste, was Sie machen können«, ereiferte ich mich, »Ihr Mann ändert sich nämlich nie! Und wenn erst seine Mutter bei Ihnen wohnt, haben Sie überhaupt nichts mehr zu lachen.«
Diese Klientin sah ich nie wieder, nur ihr Mann schrieb mir noch einen bösen Brief.
Heike hingegen fand Gefallen daran, geknechteten Gattinnen ihr angeschlagenes Selbstbewusstsein wiederzugeben und ihnen die Errungenschaften westlicher Emanzipation nahezubringen.
»Weißt du«, sagte sie eines Tages zu mir, »es ist doch immer dasselbe. Sie schuftet sich krumm und bucklig, und er liegt zu Hause auf dem Sofa und macht sich Gedanken darüber, wie er die Welt retten kann. Oder er hat eine Geliebte, die zu viel Geld kostet.«

»Jaja«, muffelte ich und dachte: Da hab ich ja noch mal Glück gehabt. Wenigstens die Geliebte fehlt bei uns.

Im Gegensatz zu mir war Artjom bester Dinge. Sein Leben konnte nicht besser sein. Die Frau war aus dem Haus und arbeitete, das Kind wuchs und gedieh, und die Mutter war mit der Aufzucht der Brut derart beschäftigt, dass sie gar keine Zeit hatte, ihm weiter auf die Nerven zu gehen.
»Ah!«, sagte er von Zeit zu Zeit zufrieden. »Was brauche ich mehr? Ich bin ein glücklicher Mann!«
»Fragst du dich eigentlich manchmal, ob ich auch glücklich bin?«, platzte es bei einem seiner Ausbrüche von Frohsinn aus mir heraus.
»Wieso?« Artjom war ehrlich verblüfft. »Natürlich bist du glücklich. Du hast doch auch allen Grund dazu.«
Ich ließ die Bemerkung unkommentiert und ihn in seinem Glauben. Vielleicht bin ich auch einfach überkritisch, ging ich selbst mit mir ins Gericht. Was will ich denn eigentlich?
Okay, Darya nervt.
Okay, Artjom unterstützt mich zu wenig.
Okay, alles bleibt immer an mir hängen.
Aber im Großen und Ganzen läuft's doch.
Trotzdem blieb da ein diffuses Gefühl der Unzufriedenheit und dass es eben nicht so lief, wie ich es mir vorgestellt hatte. In einem meiner besonders trübsinnigen Momente wandte ich mich ratsuchend an Heike. Auch meine Freundin meinte, ich übertriebe.
»Ich weiß nicht, was du hast, Paula. Zugegeben, deine Schwiegermutter ist schon speziell. Aber als Oma ist sie eine Wucht. Was hätte ich damals mit den kleinen Burschen für so eine Unterstützung gegeben!«
Auch dass Artjom, streng genommen, ein ziemlich fauler Hund war, fand sie nicht weiter schlimm: »Mensch, Paula,

mein Mann ist gerade erst fünfzig, hat den ersten Herzinfarkt schon hinter sich und kennt seine Söhne eigentlich nur vom Hörensagen. Und warum? Weil er von früh bis spät nur arbeitet, arbeitet, arbeitet. Sei doch froh, dass deiner nicht so karrierefixiert ist!«
Bei Irina konnte ich mit meinem Gejammer erst recht nicht landen. »Du chast gecheirratet russkij Mann«, meinte sie lakonisch. »Du chast gewusst.«
»Nee, hab ich nicht.«
»Sälbst schuld. Warrum chast du nicht gefrragt?«
»Wen denn?«
»Mich! Ich chätte dir gesagt alläs. Nun ist zu spät.«
Genau, dachte ich, Augen zu und durch, und wurschtelte weiter vor mich hin.

Johannas erster Geburtstag rückte näher, und die beiden Großmütter übertrafen sich mit Vorschlägen zur Ausrichtung des Festaktes. Mutter bestand darauf, das Ereignis im Matthesschen Anwesen zu begehen. Darya zögerte, fand dann aber dieses Event auch besser in der Nienstedter Villa als in der Billstedter Datscha plaziert. Mich fragten sie nicht, und mir war es im Grunde auch egal, wo wir feierten. Hauptsache, es würde ein schöner, ruhiger Tag.
Als Darya mit einer dreiseitigen Gästeliste wedelte, legte ich Protest ein. »Nur die Familie!«, sagte ich. »Sonst niemand.«
Sie nickte beflissen, doch ich traute ihr nicht. Schon bei meiner Hochzeit hatte sie mich übers Ohr gehauen und heimlich die halbe russische Gemeinde Hamburgs eingeladen. Dies war jedoch der erste Geburtstag meiner Tochter. Und an diesem Tag wollte ich nur Menschen sehen, die ich kannte – und auch mochte.
Ich schnappte mir Artjom und führte ein ernstes Vieraugen-

gespräch. »Mach deiner Mutter um Himmels willen klar, dass nur die Familie kommt. Hörst du? Sonst schnappe ich mir Johanna und hau ab, sofort! Und dann kann sie von mir aus allein feiern, verstanden?«
»Ach, Paula.«
»Nix *Ach, Paula!* Keine Diskussion. Ich hau ab, mit Johanna. Ich schwör's dir!«
»Schon gut. Ganz wie du willst.«
Meine Drohung fruchtete. Als wir an Johannas Geburtstag bei meinen Eltern ums Haus herum in den Garten bogen, standen tatsächlich nur Darya, Rostislav, Mutter, Vater, Deduschka Alexej und Frau Hinrichs auf der Terrasse und schmetterten »Happy Birthday«. Dafür prangte mitten auf dem Rasen eine riesige Hüpfburg.
»Eine Hüpfburg?«, fragte ich. »Für wen ist die denn?«
Darya guckte mich an und sagte: »Jochanna.«
»Für Johanna? Die kann doch gar nicht hüpfen, die läuft ja noch nicht mal.«
Es gab nicht nur eine Hüpfburg, es gab auch Hunderte pinkfarbener Luftballons, die durch Vaters Rabatten wehten, an den teuren Rosensträuchern hängenblieben und laut zerplatzten. Johanna zuckte bei jedem Knall zusammen und weinte vor Schreck.
Sie weinte oft an diesem Tag, denn außer Hüpfburg und Luftballons hatte Darya noch einen Clown besorgt, dem vorher keiner gesagt hatte, dass es sich um die Party eines einjährigen Mädchens handelte. Jedenfalls hatte er ein fast zweistündiges Programm ausgearbeitet, für das wir Erwachsenen zu alt und das Geburtstagskind definitiv zu jung war.
Zum Abschluss gab er alles, jonglierte wie der Teufel und schwitzte dabei wie ein Schwein. Sein zerlaufendes Makeup ließ ihn aussehen wie das lebendig gewordene Grauen

aus Stephen Kings *Es*. Und als ihm aus Versehen eine seiner Keulen aus der feuchten Hand rutschte und Frau Hinrichs mit Schmackes an der Schläfe traf, war es endgültig vorbei mit dem schönen, ruhigen Tag.

Frau Hinrichs sackte zu Boden, verlor kurz das Bewusstsein und blutete am Kopf. Mit dem Schrei eines wilden Tieres stürzte sich Alexej auf den Angreifer und drosch ihm die Seele aus dem Leib. Die anderen Männer warfen sich dazwischen und trugen im Handgemenge einige Blessuren davon. Und Johanna brüllte wie am Spieß, die nackte Angst in ihr kleines Gesicht geschrieben.

Nachdem Frau Hinrichs von Deduschka liebevoll verarztet und der Clown mit einer großzügigen Abfindung überzeugt worden war, keine Anzeige wegen Körperverletzung zu erstatten, beruhigte sich die Situation allmählich. Nur Johanna klammerte sich noch über Stunden an mich und schluchzte immer wieder auf.

»Mann, Mann, Mann«, sagte ich zu Darya, »super Idee, das mit dem Animateur.«

Vater schleppte zur weiteren Befriedung Unmengen an Alkohol herbei. Zu später Stunde, meine Tochter war endlich völlig erschöpft in ihrem Kinderwagen eingeschlafen, beobachtete ich, wie er mit Artjom und Rostislav die Hüpfburg erklomm und die Herren völlig losgelöst um die Wette sprangen.

Na also, dachte ich, wenigstens die Investition hat sich gelohnt.

22.

Maxim ist ein gebrochener Mann. Zusammengesunken sitzt er vor der Kate und stiert stumpfsinnig vor sich hin. »Kaputt«, sagt er, »ka-putt!«
Den stolzen Achtzylinder hat es komplett zerlegt. Man könnte den SUV zwar noch mit großem Aufwand reparieren, aber es würde mindestens Tage, eher Wochen dauern, die nötigen Ersatzteile zu besorgen, hat der Mechaniker erklärt. So lange können wir nicht warten.
»Das hat man davon, wenn man so rast«, gebe ich zu allem Überfluss auch noch von mir. »Gehen wir jetzt zu Fuß weiter?«
Maxim ist weder in der Laune für altkluge Bemerkungen noch für Scherze. »Paula, ist sich Katastrroph!« Er schaut mich wütend an.
»Schon gut, schon gut. Dann lass uns überlegen, wie wir hier wegkommen.«
»Mächanik chat neuäs Auto. Morrgän fruh.«
»Oh, das hast du schon geregelt? Toll!«
Doch auch für Komplimente ist Maxim nicht empfänglich. Er stapft davon.
Sergej und Nadeshda sind nur mäßig begeistert, den ungebetenen Besuch eine weitere Nacht beherbergen zu müssen. Nach wie vor habe ich den Eindruck, dass wir ihnen nicht ganz geheuer sind und sie nicht so recht einordnen können, woher wir kommen, was wir machen und wohin wir gehen. Vielleicht befürchten sie sogar, die merkwürdigen Fremden seien in illegale Machenschaften verstrickt. Ganz falsch liegen sie damit nicht, denke ich. Zum Abschied müssen wir uns unbedingt für ihre Gastfreundschaft

erkenntlich zeigen. Immerhin haben sie fünf zusätzliche Esser durchgefüttert. Und so dicke haben sie's ja nicht.
Ich rechne nicht ernsthaft damit, Artjom an die Strippe zu bekommen, und habe eigentlich auch gar keine Lust, mit ihm zu sprechen. Was hat er denn schon zu sagen? Ausreden, Ausflüchte – und wenn's ernst wird, bricht die Verbindung ab. Ich will mich nicht erneut darüber ärgern, also schicke ich eine SMS.
Auto ist Schrott. Morgen kriegen wir ein anderes. Meld mich wieder.
In der Kürze liegt die Würze, denkt mein Mann offensichtlich und antwortet nur: *O. k.*
Für den Rest des Tages versuche ich, mich zu entspannen. Mit Maxims Picknickdecke ziehe ich mich unter einen Baum zurück und beobachte Darya, die mit Forke und Spaten ein Beet umgräbt und dabei ihrer Enkelin die Welt erklärt. Meine Wäsche flattert auf der Leine im Wind, der Räucherofen qualmt vor sich hin und verbreitet einen würzigen Duft. Das wütende Rumpelstilzchen und seine Luitschka sind erneut zu einem Marsch aufgebrochen, Maxim schweigend vor sich hin brodelnd, Mutter fröhlich auf ihn einredend. Kurz dämmere ich sogar weg, so friedlich ist es.
Am Abend finden wir uns alle vor dem Haus zusammen, auch Sergej und Nadeshda sind von ihrer Feldarbeit zurückgekehrt. Maxim hat wieder bessere Laune, vor allem weil er uns nun seine Delikatesse servieren kann. Anfänglich etwas misstrauisch, knabbere ich an dem geräucherten Fisch, stelle aber fest, dass Maxim nicht zu viel versprochen hat. Er ist unglaublich gut, ein wenig fettig vielleicht, aber wen kümmern unter dem freien ukrainischen Himmel schon die Cholesterinwerte?

In der Nacht wache ich auf, weil irgendetwas auf meiner Decke liegt. Ich strample mit den Füßen, und ein empörtes Huhn flattert auf.
»'tschuldigung«, flüstere ich, »wollte dich nicht wecken.«
Das Huhn sucht das Weite. Und ich kann nicht wieder einschlafen. Außerdem muss ich mal. Der Gedanke, im Dunklen auf das Plumpsklo zu gehen, behagt mir allerdings überhaupt nicht. Ähnlich wie Mutter stehe ich nicht auf krabbelndes Getier, das sich dort bestimmt zuhauf in der Nacht versammelt.
Ach was, denke ich, ein Busch tut's auch, und stemme mich ächzend hoch. Ich schleiche nach draußen, finde ein für meine Zwecke passables Gestrüpp und erschrecke mich fürchterlich, als das bekannte »Paula! Wass machst du?« ertönt. Auch Maxim ist wach und, wie sollte es anders sein, raucht.
»Pipi«, antworte ich.
»In Gebusch?«
»Jaha, ich wollte nicht auf dieses komische Klo.«
»In Gebusch gibt Schlangän. Baissen in Popo.«
»Echt?«, quieke ich und hüpfe panisch hinter den Sträuchern hervor.
Maxim keckert leise, das ist wohl seine Art von Humor.
»Chab ich gesagt, du sollst nachts nicht gähän. Nirrgendwo.«
»Ich kann ja schlecht in die Scheune pinkeln.«
»Kannst du. Kuh macht auch.« Er zieht genüsslich an seiner Zigarette. »Gähst du zum Fluss, mit mirr?«
»Jetzt? Mitten in der Nacht?«
»Da.«
Warum nicht?, denke ich. Eine kleine Nachtwanderung hat durchaus ihren Reiz. Und so dunkel ist es gar nicht, der Himmel ist klar, der Mond fast voll.

Schweigend trotten wir den Trampelpfad entlang, durch das Wäldchen hindurch, die Stämme der Birken schimmern silbrig. Wir erreichen das Ufer und setzen uns in den Sand. Maxim bietet mir eine Zigarette an, die ich gerne nehme.
»Morgen müssen wir Sergej und Nadeshda unbedingt Geld geben«, eröffne ich das Gespräch. »Die waren so nett zu uns. Und wir haben ihre Vorräte bestimmt ganz schön dezimiert.«
»Da.«
Na großartig, denke ich, der Herr ist ja mal wieder in Plauderlaune. »Wie kommen die eigentlich im Winter zurecht? Das ist doch bestimmt ganz schön hart hier draußen.«
»Ist wie uberall in Ukraina. Choffen, dass du uberrläbst. Choffen, das Ässän rraicht. Choffen, dass Cholz rraicht. Choffen, dass du wirrst nicht krrank, wail Mädizin kommt nicht, Strraße zu schlächt.«
»Und wenn man doch krank wird und einen Arzt braucht?«
»Choffen, dass dain Nachbarr macht gutes Loch in Ärrdä fur dich.«
»Oh.«
»Serrgej und Nadeshda ganz arrm. Ich kännä.«
»Du kennst die beiden?«
»Nain. Ich kännä Läbän. Meine Mutter chat auch gechabt. Ist gestorrben ganz fruh, war ich acht.«
»Oh, das tut mir leid. Und dann hat dein Vater dich aufgezogen?«, hake ich erstaunt nach und kann mein Glück kaum fassen, dass Maxim mir so plötzlich Details seines Lebens offenbart.
»Nain. Kain Vatärr. Cheim fur Kindärr.«
»Oh.« Maxim ist wahrscheinlich etliche Jahre älter als ich, und ich schätze, dass ein ukrainisches Heim zu Zeiten der UdSSR kein wirklich schöner Ort für ein Kind war. »Das war bestimmt schrecklich.«

»Nain. Chatte Ässän, chatte Bätt. Warr mährr als chatte davorr.«

Okay, Matthes, denke ich, das ist die Chance, endlich etwas über deinen neuen Freund zu erfahren. »Wie lange warst du denn in dem Heim? Und was hast du danach gemacht? Hast du da einen Beruf gelernt?«

»Paula, Paula!« Maxim lacht leise. »Immärr so viel frragän, frragän, frragän.«

»Na klar frage ich. Das interessiert mich. Wir haben jetzt schon verdammt viel Zeit miteinander verbracht, und ich weiß überhaupt nichts über dich.«

»Du willst wissen? Gutt. Ich sagä dirr.«

Und das tut er.

Danach beschließe ich, meine Neugier in Zukunft zu zügeln.

Seine ersten acht Lebensjahre verbrachte der kleine Maxim Fjodorowitsch Schewtschenko auf einem schäbigen Gehöft in den Karpaten. Seinen Vater kannte er nur durch die Flüche der Mutter. Denen zufolge war er ein übler Trinker und Schläger und hatte sich gleich nach Maxims Geburt aus dem Staub gemacht, ein Umstand, für den die Mutter nicht undankbar war.

Sie schuftete in einer nur wenige Kilometer entfernten Kolchose und war für die Versorgung der Karpatenbüffel zuständig. Eine gute Arbeit, wie sie fand. Damit kannte sie sich aus, schon ihre Eltern waren Bauern gewesen, mit reichlich Grund und Boden, der selbstverständlich zum Wohle der Allgemeinheit dem Staat übereignet wurde. Nur der kleine Hof, den sie nebenbei bewirtschaftete, war ihnen geblieben.

Maxim verbrachte seine Tage rundumverwahrt in Krippe, Kindergarten und Mittelschule. Er war ein wilder, aufge-

weckter Junge, vielleicht etwas klein im Vergleich zu den gleichaltrigen Freunden. Seinen geringen Körperwuchs machte er jedoch wett mit halsbrecherischem Mut und einer Kraft, die dem schmächtigen Burschen eigentlich niemand zutraute.
Schon früh fiel er Erziehern und Lehrern auf durch Renitenz und Ungehörigkeit. Er verweigerte sich dem Kollektiv; wenn die anderen im Chor und voller Enthusiasmus »Alle Kinder lieben Lenin! Alle Kinder lieben alle Lehrer!« skandierten, lachte er sie aus. Doch in der Schule war er der Beste, obgleich er ganz hinten und allein sitzen musste und oft des Unterrichts verwiesen wurde.
Immer wieder wurde der Brigadeleiter bei Maxims Mutter vorstellig mit der Aufforderung, sie solle ihren Jungen zur Vernunft bringen. Die rang nur verzweifelt die Hände und rief: »Er ist ganz der Vater! Was kann ich schon tun?«
Als sie nach einem besonders harten Winter einem verschleppten Lungenleiden zum Opfer fiel, war niemand traurig, dass das schwierige Kind auf Geheiß der lokalen Parteifunktionäre in ein Kinderheim nach Charkiw gegeben wurde. Dort entwickelte sich Maxim trotz der Trauer um die Mutter zunächst prächtig, denn die Heimleiterin war eine moderne Frau und setzte nicht nur auf Drill, sondern auch auf Zuwendung und Fürsorge.
Das Blatt wendete sich, als Maxim in die schwierige Phase der Pubertät eintrat und das Heim zeitgleich eine neue Leitung bekam, die alte war doch zu fortschrittlich gewesen. Konfrontiert mit alltäglichen Schikanen von kalten Wassergüssen über sinnlose, aber kräftezehrende Fronarbeiten bis hin zu schmerzhaften Schlägen, beschloss Maxim, der nun schon älter und auch ein wenig überlegter war, sich zunächst ruhig zu verhalten und den Weg der Anpassung zu gehen, es seinen Widersachern aber irgendwann heimzuzahlen.

Heimlich begann er, zu trainieren und seinen Körper mit nächtlichen Klimmzügen und Liegestützen zu stählen, er übte sich in Nahkampftechniken und im Messerwurf. Und gleichzeitig gab er acht, in der Schule nicht nachzulassen. Er lernte auch Deutsch, da er hoffte, dass Wissen tatsächlich eines Tages Macht sein würde. Er bemühte sich, nicht aufzufallen, und erledigte alle ihm übertragenen Aufgaben ebenso schweigsam wie gewissenhaft. Aus den Scharmützeln der anderen hielt er sich raus, und auch sie ließen ihn in Ruhe, nachdem sie mehrmals und unerwartet Bekanntschaft mit seinen Kampfkünsten gemacht hatten.
Dem Direktor des Heims war der stille Junge über Jahre ein Dorn im Auge. Vorwerfen konnte er ihm nichts, aber dessen hellwacher Geist und körperliche Verfassung waren ihm unheimlich. Außerdem argwöhnte er, dass Maxim hinter einer Reihe von Anschlägen steckte, die er nie aufzuklären vermochte. Zerschnittene Stromkabel, Glassplitter in seinem Essen, zerschlagene Scheiben, gelockerte Schrauben, die Schränke und Betten einstürzen ließen, und zerstochene Autoreifen waren nur einige von vielen Ereignissen, die ihm das Leben schwermachten.
Nachweisen konnte er dem jungen Schewtschenko nichts. Dennoch triezte er ihn bis zum Äußersten, bemüht, Maxims Willen endlich zu brechen und ihm auf die Schliche zu kommen. Wochenlang steckte er ihn bei Wassersuppe und schimmligem Brot in ein karges Zimmer ohne Fenster, er ließ ihn im Winter bei minus zwanzig Grad ohne Handschuhe und Mütze stundenlang bewegungslos in der Kälte ausharren, im Sommer gab er ihm versalzenes Fleisch zu essen und zwang ihn dann, die heimeigenen Felder umzugraben, wieder und wieder, ohne trinken zu dürfen.
Als Maxim sechzehn wurde, beschloss er, dass es nun genug war. Er stand nachts auf, ging zur Wohnung des Direk-

tors, die etwas abseits in einem Nebengebäude lag, hebelte ein Fenster auf, fesselte den im Schlaf überrumpelten Mann ans Bett und schnitt ihm ein Ohr ab. Dieses nagelte er an die Eingangstür des Heims, setzte sich sodann ruhig auf sein Bett und wartete, dass er abgeholt würde.

Zunächst landete er in einer Besserungsanstalt für Jugendliche, die nichts anderes war als ein Knast. Struktur und Hierarchie dieser Institution glichen seinem vorherigen Aufenthaltsort, so dass er sich bald wie zu Hause fühlte. Unter den Insassen erwarb er sich schnell einen gewissen Ruf, man begegnete ihm mit Respekt und gehöriger Distanz. Ohne nennenswerte Vorkommnisse saß er seine Strafe ab und ging danach zum Militär.

Dank seiner eisernen Disziplin, seiner hervorragenden Konstitution und seiner intellektuellen Fähigkeiten begann sein Leben dort, sich zum Besseren zu wenden. Bei den sowjetischen Luftlandetruppen diente er sich bis in den Rang eines Offiziers. Seine besonderen Talente machten die Runde bis zum KGB. In den achtziger Jahren beorderte man ihn deshalb zu einer neu gegründeten Spezialeinheit namens Wympel, die verdeckte Operationen außerhalb der UdSSR durchführen sollte. Maxim absolvierte hier erneut eine Ausbildung, die seine militärischen um geheimdienstliche Kenntnisse erweiterte. Man schickte ihn zum Training nach Laos, Vietnam und Mosambik, unterrichtete ihn im Dschungel- und Gebirgskampf, im Senden und Dechiffrieren verschlüsselter Botschaften und anderen nützlichen Fähigkeiten.

Unter dem Befehl von Konteradmiral Wladimir Mcheljew führten ihn seine ersten Einsätze nach Afghanistan, in den unwegsamen Regionen des Hindukusch kämpfte er gegen die Mudschaheddin. Als im Libanon, wo das Kidnapping von Ausländern damals noch als Volkssport galt, vier russi-

sche Diplomaten entführt wurden, erinnerte sich der Admiral an die Jugendsünde seines Offiziers. Er sandte Maxim mit einer kleinen Truppe nach Beirut. Innerhalb kürzester Zeit gelang es diesem mit seiner speziellen Überredungskunst – er machte Verwandte der Kidnapper ausfindig und ließ den Entführern einige von deren Körperteilen auf postalischem Wege zustellen –, seine Landsleute zu befreien. Nie wieder wurde danach einem Russen im Libanon ein Haar gekrümmt, und die Operation festigte den Ruf von Wympel, besonders effektiv und schlagkräftig zu sein.
In den Neunzigern änderte sich das Aufgabengebiet der Elitetruppe. Die Sowjetunion gab es nicht mehr, ebenso wenig den KGB. Wympel wurde dem Inlandsgeheimdienst FSB unterstellt, und aus war es mit den schönen Auslandsreisen. Viel weiter als in den Nordkaukasus ging es nicht mehr, in Tschetschenien und Dagestan gab es schließlich genug zu tun.
Wie viele seiner Kameraden verließ Maxim die Truppe, da er dort keine Perspektive mehr für sich sah, und gründete sein eigenes Unternehmen, das einen neuartigen Typus von Geschäftsmännern in Fragen der Sicherheit und des Personenschutzes beriet. Nach einigen unerquicklichen Zwischenfällen, eine explodierende Autobombe zählte dazu, verlegte Maxim seinen Firmensitz Ende des ausgehenden Jahrtausends kurzerhand in die deutsche Hauptstadt. Dort lebte er, wie es seinem Charakter entsprach, still und unauffällig und ging seinen Geschäften nach.

Ein roter Punkt glüht in der Dunkelheit, Wolken sind aufgezogen und verdecken den Mond.
»Kann ich auch noch eine haben?«, frage ich ehrfürchtig.
»Da.«
Ich puste den Rauch in die Luft und versuche mich an ei-

nem Kringel. Mann, Mann, Mann, denke ich, gut, dass Artjom nicht wusste, wen er da schlägt! »Da hat mein Mann in Dnipro-Dingsda ja ganz schön Glück gehabt, dass du nicht nachtragend bist.«

»Da.«

»Und wir haben ganz schön Glück, dass du bei uns bist.«

»Da. Ich chabe dir immärrr gesagt: Mit mirr du bist sichärr …«

»… wie in Abrahams Schoß«, ergänze ich den netten Killer von nebenan.

Er riecht nach Diesel, Motorenöl und nach altem Muff. Er rumpelt, ruckelt und dröhnt. Jede Bodenwelle fährt mir schmerzhaft ins Kreuz. In Maxims Miene lese ich Todesverachtung. Es ist weit unter seiner Würde, unsere Reise mit einem uralten, rostigen Ford Transit fortzusetzen. Aber einem nahezu geschenkten Gaul schaut man nicht ins Maul, denke ich.

Am Morgen haben wir unsere Habseligkeiten auf den Anhänger des Traktors geladen, und Sergej hat uns ins Dorf gefahren. Zum Abschied versuchte ich, den Bauersleuten mein letztes Bargeld in die Hand zu drücken. Voller Entrüstung schüttelte Nadeshda den Kopf und weigerte sich, die Gabe anzunehmen.

»Wir können ihnen doch meinen getrockneten Fisch schenken«, schlug Mutter vor.

Ich tippte mir nur an die Stirn und stellte stattdessen die wohlgefüllte Matrjoschka in die Küche. Dort passt sie viel besser hin als auf Nikas Tresen, fand ich. Dann bat ich Mutter, vor der Abfahrt ihren stinkenden Fang zu entsorgen.

»Auf keinen Fall«, sagte sie. »Wer weiß, was uns unterwegs noch alles passiert. Wenn wir das nächste Mal liegenbleiben, haben wir wenigstens etwas Anständiges zu essen.«

Der Mechaniker wartete schon auf uns und präsentierte voller Stolz den braunen Transporter. Nach einem einstündigen Verkaufsgespräch gehörte er uns.

Nun befinden wir uns weiter auf dem Weg nach Süden. Saporischja haben wir hinter uns gelassen, die Straße ist gut, und eigentlich könnten wir flott vorankommen. Nur leider fährt der Ford nicht schneller als hundert Stundenkilometer, und wenn Maxim ihn auf dieses Höchsttempo beschleunigt, gibt er beunruhigende Geräusche von sich. So zockeln wir voran und haben Gelegenheit, den Blick über die weite Steppe schweifen zu lassen, während wir vor uns hin schwitzen. Es ist heiß im Auto, das selbstredend keine Klimaanlage hat. Es gibt auch kein Radio, geschweige denn einen CD-Player. Aber das macht nichts, weil Johanna uns mit fröhlichem Singsang unterhält. Nur auf der Beifahrerseite gibt es einen funktionierenden Gurt, deshalb darf sie vorne sitzen. Sie kann ihr Glück kaum fassen, stolz thront sie auf ihrem Kindersitz neben Maxim und ist die Königin der Landstraße. Darya, Mutter und ich hocken auf der brettharten Rückbank, ein zusammengezimmertes Provisorium, das extra für uns in den Lieferwagen geschraubt wurde, wie der Mechaniker zufrieden erklärte.
Maxim kurbelt das Fenster herunter. Dann kurbelt er es wieder herauf, weil er von hinten wüst beleidigt wird. Darya hat Angst, dass ihre Enkelin Zug bekommt. Jede Stunde halten wir deshalb an, um frische Luft zu schnappen.
»So kommen wir nie an«, stöhne ich. »Artjom wartet nur bis acht in Jalta auf uns, dann muss er weiterfahren. Schaffen wir das, Maxim?«
»Kaine Ahnung.«
In der Frühe ist es mir gelungen, meinen Mann ans Telefon zu bekommen. Wir haben es auch geschafft, uns nicht zu streiten. Wahrscheinlich, weil ich vor lauter Verblüffung, tatsächlich seine Stimme zu hören, vergessen habe, ihn zu beschimpfen. Höflich haben wir reine Sachinformationen ausgetauscht. Ich weiß jetzt, dass er auf der Krim ist und

seine nächste Station Odessa heißt. Morgen früh muss er dort sein. Artjom weiß, dass wir einen neuen Wagen gekauft haben und ihm folgen. Er wird auf uns warten, dann wollen wir gemeinsam weiterfahren und – sobald sein ominöser Job erledigt ist – den nächsten Flieger gen Heimat nehmen. So lautet unser Plan.
Ein guter Plan, wenn wir es rechtzeitig nach Jalta schaffen. Wenn nicht, treffen wir uns eben einen Tag später in Odessa. Das macht den Kohl nun auch nicht mehr fett, dachte ich während des Telefonats, ich bin bloß dieses dämliche Hase-und-Igel-Spiel leid.
»Paula, glaub mir«, sagte Artjom zum Abschied, »alles wird gut.«
»Hmm«, erwiderte ich.
»Du musst mir einfach vertrauen. Ich mach das schon.«
Mit Mühe unterdrückte ich ein spöttisches Lachen. Vertrauen? Dir vertrau ich ungefähr so wie einem Hütchenspieler am Hauptbahnhof, dachte ich und schwieg.
»Paula?«
»Hmm.«
»Ich liebe dich.«
»Soso«, meinte ich spitz. »Ich hoffe, das hast du auch in Mariupol nicht vergessen.«
»Mariupol?« Für einen Augenblick war Artjom verwirrt, dann lachte er laut und herzlich. »Du glaubst doch nicht im Ernst, dass ich und Nika …?«
»Hmm«, war wiederum alles, was ich antworten konnte. Ein Entgegenkommen meinerseits fand ich zu diesem Zeitpunkt erheblich zu früh. Außerdem wollte ich ihm bei derartigen Beteuerungen gern in die Augen sehen. Und ihn dann verdreschen.

»Waiter, dawai«, drängt Maxim. »Wäg ist lang und spätärr viel Bärrg.«
Berge? Ich starre über die Ebene. Wo sollen da denn Berge kommen? Das Land ist so flach wie eine Flunder, die Norddeutsche Tiefebene ist nichts dagegen. Aber Maxim wird schon wissen, wovon er spricht, also krabbeln wir in den Transit zurück.
Die Straße zieht sich schnurgerade bis zum Horizont und ist schier endlos. In der Ferne sehen wir eine Handvoll Reiter, die durch das Gras galoppieren.
»Kosaki!«, ruft Darya.
»Na klar, gleich werden wir von einer wilden Kosakenmeute überfallen.« Ich grinse und denke, dass meine Schwiegermutter wohl zu viele russische Heimatfilme gesehen hat.
»Da, Kosaki«, antwortet Maxim. »Chier ist sich Cheimat von Kosaki.«
Mutter blättert sofort aufgeregt in ihrem Reiseführer und liest uns den Abschnitt über das Saporoger Kosakentum vor. Und ich halte ab sofort meinen Mund und achte lieber auf den Verkehr.
Der ist nämlich ziemlich rege für diese öde Gegend, dauernd werden wir von hupenden Geländewagen und anderen Edelkarossen überholt, die sogar rechts auf dem Schotterstreifen waghalsig an uns vorbeipreschen.
»Wo wollen die alle hin?«, frage ich, nachdem uns zum wiederholten Male eine Staubwolke einhüllt, und wundere mich, dass viele Wagen ein russisches Länderkennzeichen tragen.
»Ist sich grroßäs Faierrtag und Färriän. Alläs fährrt auf Krrim. Cha!«, Maxim lacht. »Alläs, was chat Gäld!«
»Was denn für ein Feiertag?«
»Chast du nicht aufgäpasst in Schulä? Ist sich bald neuntä Mai.«
»Ja, und?«

»Paula! Neuntä Mai neunzähnchundertfunfundvierrzig Stalin chat gesagt im Rradio, dass Krieg ist vorrbai.«
»Und das feiert ihr immer noch?«
»Naturrlich! Wir chaben gäwonnän. Wass dänkst du?«
»Und was machen die ganzen Russen hier?«
»Faiern, wass sonst? Viel raiche Russkij chaben Chaus auf Krrim.«
»Ach so«, sage ich und schäme mich ein bisschen für meine dürftigen Geschichtskenntnisse. Dass am achten Mai der Zweite Weltkrieg zu Ende war, ist mir theoretisch schon bekannt. Dass am neunten Mai im Osten Party ist, wusste ich nicht.
Der Ford Transit frisst Kilometer um Kilometer, langsam zwar, aber stetig. Wir machen eine weitere Pause an einer Tankstelle und uns über das Carepaket von Nadeshda her. Sie hat uns Brot mitgegeben, Wurst und Käse. Mutter schlendert umher und geht zu einem großen Anhänger mit einem mysteriösen Aufbau, der ein paar Meter weiter abgestellt ist. Davon haben wir unterwegs schon einige gesehen, irgendetwas wird hier verkauft.
»Guckt mal, Honig!« Freudig erregt, schwenkt sie ein Glas in der Luft. »Und auf diesen Wagen stehen die Bienenkörbe. Ist das nicht toll?«
»Ganz, ganz toll, Mama. Aber du kannst doch nicht an jedem Stand, den du siehst, was kaufen. Wie willst du die Sachen denn nach Hamburg bekommen? Deinen komischen getrockneten Fisch kriegst du eh nicht durch den Zoll, der fällt unters Embargo für Chemiewaffen«, lästere ich.
»Na, dann esse ich ihn eben auf«, sagt sie trotzig, holt den Fisch heraus und beißt rein, bevor ich *Nein!* rufen kann.
»Mmmhh«, macht sie, ohne eine Miene zu verziehen, »der ist aber lecker. Möchte noch jemand?«
Es möchte keiner.

Am späten Nachmittag tauchen endlich die Berge auf. Je näher wir kommen, desto größer werden sie. Ich bin beeindruckt. Das ist ja mal ein amtliches Gebirge, denke ich. Und dann beginnen die Serpentinen. Es geht rauf, und es geht runter, auf einer zum Teil vierspurigen, wie frisch geteert wirkenden Straße.
»Gibt ja gar keine Schlaglöcher mehr«, sage ich zu Maxim, der dem Transporter das Äußerste abverlangt.
»Paula, chab ich gesagt! Viel Gäld, Strraßä gutt.«
»Ist es noch weit?«, fragt Mutter mit schwacher Stimme. »Von dem Auf und Ab wird mir doch ein bisschen komisch.«
»Nain, nain, Luitschka. Aine Stundä wirr sind da.«
»Eine Stunde? Ach, du meine Güte«, jammert sie und greift nach meiner Hand.
Wir brauchen zwei Stunden, weil Mutter mit gelb-grünlicher Färbung im Gesicht alle zehn Kilometer darauf besteht, rechts ranzufahren, um sich Frischluft zuzuführen. Maxim flößt ihr Wasser ein, Darya tätschelt ihre Hand.
»Vielleicht hättest du die Finger von dem Fisch lassen sollen«, sage ich mitleidslos. »Ich schmeiß den jetzt weg.«
»Das ist doch nicht der Fisch«, keucht sie. »Serpentinen konnte ich noch nie ab. Da wird mir sofort schlecht.«
Ich kümmere mich nicht weiter um sie, sondern um Johanna, die auf meinem Arm zappelt und ganz aus dem Häuschen ist. Berge hat sie noch nicht gesehen, und sie findet sie toll. Die Landschaft ist grandios, schroff, wild und ursprünglich. Hier müsste man mal Urlaub machen, denke ich, und dann fällt mir ein, dass das ja eigentlich auch geplant war.

Die Sonne geht langsam unter, als wir ankommen, und Jalta präsentiert sich von seiner idyllischen Postkartenseite. Es ist eine quirlige Stadt, die sich mit dem Rücken an die

Berge schmiegt, das Meer liegt ihr zu Füßen. Die Straßen sind verwinkelt und fast zu klein für unseren Transit, gesäumt von alten Häusern mit aufwendig geschnitzten Holzbalkonen. Alles ist voller Menschen, die gutgelaunt an blühenden Bäumen und Büschen vorbeiflanieren. Restaurant reiht sich an Boutique an Bar.

Hui, ist das schön hier, denke ich.

Maxim kurvt vorsichtig durch die Gassen auf der Suche nach unserem Treffpunkt, einem kleinen Café. Schon drei Mal hat er nach dem Weg gefragt, wir haben es immer noch nicht gefunden. Doch dann leuchtet mir etwas zitronengelb entgegen, am Straßenrand parkt der Renault Kangoo.

»Hier muss es irgendwo sein!«, rufe ich aufgeregt.

Maxim bleibt stehen und schaut sich nach einem Parkplatz um. Er fährt ein paar Meter rückwärts, weil er eine Lücke entdeckt hat. Automatisch wenden wir alle die Köpfe, schauen zurück und zucken unisono zusammen, als etwas auf unsere Motorhaube donnert.

Fast synchron blicken wir nach vorn.

Das Etwas war eine Faust.

Und sie gehört zu unserem Freund Stanislaw aus Dnipropetrowsk, von dem ich eigentlich hoffte, dass er im Bällebad des *Shaktar Plaza* ersoffen ist. Jetzt grinst er uns durch die Windschutzscheibe hässlich an. Trotzdem glaube ich nicht, dass er sich freut, uns zu sehen.

»Fahr ihn über den Haufen!«, schreie ich Maxim zu.

Leider ist das der Moment, in dem ihm seine Luitschka mit einem breiten Strahl in den Nacken kotzt.

24.

Wimmernd liegt Mutter im Bett, sie wirkt ganz klein und jämmerlich. Neben ihr auf dem Boden steht ein Eimer. Im Zimmer riecht es leicht säuerlich. Ein Sanitäter misst ihren Blutdruck, der Arzt sitzt am Tisch, redet wasserfallartig auf Maxim ein und schreibt irgendwelche Sachen auf einen Zettel.

Im Hintergrund höre ich aus dem Bad Geplätscher und die erregten Stimmen von Stanislaw und Darya. Stanislaw wäscht sein T-Shirt. Als er die Tür unseres Transporters aufriss, hat auch er etwas abbekommen.

Johanna kauert auf meinem Schoß und betrachtet ihre Großmutter ängstlich.

»Omaoma?«, fragt sie leise.

»Mach dir keine Sorgen, mein Schatz.« Ich streiche ihr übers Haar. »Oma hat nur etwas Falsches gegessen. Morgen ist sie wieder fit. Da siehst du mal, Mama hat schon recht, wenn sie sagt: Nicht immer alles in den Mund stecken!«

Johanna nickt verständig.

Nachdem Stanislaw uns stoppte und ihm eine spuckende Frau quasi aus dem Wagen in die Arme fiel, erwies er sich als Mann der Tat. Kurzentschlossen setzte er Darya in seinen Wagen, wohl als eine Art Pfand, fuhr vorweg und lotste uns auf einen kleinen Hof, auf dem wir parken konnten. Er bedeutete uns, ihm zu folgen, Maxim hakte Mutter fest unter, und wir marschierten über weitere, ineinander übergehende Hinterhöfe. Vor einer Haustür blieb Stanislaw stehen, zückte ein Schlüsselbund und führte uns in die Ferien-

wohnung, die wir nun bezogen haben. Sie gehört seinem Boss, so viel habe ich mittlerweile erfahren. Zakhar macht nicht nur in Stahl, er macht auch in Immobilien; auf der Krim gehören ihm zahlreiche Objekte, die er an Urlauber vermietet.
Die Wohnung ist ein langer Schlauch. Direkt am Eingang liegt das Bad, es folgen eine fensterlose Küche und drei Schlafzimmer. Vom letzten Raum geht sogar ein kleiner Garten mit einer Miniatur-Terrasse ab. Unter anderen Umständen fände ich es hier wirklich nett.
Stanislaw steckte Mutter, die sich auf dem kurzen Weg noch vier weitere Male erbrochen hatte, ins Bett, zückte sein Handy und führte zwei Telefonate. Eins mit dem Arzt, der keine fünfzehn Minuten später vor der Tür stand. Und eins mit seinem Vorgesetzten. Er reichte mir das Telefon, und ich hörte Zakhars sonore Stimme, die mir erklärte, wie froh er über diesen glücklichen Zufall sei. Er wäre über unser Verschwinden ernsthaft besorgt gewesen und hätte befürchtet, dass uns etwas zugestoßen wäre. Wir sollten uns nun als seine Gäste betrachten, die Wohnung stünde zu unserer Verfügung, bis es meiner Mutter besserginge. Das sei das mindeste, was er für uns tun könne.
Ich bedankte mich höflich und fragte vorsichtig, ob er wohl meinen Mann zu uns schicken könne, der irgendwo in der Nähe in einem Café auf uns warte.
Das sei bedauerlicherweise nicht möglich, beschied er mich kühl, Artjom müsse arbeiten. Er dagegen habe Zeit, schließlich befände er sich über die Feiertage für einen kurzen Urlaub auf der Krim, und deshalb sei er entzückt, wenn wir morgen Abend zum Dinner vorbeikämen.
Ich sagte zu. Was hätte ich auch anderes tun sollen? Ich war Zakhar sogar ein wenig dankbar für Unterkunft und medizinische Versorgung. Und dass wir Artjom schon wieder

knapp verpasst hatten, war zwar ärgerlich, aber nichts Neues. Langsam gewöhnte ich mich daran.

Stanislaw hat sich nach unserer Ankunft strategisch klug an der Haustür postiert. Er macht nicht den Eindruck, als ob er diesen Posten so schnell wieder verlassen wird. Eine Flucht durch den Garten scheidet aus, er ist von hohen Mauern umgeben. Und Mutter flieht in ihrem Zustand sowieso nirgendwohin.
Maxim drückt mir den Zettel des Arztes in die Hand, es ist ein Rezept. »Du suchst Apteka. Ich blaibe und pass auf.«
»Mann, wo soll ich denn eine Apotheke finden? Ich war noch nie in Jalta.«
»Apteka uberrall. Du findäst. Gäh!«
Also gehe ich. Johanna darf ich allerdings nicht mitnehmen, wie mir Stanislaw unmissverständlich klarmacht. Sicher ist sicher, lese ich in seinen Augen.
Draußen empfängt mich der Abend mit frischer Luft und angenehmer Wärme. Die Ferienwohnung liegt im Epizentrum des Ortes, kaum habe ich die Hinterhöfe passiert, befinde ich mich in einem Gewirr kleiner Gassen, in denen unzählige Menschen in schönster Ferienstimmung auf und ab schlendern. Ich lasse mich von dem Strom treiben und bewundere die üppige Vegetation. Am Wegesrand stehen Palmen und Pinien, es blühen Bougainvillea, und Rosen duften. Ich entdecke sogar Kakteen. Wie exotisch, denke ich und renne glatt an der ersten Apotheke vorbei, deren verheißungsvoll grün blinkendes Kreuz ich nur aus den Augenwinkeln wahrnehme.
Nur zehn Meter weiter leuchtet das nächste Kreuz. Mit einem vergnügten *Dobryj wjetschir* gebe ich der Apothekerin mein Rezept. Sie identifiziert mich sofort als westeuropäische Touristin und ist hocherfreut, dass ihr Schulenglisch

endlich einmal zum Einsatz kommt. Insgesamt sieben verschiedene Präparate sucht sie aus den Regalen zusammen und erklärt mir lang und breit deren Anwendung. Ich schaue erstaunt auf den Haufen Medikamente. Mama liegt doch nicht im Sterben, die hat sich doch nur den Magen verdorben, denke ich. Was soll sie mit dem ganzen Zeug?
Das frage ich auch Maxim, als ich in unser Domizil zurückkehre. »Ich bin ja kein Arzt«, erkläre ich, »aber meiner Meinung nach braucht Mama jetzt Tee und Ruhe. Mehr nicht.«
»Gänau, du bist kain Arrzt. Abärr wirr machän, wass Arrzt chat gäsagt.«
»Viel hilft viel, was? Na, wenn du meinst«, erwidere ich und setze mich in den Garten, um unauffällig Artjom anzurufen. Es wundert mich kein bisschen, dass ich ihn nicht erreiche. Es wundert mich nur, dass es mich nicht weiter stört. Was soll's?, denke ich, der kommt schon klar. Ist ihm bis jetzt ja auch gelungen. Pflichtschuldigst schreibe ich nur schnell eine SMS.
Mama krank. Müssen in Jalta bleiben. Melde mich morgen.
Dann verfüttere ich Nadeshdas letztes Stück Brot an Johanna und bringe sie ins Bett. Sie schläft sofort ein, im Auto hat sie heute kein Auge zugemacht, dafür war die Aussicht von ihrer Poleposition viel zu aufregend.
Auch ich verspüre Hunger, wirklich viel gegessen haben wir heute alle nicht, von Mutter einmal abgesehen. Ich schlage vor, dass ich zusammen mit meiner Schwiegermutter noch einmal losgehe und Lebensmittel besorge. Stanislaw überlegt, telefoniert und gibt sein Okay. Die Gefahr, dass ich ohne Mutter und Tochter stiften gehe, wird als gering eingeschätzt.
Wir ziehen los, erst eiligen Schrittes, dann werden wir langsamer und langsamer, weil es so viel zu gucken gibt. »Ich glaube, wir können uns ruhig ein wenig Zeit lassen«,

sage ich zu Darya. »Mama kann eh nichts essen, Johanna pennt, und Maxim wird uns nicht gleich verhungern.«
Sie ist mehr als einverstanden, Jalta ist nach ihrem Geschmack. Wir bummeln umher und landen schließlich auf der breiten Strandpromenade.
»Wow!«, entfährt es mir. In den Bäumen glitzern Lichterketten, es gibt Stände und Buden, die alle Arten von Schnickschnack anbieten. Vor den Restaurants und Cafés sitzen lärmende Menschen, die es sich gutgehen lassen. Durch das dunkle Hafenbecken schießen beleuchtete Speedboote, von denen laute Technobeats zu uns herüberwehen. Und da sind natürlich die Boutiquen, eine glamouröser als die andere.
Jetzt ist Darya in ihrem Element. Wir erobern Geschäft um Geschäft, und sie erbeutet einen mondänen Sonnenhut in Dunkelblau mit kecker pinkfarbener Taftschleife, inklusive dazu passender Strandtasche. Ich erstehe ein tief dekolletiertes, schwarzes Top mit großzügigen Strassapplikationen, das überhaupt nicht zu mir, aber irgendwie zu Jalta passt. So, eingekauft haben wir, denke ich zufrieden, nur nichts zu essen.
»Hunger!«, sage ich zu Darya. Wir kehren um und halten Ausschau nach einem Lebensmittelgeschäft.
Einen Supermarkt finden wir nicht auf der Promenade, aber dafür entdecke ich einen Steg, der weit ins Meer hinausgeht und auf dem ein hoher Pfahlbau in Form eines Schiffes steht. *Apelsin* lese ich auf einem Schriftzug an der Vorderseite.
»Das sieht ja toll aus«, sage ich. »Was ist das denn?«
»Rästaurran«, meint Darya.
»Echt? Komm, das gucken wir uns noch mal kurz an.«
Wir steigen die Stufen hinauf, und vorm Eingang nimmt uns eine lächelnde Kellnerin in Empfang, die uns zu einem

der wenigen freien Tische führt. Darya setzt sich sofort hin, ich zögere, merke aber, wie mein Widerstand angesichts des einladenden Ambientes schwindet.

»Och«, sage ich, »einen schnellen Snack können wir uns wohl erlauben.«

Die Bedienung bringt Speisekarten, für mich sogar eine auf Englisch. Ich gucke erst gar nicht rein, sondern bitte Darya: »Bestell du mal eine Kleinigkeit für mich, du kennst dich mit den Gerichten hier besser aus.«

Sie bestellt, und ihrer Wortkaskade entnehme ich, dass es nicht nur eine Kleinigkeit ist. Während wir auf das Essen warten, schauen wir uns in aller Ruhe um. Das *apelsin* ist schick, todschick. Sein Interieur hat Lounge-Charakter, es gibt keine Stühle, nur niedrige Sessel und Zweier-Sofas mit ebenso niedrigen Holztischen. An den Längsseiten ist das Luftschiff offen und von einem Geländer umgeben. Ich sehe, dass an der Decke Planen aufgerollt sind, die man wohl an windigen Tagen herunterlassen kann. Flackernde Windlichter sind auf den Tischen verteilt, von oben baumeln bunte, mit Stoff bespannte Lampions herab.

Eine Armada von Kellnern flitzt zwischen den Gästen umher, die genauso todschick sind wie der Laden: Aufregend schöne, junge Frauen in ebenso knapper wie teurer Kleidung klimpern mit ihrem Goldschmuck; die dazugehörigen Herren tragen Maßanzüge oder sind im elitär-legeren Freizeit-Look unterwegs. Es ist sehr laut, aus riesigen Boxen wummert Musik, und alle schreien sich an, um sich zu verstehen. Die Stimmung ist blendend.

Die aufmerksame Kellnerin hat uns weiche Fleecedecken gebracht, obwohl es gar nicht kalt ist. Ich kuschele mich in meinen Sessel und blicke übers Geländer auf die Küste und das offene Meer. Herrlich, denke ich, hier kann man's aushalten!

Darya hat die Karte rauf und runter geordert. Wir schlemmen uns durch Vorspeisen und Hauptgerichte, wir trinken eine Flasche Chardonnay und dann eine zweite, der Wein ist so vorzüglich wie das Essen. Deshalb gibt es zum Dessert zwei weitere Gläser. Zum Espresso gönnen wir uns noch einen Absacker. Ich fühle mich tiefenentspannt und könnte noch stundenlang sitzen bleiben. Und das liegt nicht nur am Ambiente, sondern auch an meiner Gesellschaft. Erstaunt stelle ich fest, dass ich mich mit Darya sauwohl fühle. Wir verstehen uns auch ohne große Worte, unsere gemeinsam erlebten Abenteuer haben uns einander nähergebracht und mich äußerst milde gestimmt. Eigentlich ist Darya doch total okay, denke ich, wenn sie nicht meine Schwiegermutter wäre, würden wir uns wahrscheinlich immer so gut verstehen.

Ein kleiner Rest Pflichtbewusstsein glimmt durch den Nebel in meinem Hirn, wir wollten ja eigentlich einkaufen, und ich lasse die Rechnung kommen. Hupsa, denke ich und krame meine Kreditkarte hervor, günstig geht anders. Egal, man lebt nur einmal!

Untergehakt wanken wir etwas unsicher die Treppen hinunter und versuchen, von leichten Ausfallschritten behindert, unsere Ferienwohnung wiederzufinden. Irgendwann stehen wir kichernd und schwankend auf dem richtigen Hinterhof. Stanislaw öffnet uns und bedenkt uns mit einem bösen Blick. Mutter liegt leise röchelnd in ihrem Bett, Maxim hat quer davor auf dem Boden sein Lager aufgeschlagen und schnarcht.

Als ich zu meiner friedlich schlummernden Tochter ins Bett schlüpfe, durchfährt es mich eiskalt. Ach du Scheiße, denke ich, die Lebensmittel haben wir jetzt glatt vergessen!

Als ich am nächsten Morgen erwache, weil Johanna in meiner Nase bohrt, habe ich erstaunlich wenig Kopfschmerzen. Ich schreibe diesen Umstand der Qualität des Weines und der Seeluft zu. Meine Tochter guckt mich vorwurfsvoll an und sagt bestimmt: »Hungaaa!«
Sofort habe ich ein schlechtes Gewissen, weil ich mich gestern Nacht vergnügt habe und ohne Nahrung für die Brut zurückgekehrt bin. Ich springe aus dem Bett und drücke ihr einen Kuss auf die Nase.
»Kein Problem, mein Schatz. Mami bringt dich zu Babuschka und flitzt schnell zum Einkaufen, und dann frühstücken wir.«
Ich muss gar nicht flitzen, denn in der Küche hantiert Maxim zwischen zahlreichen Tüten, kocht Kaffee und schneidet Brot. Sogar an Milch für Johanna hat er gedacht.
»Ach«, sage ich, »warst du schon unterwegs? Prima, Darya und ich haben gestern leider keinen Supermarkt gefunden.«
Er würdigt mich keines Blickes, sondern grummelt nur: »Gäschäft ist glaich um Äckä.«
Ich schaue zur Eingangstür, neben der ein verwaister Stuhl steht. »Wo ist denn unser Wachhund?«
»Vorr Türr. Rraucht.«
»Den werden wir nicht so schnell wieder los, was?«
»Rabota nje wolk, w ljes nje ubeschit. Arrbait ist kain Wolf, läuft nicht in Wald.«
»Bitte?«
»Morrgän ist auch noch Tag. Luitschka ist ganz krrank. Wirr mussen warrtän.«
Genau, da war doch was. Wie geht es eigentlich Mutter? Ich finde sie auf der Terrasse. Sie liegt, in Decken eingehüllt, auf einem Liegestuhl, halb aufgerichtet, mit einer dampfenden Tasse Tee auf dem Bauch. Und sie ist immer noch sehr blass.

»Na, wie fühlst du dich?«, frage ich besorgt.
»Überhaupt nicht gut. Mein Bauch tut so weh, und mir ist fürchterlich schwindelig«, jammert das Häufchen Elend.
»Wird schon wieder«, sage ich und streichle ihre Wange. »Du ruhst dich schön aus, und wenn du einigermaßen fit bist, sehen wir zu, dass wir die Biege machen.« Und bis es so weit ist, machen wir das Beste draus, denke ich und grinse.
»Soooo«, sage ich, übertrieben nachdenklich, nach dem Frühstück im Garten. »Was machen wir denn jetzt bloß? Wir können ja schlecht den ganzen Tag in der Bude hocken.« Versonnen schaue ich in den blauen Himmel, den nicht das kleinste Wölkchen trübt. »Also ich würde vorschlagen, dass wir uns ein bisschen die Beine vertreten. Johanna muss sich auch mal bewegen, die dreht uns sonst durch.«
Alle schauen auf meine Tochter, die ruhig im Beet sitzt und sehr zufrieden mit ein paar Steinen spielt. Schnell springe ich auf.
»Ich pack dann mal ein paar Sachen für unterwegs zusammen. Schade, dass du nicht mitkannst, Mama.«
Eine Stunde später ziehen wir los. Darya und ich vorneweg, dahinter Stanislaw, der Johanna in ihrem Buggy schiebt und dazu die neue Strandtasche nebst Tüten mit belegten Broten und Wasser trägt. Maxim ist natürlich bei seiner Luitschka geblieben. Wer weiß schon, ob sie nicht einen lebensbedrohlichen Rückfall erleidet?
Ich wundere mich ein wenig, dass Stanislaw eine Trennung der Gruppe zulässt. Aber als wir über den Hinterhof an unserem Transit vorbeilaufen, sehe ich, dass am rechten Hinterreifen eine Parkkralle klebt. Ganz schön clever, denke ich. Jetzt müsste Maxim Mutter schon huckepack nehmen, um abzuhauen. Ich traue ihm das allerdings durchaus zu.

Wir spazieren durch die schattigen Gassen bis zur Promenade, auf der das pralle Leben tobt. Zahlreiche Vergnügungen für Kinder werden angeboten, Johanna kommt voll auf ihre Kosten. Sie fährt Karussell, sie fährt Bimmelbahn, an einem Stand kann sie sich als Prinzessin verkleiden und wird fotografiert.
Schließlich landen wir am Strand. Schwitzend schleppt Stanislaw Liegen und Sonnenschirme herbei, erst schickt Darya ihn Eis holen, dann fällt ihr ein, dass sie gerne einen kleinen Longdrink hätte, danach braucht sie Sonnencreme fürs Kind. Ihre Befehle versieht sie jeweils mit einem gurrenden *Spassiba balschoi, Stas!* und einem koketten Augenaufschlag. Der gute Stas freut sich über so viel Zuwendung, die kleine Schwindelei in Dnipropetrowsk hat er dank ihres extravaganten Badeanzugs längst verziehen.
Ich baue Sandburgen für Johanna, stecke meine Füße in das noch recht frische Wasser und beobachte die Urlauber beim Baden. Hier kann man's ein Weilchen aushalten, denke ich, und mit so einer Lebensmittelvergiftung ist ja wirklich nicht zu spaßen. Mama braucht unbedingt noch etwas Ruhe.

25.

Wann kommt ihr denn endlich?« Artjoms Stimme am Telefon klingt nörgelig. »Ich warte jetzt schon einen ganzen Tag auf euch.«

»Erstens ist Mama krank und nicht transportfähig«, antworte ich gutgelaunt. »Zweitens würde ich an deiner Stelle echt die Füße stillhalten, schließlich haben wir dir das alles zu verdanken. Und drittens hat mich dein Kumpel zum Abendessen eingeladen. Ich glaube kaum, dass er eine Absage akzeptiert.«

»Welcher Kumpel?«

»Zakhar.«

Es folgt erst erschrockenes Schweigen, dann ein herzhaftes »Scheiße!«.

»Genau«, sage ich, »Scheiße. Ich habe keine Ahnung, wie wir den wieder loswerden. Oder was der eigentlich von uns will. Du vielleicht?«

Jetzt ist das Schweigen eher betreten. Dann stammelt mein Mann: »O Gott, was für ein Mist! Das, äh, tut mir alles so leid. Ich weiß überhaupt nicht, wie …«

»Hör auf zu jammern!«, unterbreche ich ihn. »Überleg dir lieber, warum Zakhar uns hier festhält! Und wenn's dir eingefallen ist, kannst du ja anrufen. Tschüss.«

Ich drücke Artjom weg. Ich habe nämlich gar keine Zeit zum Telefonieren und für weitere unerfreuliche Diskussionen. Zakhar wartet mit dem Dinner auf uns.

Nach dem entspannenden Strandtag hat Stanislaw Darya und Maxim mitgeteilt, dass der Herr des Hauses uns um neun Uhr zum Essen bittet, ein Wagen würde um acht be-

reitstehen. Um acht?, denke ich. Wo müssen wir denn da bloß hin?
Mutter geht es inzwischen etwas besser. Zumindest ist sie aufgestanden, und die Farbe kehrt langsam in ihr Gesicht zurück. Trotzdem zieht sie es vor, im Appartement zu bleiben, sie ist noch zu wackelig auf den Beinen. Wir haben beschlossen, dass Maxim und Johanna ihr Gesellschaft leisten und nur Darya mich begleitet. Eigentlich hat sie keine Lust auf eine erneute Begegnung mit Zakhar, aber sie fügt sich widerspruchslos. Vielleicht möchte sie ihre Schwiegertochter nicht allein in die Höhle des Löwen lassen.
Punkt acht wartet eine dunkelblaue Mercedeslimousine mit laufendem Motor vor der Wohnung auf uns, und wir treten die Fahrt nach Canossa an. Am Steuer sitzt ein Glatzkopf von Stanislaws Format, der stur geradeaus blickt und seine Fahrgäste ignoriert. Ich merke, dass ich nervös werde. Darya streicht mir beruhigend über den Arm und nickt ihrem Stas zum Abschied majestätisch zu. Der stiert sie bewundernd an und winkt unbeholfen, als sich der Wagen in Bewegung setzt.
Auch ich streife Darya mit einem anerkennenden Blick. Sie sieht wie immer grandios aus. Ihr ärmelloses Abendkleid schimmert vornehm in pastellig-pudrigem Bleu, dazu trägt sie lange weiße Satinhandschuhe, die perfekt auf Pumps und Handtasche abgestimmt sind. In ihrem raffiniert aufgetürmten Haar funkelt eine Spange mit blauen Strasssteinen. Auf dem Wiener Opernball würde sie eine verdammt gute Figur machen.
Ich dagegen habe mich in Ermangelung einer Alternative wieder in das kleine Schwarze gezwängt. Vielleicht bilde ich es mir ein, aber um Hüften und Po sitzt es recht stramm. Kein Wunder bei der ganzen Fresserei, denke ich frustriert. Ab morgen gibt's nur noch Obst!

Der Wagen gleitet lautlos die Küstenstraße entlang. Nach einer knappen Stunde biegt der Fahrer links ab, es geht den Berg hinunter in eine kleine Stadt.
»Balaklawa«, liest Darya das Ortsschild vor und raunt mir zu: »Alläs Millionärr!«
Das glaube ich sofort. Im Gegensatz zu Jaltas üppig wuchernder Flora ist hier alles gestutzt, geschnitten und getrimmt. Die Straßen sind breiter, es gibt ordentlich gepflasterte Bürgersteige, fast alle Gebäude sind schneeweiß und haben rote Dächer. In den Hängen liegen vereinzelte weiße Villen, mächtig in ihrer Ausdehnung und mit angenehmem Komfortabstand zueinander.
Unser Mercedes ist eines der bescheideneren Fahrzeuge auf der Straße. PS-Boliden aller namhaften Nobelmarken schieben sich aneinander vorbei, wir reihen uns in den Stau ein und rollen langsam durch einen Yachthafen. Links von uns liegen Restaurants, rechts die Schiffe, bei deren Ausmaßen ich einen scharfen Pfiff ausstoße.
Unser Wagen biegt wieder ab und fährt eine kleine Privatstraße hinauf, die durch eine Schranke gesichert ist. An ihrem Ende liegt ein Anwesen auf einem parkähnlichen Grundstück, mehrere Pools leuchten türkisblau, aus einem Teich schießt eine Fontäne empor. Ich muss an Nadeshdas armselige Behausung denken, in der es nicht einmal fließend Wasser gibt.
Wir sind nicht die einzigen Gäste, überall auf dem Gelände und den auf mehreren Ebenen liegenden Terrassen stehen Menschen. Es müssen an die hundert sein. Erleichtert steige ich aus dem Auto und mustere die große Gesellschaft. Heute Abend wird uns Zakhar jedenfalls nicht unbeobachtet mit Steinen an den Füßen in einem seiner Pools entsorgen können.
Und da kommt er uns auch schon entgegengeeilt, entblößt

seine teuren Jacketkronen und erklärt, wie sehr er sich freue, dass es uns möglich war, seiner Einladung zu folgen. Er hoffe, wir würden uns auf diesem kleinen Fest gut unterhalten.

Arschloch!, denke ich und lächle höflich.

Galant bietet er Darya seinen Arm an und führt uns unter belanglosen Plaudereien herum. Er deutet auf das meterlange Buffet, das direkt am Haus aufgebaut ist, lässt uns zwei Gläser Champagner bringen und verabschiedet sich mit der Bemerkung, wir hätten später sicher ausreichend Gelegenheit für eine Unterhaltung.

»Na, komm!«, sage ich zu Darya und kippe meinen Schampus ins nächste Beet. Solange Zakhar in unserer Nähe ist, sollte ich nüchtern bleiben. »Dann mischen wir uns mal unters Volk.«

Das Volk besteht aus Geschäftsfreunden, anderweitig der Familie Verbundenen und zahlreichen Verwandten, wie ich aus einigen Gesprächen erfahre. Wir schlendern umher, lauschen der Band, die in einer Ecke des Gartens aufspielt, und langen am Buffet gehörig zu.

Irgendwann fällt mir auf, dass wir beschattet werden. Egal, wohin wir gehen, unser Chauffeur folgt uns und lässt uns nicht aus den Augen.

»Was denkt der denn?«, rege ich mich auf. »Dass wir das Tafelsilber klauen? Unverschämtheit!«

»Schschsch«, macht Darya beschwichtigend, und dann lässt die Meisterdiebin an einem der Tische sehr geschickt und unentdeckt einen goldenen Salzstreuer in ihre Tasche gleiten. »Souvänirr«, sagt sie. Ich unterdrücke mein Lachen.

Es dauert zwei Stunden, bis Zakhar wieder auftaucht und sich formvollendet für seine Abwesenheit entschuldigt. Seine manieriert-snobistische Art geht mir so auf die Ner-

ven, dass ich ihm barsch ins Wort falle und sage, er könne sich seine Entschuldigung sonst wohin schieben. Stattdessen solle er jetzt endlich mit der Sprache rausrücken, warum wir gegen unseren Willen in Jalta festgehalten würden. Schließlich habe Artjom seinen Auftrag doch wohl mittlerweile erledigt.
Gegen unseren Willen? Zakhar tut verwundert. Sei es nicht vielmehr so, dass meine Mutter krank sei und er uns großzügig geholfen habe?
Ich bedanke mich mit viel Pathos und füge hinzu, Mutter sei schon auf dem Weg der Besserung, morgen früh könnten wir abreisen.
Zakhar zuckt bedauernd die Schultern. Natürlich könnten wir abreisen – sobald Artjom diese Kleinigkeit, die ihm unterwegs aus Versehen abhandengekommen sei, wiederfände oder er zumindest ihren Gegenwert abgearbeitet habe.
Die Matrjoschka!, schießt es mir durch den Kopf. Das kann doch nicht wahr sein, dass dieser Scheiß-Oligarch wegen einer Scheiß-Puppe Stress macht! Der hat schließlich genug Geld.
Ich ziehe meine EC-Karte aus dem Portemonnaie, fuchtele wütend damit herum und will wissen, wo in Balaklawa der nächste Geldautomat stünde. Die Angelegenheit könne man jetzt und gleich vor Ort regeln. Oh Mann, Matthes, denke ich, hoffentlich gibt das Konto noch was her.
Zakhar lächelt mitleidig und entgegnet, es ginge ihm weniger ums Geld, dafür würde sein Herz sehr an der Matrjoschka hängen.
Ach, daher weht der Wind, denke ich. Wieder so ein bekloopptes Prinzipiending. Dann kaufe ich eben morgen irgendwo eine dämliche Puppe, der merkt den Unterschied doch gar nicht.

Sehr von oben herab antworte ich, das sei überhaupt kein Problem, morgen Nachmittag würde ich ihm seine Matrjoschka bringen, mit Inhalt.
Nun nickt Zakhar zufrieden, geleitet uns zum Auto und verabschiedet sich.
Kurz bevor wir losfahren, gibt er dem Fahrer ein Zeichen, der daraufhin eine Fensterscheibe herunterlässt. Er steckt seinen Kopf in den Wagen und fragt mich, ob mir eigentlich aufgefallen sei, dass die Matrjoschka an der Unterseite eine Seriennummer trage?

»Ach, das ist doch überhaupt kein Problem«, flüstert Artjom in sein Handy. »Ich rufe Nika an und erkläre ihr, dass wir die Matrjoschka brauchen.«
»Das ist ein Problem«, erwidere ich.
»Wieso?«
»Weil die Puppe nicht mehr bei Nika, sondern bei Nadeshda in der Küche steht.«
»Bei wem?«, wispert er entsetzt.
Ich erkläre ihm kurz, wie und warum das Mitbringsel dort gelandet ist.
»Bist du wahnsinnig?«, regt Artjom sich mit unterdrückter Stimme auf. »Du kannst doch nicht einfach irgendwelche Sachen klauen.«
»Ich hab nichts geklaut. Deine Mutter war's. Und untersteh dich, uns die Schuld in die Schuhe zu schieben! Hat dich ja keiner gezwungen, Nika mit Zakhars Eigentum zu beglücken.«
»Jaja.«
»Sag mal, warum flüsterst du eigentlich die ganze Zeit? Wo bist du denn?«
»Immer noch in Odessa. Und ich stehe hier etwas unter, äh, Beobachtung.«

Warum sollte es dir auch bessergehen als uns, denke ich, geschieht dir recht!
»Paula, ihr müsst die Puppe holen und Zakhar zurückgeben!«, zischt mein Mann.
»Kommt überhaupt nicht in Frage«, sage ich. »Die Matrjoschka bleibt, wo sie ist.« Allein die Vorstellung, zurück auf den Bauernhof zu fahren und unter den Augen von Sergej und Nadeshda das Abschiedsgeschenk wieder einzusacken, treibt mir die Schamesröte ins Gesicht. Außerdem habe auch ich meine Prinzipien und werde langsam bockig. Zakhar kann mich mal. Irgendetwas wird mir schon einfallen.
»Mir fällt schon was ein«, sage ich.
»Holt verdammt noch mal die Puppe!« Artjom ist nun doch lauter geworden.
»Ach, Schatz«, säusele ich, »vertrau mir einfach. Alles wird gut. Tschühüss!« Und du, denke ich, du kannst mich auch mal.

Nach dem Telefonat trommele ich die anderen, die sich gerade hingelegt haben, wieder aus ihren Betten, und wir setzen uns in den Garten.
»Kriegsrat!«, kündige ich an und frage mit einem Blick auf Stanislaw, der sich neugierig zu uns gesellt hat: »Der versteht wirklich kein Wort Deutsch, oder?«
»Kain Worrt«, bestätigt Maxim und entkorkt eine Flasche Wein, die er bei einem seiner Einkäufe besorgt haben muss. Wie vorausschauend, denke ich und sage: »Sehr gut!« Dann erläutere ich meinen Mitgefangenen, was Zakhar von uns will, halte einen kleinen Monolog über Anstand, Moral, Ethik und Rechtsempfinden und schließe mit der Bemerkung, dass ich überhaupt nicht daran dächte, Zakhar seine Matrjoschka wiederzugeben.

»Was sagt ihr dazu?«, frage ich in die Runde.
Erstaunlicherweise sind wir uns einig. Sogar Stanislaw, der die Unterhaltung mit tumber Miene verfolgt und von meiner flammenden Rede ganz mitgerissen ist, ruft bekräftigend: »Da!«
»Sehr gut«, sage ich erneut. »Aber wie kommen wir hier weg? Ohne den da …« Ich nicke Stanislaw freundlich zu. »Hat jemand eine Idee?«
»Also mir geht es schon wieder viel besser«, meint Mutter und nippt vorsichtig an ihrem Wein. »Morgen packen wir unsere Sachen, setzen uns ins Auto und fahren einfach los.«
»Ich glaube kaum, dass der liebe Stas das zulässt.«
Bei der Nennung seines Namens lacht Stanislaw erfreut.
»Und einfach losfahren ist nicht. Am Transit hängt eine Parkkralle.«
»Ich chabe Wärrkzeug.«
»Mag sein. Aber unser Freund wird wohl kaum tatenlos zuschauen, wie du mit deinem Werkzeug seine Kralle aufbrichst. Kannst du ihn nicht irgendwie außer Gefecht setzen? Das sollte für dich doch kein Problem sein.«
»Kaine Gäwalt, Paula.«
»Seit wann bist du denn Pazifist?«
»Immärr. Gäwalt nur, wenn gäht nicht andärrs. Abärr gäht andärrs. Wirr mussen warrtän. Gälägänheit kommt.«

Und die Gelegenheit kommt tatsächlich.
Am nächsten Tag lässt Zakhar über Stanislaw anfragen, wann genau die Übergabe des Kleinods stattfinden solle. Ich überlege kurz, schwurbele ein wenig herum und antworte dann, dass seine Herzensangelegenheit sich natürlich schon auf dem Weg befände, ich aber nicht genau sagen könne, wann sie letztendlich einträfe. Ein klitzekleines bisschen könne es schon noch dauern.

Zakhar scheint mit einer derartigen Antwort gerechnet zu haben. Dann werde man nun in der Wartezeit das Angenehme mit dem Nützlichen verbinden, entscheidet er. Morgen sei der neunte Mai. Er würde die Festivitäten bei der großen Militärparade in Sewastopol verbringen, und wir dürften uns auch dort wieder als seine Gäste betrachten.
»Sewastopol?«, fragt Maxim. »Charascho.«
Mutter ist über Nacht vollständig genesen. Als sie hört, dass wir einen weiteren Tag in Jalta verbringen, hüpft sie behende aus dem Bett.
»Ach, das passt mir gut. Ich habe ja noch gar nichts von der Stadt gesehen!«
Nur eine halbe Stunde später ist sie abmarschbereit und zieht los, bewaffnet mit ihrem Reiseführer und mit Maxim.

26.

»Ihr glaubt ja gar nicht, was ich alles gesehen habe!« Mutter ist nachhaltig begeistert von ihrem gestrigen Ausflug. Erst spät am Abend kehrten sie und Maxim zurück, beide mit roten, sonnenverbrannten Nasen, die Hände voller Tüten mit Andenken. Darya, Johanna und ich schliefen schon halb, erschöpft von einem zweiten Strandtag. Deshalb kann Mutter uns erst auf der Fahrt nach Sewastopol an ihren Erlebnissen teilhaben lassen.

»Liwadija-Palast, Ai Petri, Schwalbennest«, zählt sie die Stationen ihrer Sightseeing-Tour auf. »Und ein Weingut haben wir auch noch besichtigt!«

»Wie seid ihr da überall hingekommen?«

»Taxi.«

»Das hat doch bestimmt ein Vermögen gekostet!«

»Nein, nein. Maxim hat mit einem netten Taxifahrer einen Pauschalpreis vereinbart. Ein sehr belesener Mann übrigens. Was der uns alles über seine Heimat erzählt hat! Wusstet ihr schon, dass …«

»Wenn dir die Krim so gut gefällt«, werfe ich ein, »kannst du hier ja mal Urlaub machen. Mit Papa. Der interessiert sich auch so für Geschichte.«

Mutter verstummt augenblicklich. Mein armer Vater, denke ich. Seit Tagen versucht er verzweifelt, mich zu erreichen. Eisern habe ich alle Anrufe ignoriert. Wahrscheinlich hat er schon Interpol eingeschaltet und uns weltweit zur Fahndung ausgeschrieben.

Stanislaw wirft einen irritierten Blick in den Rückspiegel. Er versteht nicht, warum die fröhliche Plauderei plötzlich einem leicht angespannten Schweigen gewichen ist. Überhaupt fühlt er sich nicht richtig wohl in seiner Haut. Hauptsächlich liegt es daran, dass er Ford Transit fährt. Seinen tollen Geländewagen musste er in Jalta stehenlassen, weil wir nicht alle hineinpassten. Denn ich habe mich vehement geweigert, Johanna auf den Schoß zu nehmen.

»Viel zu gefährlich!«, erklärte ich und dachte, dass wir ohne eigenes Auto schlecht flüchten können.

Demonstrativ hat Stanislaw sich Baseballkappe und Sonnenbrille aufgesetzt. Er möchte nicht, dass ihn jemand am Steuer dieser Karre identifiziert. Sozusagen inkognito fährt er die Küstenstraße entlang. Nach etwa neunzig Minuten erreichen wir unser Ziel.

In Sewastopol ist die Hölle ausgebrochen. Die Stadt platzt vor Besuchern aus ihren Nähten. Die Straßen sind komplett mit Fahrzeugen verstopft, auf den Bürgersteigen drängen sich die Menschen. Überall stehen oder hängen Lautsprecherboxen, aus denen flotte Marschmusik dröhnt.

»Na, hier ist ja ordentlich was los«, sage ich heiter. Besser geht's nicht, denke ich, das Getümmel hilft beim Türmen.

Stanislaw sucht erst gar nicht nach einem Parkplatz. In einer etwas ruhigeren Seitenstraße stellt er den Wagen einfach auf den Bürgersteig. Sorgfältig legt er die Parkkralle an, steckt den Autoschlüssel tief in seine Hosentasche, nimmt mir mit einem *Tststs* den Buggy aus der Hand und schnallt Johanna auch noch an. Wer seine Geisel liebt, der schiebt, denke ich. So blöd ist der gar nicht.

Unser erster Programmpunkt lautet: Ab zur Parade! Erst später sollen wir Zakhar in einem Yachtclub treffen. Wir drängen uns durch die Menge am Rand einer breiten Straße. Militärkapellen marschieren an uns vorbei, im Stechschritt folgen mehrere Bataillone, es rollen Panzer, Raketenwerfer und anderes schweres Geschütz. Jeder Auftritt wird frenetisch bejubelt und beklatscht.

Für meinen Geschmack ist diese Show etwas zu martialisch, aber ich klatsche eifrig mit und halte meine Klappe. Im Auto hat Maxim Mutter und mir eingeschärft, unterwegs nicht mehr Deutsch zu reden als notwendig.
»Ist Tag von Sieg. Abärr vorr Sieg Millionän sind gestorrbän. Cheute vielä Mänsch betrrunkän. Und vielä Mänsch chat schlächte Ärrinnerrung. Wenn jämand frragt, ihr kommt von Schwaiz.«
Als ich den ersten Kriegsveteranen sehe, einen uralten, bärtigen Mann in Ausgehuniform und mit Orden behängt, der einbeinig, auf eine lumpige Holzkrücke gestützt, um die Ecke humpelt, wird mir weh ums Herz. Beklommen betrachte ich die großen Plakatwände, die überall aufgestellt sind und auf denen die Fotos der Gefallenen hängen. Auf unserem Weg Richtung Hafenpromenade kommen wir durch einen Park, in dem ein Armee-Chor, auch darunter etliche alte und versehrte Soldaten, traurige Lieder singt. Alle umstehenden Menschen singen mit. Ich sehe, dass Mutter ebenso bewegt ist wie ich, ihre Augen schimmern feucht.
Uns bleibt jedoch keine Zeit mehr für weitere Gedanken über Schuld und Scham. In der Ferne sehe ich schon das Meer glitzern, der Yachtclub kann nicht weit entfernt sein, und unser Aufpasser hat den Buggy weiterhin eisern im Griff. »Puh!«, sage ich möglichst leise. »Ganz schön heiß. Ich muss jetzt unbedingt mal einen Schluck Wasser trinken. Eine Toilette brauchte ich auch. Und das schnell.«
Maxim erklärt Stanislaw, was ich möchte. Doch der schüttelt den Kopf und zeigt mit dem Finger nach vorn, wo wohl in nächster Nähe unser Ziel liegt. Ich bleibe stehen, schüttele auch den Kopf und trete von einem Bein aufs andere.
»Pipi!«, zische ich.
Stanislaw grunzt ungehalten, aber er deutet auf das nächste

Café. Nicht für eine Sekunde lässt er den Buggy los. Ich werfe Darya und Mutter bedeutsame Blicke zu, begebe mich zur Toilette und gehe an einer Gruppe junger Männer vorbei, die vor dem Café herumsteht. Sie fallen mir auf, weil sie anders aussehen als alle anderen auf der Promenade – schlank und sehnig, einfach gekleidet und mit dunklerem Teint. Italiener, Spanier?, frage ich mich noch, denke aber nicht weiter darüber nach.
Ich halte mich möglichst lange auf der Toilette auf und lasse kaltes Wasser über meine Handgelenke laufen. Als ich zu den anderen zurückgehe, muss auch Mutter unbedingt mal wohin. Maxim schließt sich ihr an und wirft den jungen Kerlen eine kurze Bemerkung zu. Einer von ihnen löst sich aus der Gruppe und geht ins Café.
Nachdem zu guter Letzt Darya ihr dringendes Bedürfnis befriedigt hat, setzen wir unseren Weg durch das Gedränge fort. An Maxims konzentriertem Gesichtsausdruck sehe ich, dass gleich etwas passieren wird. Auch Stanislaw wittert Unheil, misstrauisch beäugt er seine inkontinente Reisetruppe. Wir lächeln ihm alle sehr freundlich zu. Darya schließt zu ihm auf, legt vertraulich eine Hand auf seinen Arm und redet lachend auf ihn ein.
Ich werfe einen Blick über meine Schulter. Die Südländer folgen uns, es sind fünf oder sechs an der Zahl. Langsam kommen sie näher, überholen uns, plötzlich stolpert einer und rempelt Stanislaw an. Der schubst genervt zurück. Sofort umringen ihn die Typen und beginnen eine erregte Diskussion, in deren Verlauf noch ein bisschen mehr gerempelt und geschubst wird. Darya guckt ängstlich und greift nach dem Buggy, den Stanislaw endlich losgelassen hat, weil er ja rempeln und schubsen muss.
Im Zeitlupentempo geht sie rückwärts, wir machen es ihr nach. Jedes Mal, wenn Stanislaw aufgeregt zu uns blickt,

bleiben wir wie angewurzelt stehen und nicken ihm aufmunternd zu. Doch dann fällt der Groschen bei ihm, und er versucht, uns zu folgen. Unsere unbekannten Helfer halten ihn jedoch fest und beschimpfen ihn weiter.
Stanislaw brüllt, wir drehen uns auf dem Absatz um und beginnen zu rennen, Darya vorneweg. Den Buggy nutzt sie, um die Menge zu teilen, erschrocken springen die Menschen aus dem Weg. Wie kann man auf High Heels nur so schnell laufen?, denke ich und keuche hinterher. Johanna juchzt, die wilde, gefährliche Jagd gefällt ihr.
Ich habe in diesem Gewusel längst die Orientierung verloren, meine Schwiegermutter aber bahnt sich unbeirrt ihren Weg. Als wir den Transporter erreichen, zieht Maxim eine Zange hervor, die er die ganze Zeit, unter der Jacke verborgen, am Rücken getragen haben muss. Es dauert nur wenige Sekunden, dann fällt die Parkkralle scheppernd auf den Boden.
»Los, brich den Wagen auf und schließ ihn kurz!«, rufe ich.
»Ah, Paula. Du guckst zu viel Krrimi. Ich chab zwaite Schlussel. Wass dänkst du?«
»Ach so«, sage ich etwas enttäuscht.
Ohne weitere Umstände schiebt Darya den Buggy samt Johanna in den Transporter, wir springen hinterher und starten durch. Maxim meidet die Hauptstraßen, die Gefahr, im Stau steckenzubleiben, ist zu groß. Es dauert elend lange, bis wir Sewastopol verlassen haben. Die ganze Zeit starre ich in den Außenspiegel und rechne jeden Augenblick damit, dass Stanislaws massige Gestalt auftaucht.
Erst als wir ungefähr zwanzig Kilometer zwischen uns und die Stadt gebracht haben, entspannen wir uns ein wenig. Darya hat Johanna aus ihrem Buggy befreit und auf den Schoß genommen.
»Brrrrumm«, sagt meine Tochter, »Oma schnell!«

»Mann, Mann, Mann«, schnaufe ich, »so was muss ich nicht jeden Tag haben.«
»Wieso?«, fragt Mutter. »Ist doch alles gutgegangen. Und aufregend war das!«
Maxim nickt ihr anerkennend zu, Bonnie und Clyde sind sich mal wieder einig.
»Sag mal, was waren denn das für Typen, die den Streit mit Stanislaw angefangen haben?«, wende ich mich an Maxim.
Er lacht leise. »Tatarr von Krrim. Ich chabä gefrragt um Chilfä gägän grroßäs, bösäs Rrusskij. Tatarr von Krrim mögän kain grroßäs, bösäs Rrusskij.« Er schaut in den Rückspiegel und wirft Darya einen entschuldigenden Blick zu. Doch die ficht das nicht weiter an. Sie ist zwar Russkij, aber nicht so groß und nicht so böse.
»Meinst du, die haben sich noch richtig geprügelt?«, frage ich.
»Nain, nain«, beruhigt mich Maxim, »zu viel loss auf Strraßä. Und Tatarr kann rrännen ganz schnäll, wie Wind.«
»Der arme Stanislaw!«, kichere ich. »Jetzt sind wir ihm schon zum zweiten Mal entwischt. Ich möchte echt nicht in seiner Haut stecken.« Aber ich würde mehrere Matrjoschkas dafür geben, um Zakhars dummes Gesicht zu sehen.

Elf Stunden und etliche schlechte Nebenstrecken später erreichen wir Odessa. Unterwegs habe ich diverse Male versucht, meinen Mann an die Strippe zu bekommen, ohne Erfolg. Die Euphorie über unsere gelungene Flucht ist einer gewissen Erschöpfung gewichen. Die Fahrerei im Transit ist alles andere als komfortabel, uns schmerzen die Knochen, und wir sind müde. Außerdem haben wir nur wenige und kurze Pausen gemacht, Johanna hat mittlerweile schlechte Laune, jammert vor sich hin und ist durch keine Entertainment-Einlage mehr aufzuheitern.

»Wir suchen uns jetzt irgendeine günstige Unterkunft«, entscheide ich. »Und dort warten wir. Irgendwann muss sich Artjom ja melden.«
Langsam und planlos kurvt Maxim in der Dunkelheit durch die Stadt, wir passieren mehrere Hotels, die mir aber alle zu sehr auf dem Präsentierteller liegen.
»Wir brauchen was Unauffälliges, Günstiges«, nörgele ich. »Fahr doch endlich mal von den Hauptstraßen runter und irgendwo rechts oder links rein.«
»Klugschlaimärr«, giftet Maxim.
»Scheißer«, korrigiere ich, »das heißt Klugscheißer.«
»Kinder«, mahnt Mutter, »nicht streiten.«
»Klappä!«, sagt Darya.
Ich bin mir nicht sicher, ob sie die Erwachsenen oder ihre krakeelende Enkelin meint. Die Stimmung war jedenfalls schon mal besser. Deshalb rufe ich auch fast panisch »Stopp!«, als wir über das Kopfsteinpflaster einer Gasse an einem hellerleuchteten Haus vorbeirumpeln. Maxim bremst, guckt und gibt wieder Gas.
»Chotäl«, sagt er, »funf Stärrnä, nicht gunstig.«
»Egal«, meine ich, »lass es uns anschauen. Wir müssen langsam alle mal raus aus diesem Auto.«
Er wendet und fährt auf die kleine Auffahrt. Sofort kommt ein livrierter Portier aus dem Haus und schaut konsterniert auf den schäbigen Wagen. Dann wedelt er mit den Händen, als wolle er eine lästige Fliege verscheuchen.
Nur mit äußerster Überredungskunst und allen in unserem Besitz befindlichen Kreditkarten gelingt es uns, im Hotel Otrada unterzukommen. Erst als die Empfangsdame meinen deutschen Reisepass entgegennimmt, wird sie etwas freundlicher. Sie erklärt uns, dass das Restaurant zwar schon geschlossen habe, wir an der Poolbar aber sicher noch einen Snack bekämen.

Hach, Poolbar, denke ich, das klingt gut.
Nachdem wir unsere Zimmer bezogen haben, suchen wir die Bar und werden von einem Kellner in einen lauschigen Hinterhof geführt. Türkis glitzert der große Pool, drum herum stehen kleine Sessel und Sonnenliegen, links an der Hauswand stehen unter romantischen Baldachinen größere Sofas und Tische. Wir ordern Sandwiches, Kakao für Johanna, Wasser und Wein für uns und bekommen langsam wieder bessere Laune.
Und dann klingelt mein Handy. Na endlich, denke ich, Artjom. Das wird aber auch Zeit.
»Halloho Darling«, säusele ich erleichtert und bin in diesem Moment ganz froh, dass er anruft.
Eine mir vertraute Stimme sagt amüsiert, dass sie sehr geschmeichelt sei, Darling genannt zu werden. Es ist nur nicht die meines Mannes.

27.

Gebt mir mehr Alkohol!«, röchle ich.

Mutter schenkt mir sofort Wein nach, Darya wedelt mir mit einer Serviette Luft zu.

»Paula, wass?« Maxim schaut mich besorgt an.

»Das war Zakhar. An Artjoms Handy!« Schnell stürze ich mein Glas hinunter, in der Hoffnung, dass das irgendwie hilft. Natürlich hilft es nicht.

Als ich die Stimme meines Feindes hörte, habe ich das Telefon panisch auf den Tisch geworfen. Nun nehme ich es mit spitzen Fingern auf und betrachte es argwöhnisch, als wäre es ein giftiges Insekt. Schnell schalte ich es komplett aus. Wer weiß, wozu Zakhar fähig ist, denke ich und erliege einem kurzfristigen paranoiden Schub. Vielleicht kann er unseren Standort über das Handy orten und uns via Mikrowellen paralysieren. Dem traue ich mittlerweile alles zu.

Für einen Augenblick schweigen wir uns alle fassungslos an. Dann befiehlt Maxim: »Paula, Chandy an!« Er nimmt mir das Gerät aus den zitternden Fingern und drückt die Wahlwiederholungstaste. Das sich anschließende Gespräch dauert geschlagene fünf Minuten. Fünf Minuten, in denen Darya, Mutter und ich Maxim beobachten, wie er hin und her geht, konzentriert zuhört und immer wieder nickt. Auch Johanna wird von unserer Spannung angesteckt und sitzt mucksmäuschenstill auf Daryas Schoß.

Nach der Unterhaltung lässt sich Maxim ächzend in einen Sessel fallen. »Wirr chabän Prrobläm.«

»Ach, tatsächlich«, entfährt es mir. »Erzähl mir doch mal etwas, das ich noch nicht weiß! Zum Beispiel wie Zakhar an Artjoms Handy kommt.«

»Wirr warrän zu langsam. Ganze Zait zu langsam!« Maxim redet sich in Rage und springt wieder auf. »Ainärr immärr schnällärr als wirr. Zakharr. Arrtjom. Ägal! Immärr schnällärr!«

»Kennst du die Fabel vom Hasen und vom Igel?«, frage ich und fange an, hysterisch zu kichern.

»Wass?«

»Schon gut, vergiss es.« Das Blöde ist nur, denke ich und japse nach Luft, dass mehrere Hasen und Igel im Spiel und die Rollen nicht ganz klar verteilt sind. Vor meinem geistigen Auge erscheinen absurde Bilder von Tieren, die um die Wette laufen. Ich erliege einem Lachkrampf und halte mir den Bauch.

»Wass ist lustig, Paula? Wass?« Maxim guckt mich so böse an, als ob er mir gleich ein paar runterhauen will.

»'tschuldigung«, keuche ich, »ich kann nicht aufhören.«

»Kaschdyj sch-chodit s uma pa swojmu. Jädärr verrlierrt Värrstand auf saine Arrt«, murmelt Maxim und wartet darauf, dass ich mich wieder beruhige. »So!«, sagt er dann. »Viellaicht ich kann ärrzählen jätzt, was Zakharr chat gäsagt.«

Unser Gönner Zakhar sei zutiefst betrübt, berichtet Maxim, und lasse ausrichten, er habe uns schmerzlich in Sewastopol vermisst. Da er uns keine böse Absicht unterstellen wolle, nehme er an, dass wir zu beschämt gewesen seien, um ihn zu treffen.

»Beschämt?«, entrüste ich mich. »Der hat sie doch nicht alle!«

Beschämt deshalb, weil es uns wohl nicht gelungen sei, die verlorene Matrjoschka aufzutreiben. Das sei bedauerlich, aber er wolle es uns nicht weiter vorwerfen. Jeder Mensch mache schließlich Fehler. Wichtig sei nur, zu seinen Fehlern zu stehen und aus ihnen zu lernen. Deshalb wolle er

uns die Gelegenheit geben, in Ruhe über unseren Fauxpas nachzudenken. Morgen werde er sich dann wieder melden und klären, wie man diese unangenehme Angelegenheit endgültig aus der Welt schaffen könne. Im Übrigen solle ich mir überhaupt keine Sorgen um meinen Mann machen. Bis auf weiteres genieße Artjom seine Gastfreundschaft.
»Was für ein Arschloch!«, schimpfe ich.
»Aaaaa-schloch«, intoniert Johanna vergnügt. Der Klang gefällt ihr.
»Genau, mein Schatz: Arschloch! Aber wenn wir wieder in Hamburg sind, vergisst du das Wort ganz schnell. Und ich bring dir dafür ein neues bei.«
»Idiot!«, schaltet sich Darya ein. »Idiot bässär, ist interrnational.«
»Okay«, sage ich, »und was will der Idiot nun von uns?«
»Kaine Ahnung«, Maxim zuckt mit den Schultern. »Jätzt wirr schlafen. Morrgän wirr wissen.«
»Aaaa-ha-schloch«, singt Johanna lauthals, während ich sie durch die stillen Hotelflure ins Zimmer trage.

Zum Frühstück fläze ich mich auf ein Sofa in Poolnähe und tue mich gütlich an Schweinelendchen in Pilz-Sahnesoße vom Buffet. Ich bin deprimiert. Aber ich bin sicher, Sahnesoße hilft dagegen. Ein eifriger Kellner kredenzt mir die zweite Latte macchiato und überzeugt sich, dass alles zu meiner Zufriedenheit ist. Das Leben könnte so schön sein, gerade hier im Hotel Otrada, das seinen fünf Sternen alle Ehre macht.
Wenn nur Zakhar nicht wäre!, denke ich, besser gesagt: Wenn Artjom sein Leben besser im Griff und nicht so merkwürdige Freunde hätte, mich nicht ständig anschwindeln würde und nicht in dubiose Machenschaften verstrickt wäre. Und, und, und, ach, überhaupt …

Ich merke, dass meine Stimmung noch trüber wird. Seufzend stehe ich auf und hole mir entschlossen eine zweite Portion Schwein. Mit extra viel Soße.
Maxim hat entschieden, dass wir das Hotel nicht verlassen. Er glaubt, dass wir im kleinen Otrada relativ sicher sind. Auf freier Wildbahn, also in den Straßen Odessas, sähe das eventuell anders aus.
Mutter ist enttäuscht, denn in ihrem Reiseführer sind der Schwarzmeerstadt etliche Seiten gewidmet. Es gibt die tollsten Dinge zu besichtigen, und sie darf nicht mal zum Strand, obwohl das Hotel sein eigenes Beach-Resort am Meer hat, streng abgeschirmt vom gemeinen Volk, zu dem die Gäste in Golfwägelchen gefahren werden.
Doch Maxim hat nein gesagt und Mutter sich zum Schmollen auf eine Liege am Beckenrand verzogen. Dort ruht sie nun und ignoriert ihren Galan, der ihr immer wieder frisch gepresste Säfte anreicht. Ach herrje, denke ich, als ich die beiden beobachte, erste Wölkchen überm Paradies.
Zum Glück gibt es im hinteren Teil des Hofes eine Sandkiste und ein Klettergerüst im Miniaturformat. So hat wenigstens Johanna ihren Spaß, natürlich unter der strengen Aufsicht ihrer Babuschka, die unter dem blauen Sonnenhut aufmerksam jede Bewegung des Kindes verfolgt.
Nachdem ich mich von rechts nach links akribisch durch das Buffet gefuttert habe, sehe ich interessiert, wie sich ein Koch am Außengrill zu schaffen macht. Ich beschließe, eine Runde zu schwimmen und dann vom Frühstück zum mittäglichen Barbecue zu wechseln. Irgendwie muss ich die Wartezeit bis zu Zakhars nächstem Anruf sinnvoll überbrücken.
Eine Lektion Wassergymnastik und vier mühsam erbaute und von Johanna sofort zum Einsturz gebrachte Sandburgen später will ich mich endlich über die Spareribs hermachen, als das Handy klingelt. Maxim eilt herbei und nimmt

es mir aus der Hand. Vielleicht hat er Angst, dass ich am Telefon die Contenance verliere. Seine Angst ist vollkommen berechtigt, finde ich.
Während des Telefonats tigert er wieder auf und ab, wir Frauen folgen ihm, gespannt schweigend, in gebührendem Abstand. Ich sehe, dass ihm einige der männlichen Gäste bewundernde Blicke zuwerfen. Da staunt ihr, denke ich, der Herr hat seinen Harem im Griff.
»Und?«, frage ich, als er aufgelegt hat.
»Zakharr ist frroh, dass wirr bärreuen Fählerr und wollän gutmachän.«
»Wollen wir das?«
»Da! Wenn du willst wiedärrchabän dainen Mann, wirr bessär wollän.«
Ich überlege einen Moment. »Na gut, was müssen wir dafür tun?«
Nicht viel, wie Maxim berichtet. Nur heute Nacht in den Hafen fahren, an einem noch zu benennenden Kai eine Ladung entgegennehmen und sie über die Grenze bringen.
»Welche Grenze denn, um Himmels willen?«
»Trransnistrria.«
»Wohin?«
»Du kännst nicht? Ägal, ich känna. Ist nicht wait, gäht schnäll.«
»Na, wenn du meinst«, erwidere ich sarkastisch. »Und was für eine Ladung ist das? Langstreckenraketen?«
»Kaine Ahnung. Ich chabe nicht gefrragt. Ist bässärr.«
»Na, wenn du meinst.«
Von einem Land namens *Transnistria* habe ich noch nie gehört, dabei bin ich in Geographie recht bewandert. Wo das wohl liegt?, überlege ich, schnappe mir Mutters Reiseführer und schaue mir die Karte an. Transnistria gibt es nicht, in der Nachbarschaft befinden sich nur Moldawien

und Rumänien. Vielleicht ist die Grenze gar keine Grenze, sondern wir wechseln nur das Bundesland, falls es in der Ukraine so etwas wie Bundesländer gibt.

Bevor ich Maxim fragen kann, wohin genau unsere Reise geht, hat er schon die nächste Order ausgegeben: Mittagsschlaf – und zwar alle!

»Wirrd langä Nacht, und wirr mussen sain fit wie Schuh«, meint er.

Natürlich kann ich nicht schlafen, dafür dreht sich das Gedankenkarussell in meinem Kopf viel zu schnell. Nachdem ich mich zwei Stunden von einer auf die andere Seite gewälzt habe, stehe ich leise auf, um Johanna nicht zu wecken, verlasse das Zimmer und stelle mich vors Hotel, um eine zu rauchen. Ein Brunnen vor dem Otrada plätschert leise und beruhigend, überhaupt ist es sehr ruhig in dieser kleinen Straße. Mein Blick schweift über den stattlichen Gästefuhrpark und bleibt an mehreren schneeweißen Landrovern hängen, die ein paar Meter weiter in Reih und Glied vor dem nächsten Haus stehen. An dem Gebäude wehen Flaggen, darunter auch die der Europäischen Union. Jetzt sehe ich, dass das EU-Emblem auch auf den Türen der Landrover angebracht ist.

Komisch, denke ich, die Ukraine ist doch gar nicht in der EU, und gehe neugierig zu den Autos hinüber. Sieben Stück zähle ich, alle nigelnagelneu und auf Hochglanz poliert. Über der Eingangstür des Hauses ist ein Schild angebracht. EUBAM – *European Union Border Assistance Mission To Moldavia And Ukraine* lese ich. Das ist irgendetwas Offizielles, nur was? Welche Mission hat denn die EU an der moldawisch-ukrainischen Grenze zu erfüllen?

»Paula, wass machst du?«

Ich drehe mich um und sehe Maxim vorm Hotel, also trabe ich zurück.

»Ich hab mich nur ein bisschen umgeschaut.«
»Chast du värrsprrochän, du machst, wass ich sagä? Chab ich gäsagt, blaib im Chotel? Paula, warrum chörst du nicht?«
»Reg dich wieder ab! Ich bin doch nur drei Meter weiter gegangen. Was soll denn schon groß passieren?«
»Guck!« Maxim fixiert einen Wagen, der auf der gegenüberliegenden Straßenseite parkt. Zwei Männer sitzen darin und beobachten uns.
»Oh! Glaubst du, die sind wegen uns hier?«
»Viellaicht. Viellaicht nicht. Abärr bässärr kain Rrisiko.«
»Wo ist eigentlich unser Ford abgeblieben?«, versuche ich von meinem Ungehorsam abzulenken.
»Mann von Chotel chat wäggäfahrrän in Näbänstrraßä.«
Ich grinse. Nicht nur Maxim ist unsere Karre peinlich.
»Auto ist sich Prrobläm.«
»Na komm, so schlimm ist der Transit auch wieder nicht. Hauptsache, er fährt!«
»Nain, nain. Ich maine, dass wirr brrauchen bässärräs Auto fur cheute Nacht. Mit Auto von Bissnessmän Grränzä ist kain Prrobläm. Aber wirr chaben Auto von Bandit.«
»Wir können doch einen von denen da nehmen, die haben ja genug davon«, scherze ich und deute auf die Landrover.
»Nicht schlächt, Paula, nicht schlächt«, sagt Maxim nachdenklich.

Der Tag zieht sich wie ein dickes Kaugummi, und auch wenn unser Hotel viele Annehmlichkeiten bietet, fühle ich mich zwangskaserniert. Nach Schweinelendchen und Spareribs habe ich mir am späten Nachmittag, bevor das Abendessen serviert wird, noch schnell ein Stück Buttercremetorte gegönnt. Johanna bekommt die Hälfte ab und klebt hinterher am ganzen Körper. Ich stecke sie in die Ba-

dewanne, setze mich dazu, und wir veranstalten eine kleine Schaumschlacht.
Als wir danach geschniegelt und gestriegelt – ich habe mich in Schale geworfen und ein aufwendiges Abend-Make-up aufgelegt, Zeit haben wir schließlich genug – an den Pool zurückkehren, hat zwischenzeitlich eine Gruppe von Männern die Bar okkupiert. Sie sind sehr laut und sehr lustig. Ich schätze, dass sie nicht den ersten Feierabenddrink zu sich nehmen. Mutter steht mittenmang und unterhält sich angeregt mit einem von ihnen.
»Paula, komm schnell her!«, ruft sie, als sie mich entdeckt. »Das ist Herr Kübel aus Berlin, ein Landsmann! Er arbeitet in Odessa.«
Der Typ schüttelt mir begeistert die Hand. »Kübel«, wiederholt er, »großes K und kleines Übel!« Er wartet, ob sein grandioser Witz bei mir ankommt.
Ich lächle höflich und stelle mich vor. Ohne mich zu fragen, ob ich tatsächlich etwas trinken möchte, winkt er die Kellnerin herbei und bestellt eine Flasche Wein für uns.
»So schöner Besuch aus der Heimat – das muss gefeiert werden!«, bestimmt Herr Kübel und schaut mir tief in die Augen. Umständlich probiert er den Wein und mimt den Kenner. Erst steckt er seine Nase tief ins Glas, dann leert er es halb, schürzt die Lippen und legt den Kopf in den Nacken.
Fehlt nur noch, dass er laut gurgelt, denke ich und betrachte ihn. Er mag ungefähr Mitte fünfzig sein und scheint öfter dem Alkohol zuzusprechen. Sein Gesicht hat die dafür typische Röte, die Haut ist großporig. Sein schütteres graues Haar trägt er kurz und akkurat gescheitelt, der gutsitzende Anzug kann nicht verbergen, dass er zur Korpulenz neigt. Irgendein Geschäftsmann, mutmaße ich, vielleicht ein Banker.

»Was machen Sie denn hier in Odessa?«, starte ich die Konversation.
»Gerade stehe ich in zauberhafter Gesellschaft an der Bar.« Er zwinkert mir eindeutig zweideutig zu und lacht schallend. »Spaß beiseite, ich bin für die Europäische Union tätig. Meine Kollegen und ich arbeiten gleich nebenan.«
Ach, die Jungs sind von der EUBAM, denke ich und frage: »Was machen Sie denn genau? Ich habe heute schon das Schild gesehen und mich gewundert.«
»Lassen Sie uns bloß nicht von der Arbeit reden. Da bekomme ich sofort wieder schlechte Laune.« Vertraulich legt er eine Hand auf meinen Arm. »Verraten Sie mir lieber, was eine junge Frau wie Sie hierher verschlägt. Urlaub? Business? Reisen Sie allein mit Ihrer Mutter?«
»Nein«, antworte ich und zeige auf den Tisch, an dem Darya, Johanna und Maxim sitzen, »ich bin mit der ganzen Familie unterwegs. Äh, Urlaub.«
»Ist das etwa Ihr Mann?« Herr Kübel starrt Maxim entsetzt an.
»Nein, nein, mein Mann ist, äh, woanders. Das ist ein enger Freund der Familie.«
»Ach so.« Er stößt einen erleichterten Seufzer aus, tritt einen Schritt näher an mich heran und beginnt, über das fantastische Wetter zu plaudern.
Der enge Freund der Familie steht nun auf, geht an der Bar vorbei, scheinbar ohne uns zu beachten, zupft mich aber unauffällig am Ärmel. Ich lasse mir von dem kleinen Übel Wein nachschenken und entschuldige mich Richtung Toilette.
In der Lobby wartet Maxim auf mich und zieht mich nach draußen vor die Tür.
»Was gibt's denn?«, will ich wissen.
»Mann chat Schlussel.«

»Was für einen Schlüssel?«
»Schlussel von Landrrover. Ich chab gäsähän. Ärrst er chat gälägt auf Barr, dann er chat gästäckt in Jackät.«
»Ja, und?«
»Wirr brauchän Schlussel.«
»Du willst das Auto klauen?«
»Nain, nicht klauän. Nurr laihen furr ein paar Stundän.«
»Kommt gar nicht in Frage! Außerdem kann ich ihm ja schlecht in die Tasche greifen. Das merkt der doch.«
»Ärr märrkt nicht. Du länkst ab, ich chole Schlussel.«
»Wie soll ich den denn ablenken?«
»Ah, Paula! Mit Waffän von Frrau naturrlich.«
Vehement schüttele ich meinen Kopf.
»Willst du Arrtjom wiedärrchaben? Dann mach!«, fordert Maxim und geht in die Bar zurück.
Gute Frage, denke ich. Will ich Artjom eigentlich wiederhaben?

28.

Nach Johannas erstem Geburtstag dümpelten wir monatelang weiter durch den Alltag. Artjom fand nach wie vor, dass wir überhaupt keine Schwierigkeiten hatten, und verbat sich irgendwann Problemgespräche jedweder Art.
»Immer reden, reden, reden! Paula, es ist alles in Ordnung. Was hatten wir gerade für ein schönes Familienfest. Vielleicht stimmt mit dir was nicht, irgend so eine hormonelle Frauengeschichte. Geh doch mal zum Arzt!«
Ich ging nicht zum Arzt. Zum einen war ich mir relativ sicher, dass mein latentes Unbehagen nichts mit hormonellen Unter- oder Überschüssen zu tun hatte. Zum anderen hatte ich gar keine Zeit dafür, denn die Kanzlei verzeichnete einen ungewöhnlichen Zuwachs an neuen Mandanten. Und sie überraschten Heike, Irina und mich mit den ungewöhnlichsten Fragen und Wünschen.
Einige wollten über uns Reisen ins Baltikum buchen, andere interessierten sich für Vermögensberatung und Lebensversicherungen, ein dritter Teil verlangte Auskunft zu Visa-Angelegenheiten und Aufenthaltsgenehmigungen in Deutschland. Und dann waren da noch diejenigen, die händeringend russischsprachige Handwerker suchten.
Wir bemühten uns zu helfen, so gut wir konnten, recherchierten weiterführende Telefonnummern und Adressen und vermittelten diese Klienten weiter – immer mit dem Hinweis, dass wir eigentlich eine Anwaltskanzlei betrieben und sie sich jederzeit in rechtlichen Belangen wieder an uns wenden könnten. Erst hielten wir diese Kumulation merkwürdiger Begehrlichkeiten für einen Zufall und nahmen sie mit Humor, dann kam sie uns langsam komisch vor. Und

dann platzte mir der Kragen, als ich einer besonders hartnäckigen Georgierin gegenübersaß, die partout nicht einsehen wollte, dass ich keine Auskunft über die Fährverbindung von Kiel ins litauische Klaipeda geben konnte.

»Hören Sie!«, blaffte ich die Dame harscher als beabsichtigt an. »Ich bin Anwältin. Ein *Advokat,* verstehen Sie? Ich weiß nix über irgendwelche Fähren!«

Sie schüttelte renitent den Kopf und widersprach: »Sie mussen wissen. Prrospäkt sagt, Sie wissen alläs, Sie chelfen.«

»Wer sagt das?«, fragte ich verwirrt und überlegte, ob ich jemanden mit diesem Nachnamen kannte.

»Prrospäkt!« Sie wühlte in ihrer Handtasche und zog einen scheußlich grün-violetten Flyer heraus, den sie mir auf den Schreibtisch knallte.

Ich nahm den Zettel, studierte ratlos die kyrillische Schrift und fragte mich, was das Ding mit mir zu tun hatte. Dann drehte ich es um und entdeckte auf der Rückseite ein Foto von mir. Ein sehr unvorteilhaftes Foto, von dem ich bis dato nicht gewusst hatte, dass es existierte. Es musste kurz nach Johannas Geburt entstanden sein. Die Haare standen mir darauf leicht strubbelig vom Kopf ab, mein Gesicht wirkte aufgedunsen, und ich stierte debil lächelnd in die Kamera.

»Irina«, brüllte ich, »komm mal!«

Irina bog um die Ecke, ich drückte ihr den Flyer in die Hand und befahl: »Lies!«

Irina las und sagte: »Oh!«

»Was steht da? Los, sag schon!«

Irina hüstelte und meinte vorsichtig: »Ist Wärrbung fur Kanzlai.«

»Werbung? Wir machen keine Werbung! Irina, rück endlich raus mit der Sprache – was steht da? Lies vor!«

Sie wand sich noch ein wenig, tat dann aber wie geheißen:

Reise, Visa, Finanzen, Sanierung & Renovierung: Dienstleistungen aller Art. Wir helfen schnell, sauber, sicher und bieten vollste Diskretion. Prof. Dr. Paula Matthes und ihr Team sind für Sie da – in allen Lebenslagen. Wenn keiner mehr hilft, wir tun es!

»Dienstleistungen aller Art?«, stammelte ich. »Prof. Dr. Paula Matthes?«

Die Georgierin nickte bekräftigend. »Chab ich gesagt! Sie sind Doktorr, Sie chälfen immärr.«

Ich entschuldigte mich bei ihr, goss uns einen Wodka ein und googelte für sie die Fährverbindungen nach Litauen. Nachdem ich sie verabschiedet hatte, nicht ohne ihr vorher den Zettel abzunehmen, bat ich Irina und Heike, die nächsten Mandanten nach dem Flyer zu befragen und diesen, soweit vorhanden, sofort einzukassieren. Dann fuhr ich nach Hause – und wartete und wartete, während die Wut in mir wuchs.

Gegen Abend drehte sich endlich ein Schlüssel im Schloss, und Artjom, ein heiteres Lied auf den Lippen, betrat die Wohnung.

»Paula!«, sagte er überrascht, als er mich in der Küche entdeckte. »Warum sitzt du da im Dunkeln?«

»Ich habe auf dich gewartet«, antwortete ich mit Grabesstimme.

»Toll, aber mach doch Licht an. Du siehst ja gar nichts. Wieso bist du überhaupt schon so früh zu Hause? Nichts zu tun in der Kanzlei?«

»Schön, dass du gleich zum Thema kommst. Wir müssen reden«, erwiderte ich unheilvoll.

»Wieso?«, fragte er scheinheilig und ließ sich auf einen Stuhl fallen.

Blitzschnell hielt ich ihm den Flyer unter die Nase. »Möchtest du mir dazu irgendetwas sagen?«

»Ist super geworden, oder?« Artjom lächelte selbstgefällig.
»Super?« Für eine Sekunde verschlug es mir die Sprache, in der zweiten fand ich sie lautstark wieder. »Sag mal, bist du noch ganz dicht? Sanierung und Renovierung? Reisen? Wenn keiner mehr hilft, wir tun es? Was hast du dir dabei gedacht?«, schrie ich.
»Also, das mit den Reisen war Paps' Idee«, erklärte Artjom seelenruhig. »Er meint, *Travelling* nach Osteuropa sei ein expandierender Markt und dass wir jetzt auf den Zug aufspringen müssen, um ordentlich Kohle damit zu machen.«
»Wie bitte?«, krächzte ich. »Ich bin Anwältin. Nur Anwältin. Nichts anderes. Ich renoviere keine Wohnungen, ich gebe keine Finanztipps, und ich buche keine Reisen.«
»Du beklagst dich doch immer, dass zu wenig Geld reinkommt. Und da hab ich mir gedacht, dass wir mal die Werbetrommel rühren und gleichzeitig das Geschäftsfeld ein wenig erweitern könnten. In der heutigen Zeit sollte man einfach breiter aufgestellt sein, Paula.«
»Ich will mein Geschäftsfeld aber nicht erweitern. Ich denk überhaupt nicht daran«, pöbelte ich. »Und ich bin auch weder Doktor noch Professor!«
»Ha!«, sagte Artjom voller Stolz. »Das ist echt der Clou: Frau Prof. Dr. Matthes. Hat sich Mam ausgedacht. Und sie hatte völlig recht – das klingt gleich viel seriöser. Macht richtig was her.«
»Seriöser«, echote ich und dachte ungläubig: Die meinen das tatsächlich ernst. »Glaubst du nicht, ihr hättet vorher einmal fragen sollen, was ich davon halte?«
»Aber dann wäre doch die ganze schöne Überraschung im Eimer gewesen!«, rief Artjom.
»Schöne Überraschung«, wiederholte ich stupide, und meine Wut wich einer grenzenlosen Fassungslosigkeit.

»Genau«, bekräftigte er, »ich hab gewusst, dass du dich freust.«
»Eine letzte Frage«, meinte ich mit letzter Kraft. »Wie viele Flyer habt ihr verteilt?«
Artjom grinste siegessicher. »Dreitausend. War ’ne Heidenarbeit.«
»Oh.«
»Tja, da staunst du, was?«
Ich staunte in der Tat. Ich staunte, wie unglaublich bekloppt mein Mann sein konnte. Jegliche Kritik an seinem wahnsinnigen PR-Projekt prallte an ihm ab. Schließlich hatte er es nur gut gemeint. Und nun kam ich und wusste seine Anstrengungen nicht zu würdigen.
Meinen Einwand, dass er mir zwar mehr Arbeit, aber keinesfalls mehr Einkommen verschafft hatte, verstand er nicht. Nach weiteren fruchtlosen Diskussionen gab ich auf. Vielleicht kann er mich nicht verstehen, dachte ich resigniert, oder er will mich nicht verstehen. Deshalb machte ich ihm einfach und unmissverständlich klar, dass ich mir für die Zukunft jede Einmischung in meine Arbeit verbat.
Artjom war – wie so oft – tödlich beleidigt und tief getroffen. »Dir kann man es nicht recht machen, Paula, egal, wie sehr man sich abstrampelt!«, lamentierte er mit großer Geste und verschwand zu seinem Freund Mischa, um erst am nächsten Vormittag mit einer gewaltigen Fahne und in derangiertem Zustand wieder aufzutauchen.
Ich ließ ihn schmollen und kümmerte mich nicht weiter um ihn. Vergebene Liebesmüh!, dachte ich und wunderte mich nur ein wenig, dass meine Bereitschaft, auf die Befindlichkeiten meines Mannes Rücksicht zu nehmen, mittlerweile gegen null tendierte. Aber auch darüber dachte ich nicht länger nach, ich hatte anderes zu tun: In der Kanzlei wartete die neue Kundschaft mit ihren absurden Anliegen. Hei-

ke, Irina und ich übten uns in Schadensbegrenzung, beschwichtigten, vermittelten, entschuldigten uns und erfanden die Legende, dass der Prospekt mit den irreführenden Informationen von einem übelmeinenden Konkurrenten in Auftrag gegeben worden sei. Es dauerte Wochen, bis wir auch den Letzten davon überzeugt hatten, dass wir ihm nicht beim Umzug helfen würden. Wochen, in denen unsere eigentliche Arbeit zum Teil liegenblieb und ich in Nachtschichten Akten wälzte, um den normalen Ablauf in der Kanzlei wenigstens für ein Mindestmaß zu gewährleisten. Wochen, in denen ich meine Tochter kaum sah und von der Sorge geplagt wurde, sie würde sich bald fragen, wer eigentlich diese fremde Frau war, die ihr abends abgehetzt übers Köpfchen strich. Wochen, in denen Darya kampflos die Oberhand bei der Kinderbetreuung gewann und ich ihr auch noch zähneknirschend dankbar sein musste, dass sie so selbstlos Gewehr bei Fuß stand. Wochen, in denen meine Laune immer schlechter und die Stimmung zwischen mir und Artjom immer kühler wurde.

Als sich die Situation in der Kanzlei langsam wieder normalisierte, fand ich deshalb, dass ich nun ein wenig Arbeit in meine Familie investieren sollte.

»Wollen wir übers Wochenende mal ein bisschen aufs Land fahren?«, fragte ich meinen Mann.

»Aufs Land?«, gab er geistesabwesend zurück. »Was für ein Land?«

»Ins Grüne, meine ich. Lüneburger Heide oder an die Nordsee vielleicht.«

»An der Nordsee ist es nicht grün«, nörgelte Artjom, »zu viel Sand.«

»Dann eben in die Heide. Wir fahren einfach los, suchen uns einen netten Gasthof und …«

»Mit Übernachtung? Das kostet zu viel Geld.«
»Na ja, so viel kostet das nun auch nicht.«
»Nix da. Wir bleiben hier. Wir müssen sparen.«
Als er mit demselben Argument auch meinen Vorschlag ablehnte, zumindest einmal wieder abends schick essen zu gehen, war ausnahmsweise ich beleidigt und sparte mir weitere Versöhnungsangebote. Komisch, dachte ich missmutig, der ist doch sonst keinem Vergnügen abgeneigt, ganz gleich was unser Konto sagt. Aber wer nicht will, der hat schon.
Diese und andere Merkwürdigkeiten häuften sich in der kommenden Zeit. Artjom war wortkarg, stundenlang saß er abends auf dem Sofa und brütete vor sich hin. Bei unseren wenigen gemeinsam eingenommenen Mahlzeiten warf er jede Minute einen verstohlenen Blick auf sein Handy. Klingelte das Festnetztelefon, war er mit einem Sprung am Apparat – »Das ist für mich!« Jedes Geräusch im Treppenhaus ließ ihn zusammenfahren; drehte ich das Radio einmal ein wenig lauter, schob er den Regler sofort zurück – »Meine Ohren klingeln schon! Kannst du mal ein bisschen Rücksicht auf mich nehmen, Paula?«
An einem Sonntagmorgen ertappte ich ihn dabei, wie er, nur in Unterhose, im Flur vor der Haustür stand und krampfhaft durch den Spion linste. Im Vorbeigehen fragte ich beiläufig: »Und? Mit den Nachbarn alles okay?«
Er fuhr herum, griff sich dramatisch ans Herz und schrie mich an: »Musst du dich so heimtückisch anschleichen? Ich hab mich zu Tode erschrocken!«
»Sag mal, was ist eigentlich los mit dir?«
»Wieso? Was soll denn los sein?«
»Du bist in letzter Zeit so … so … anders. Da ist doch irgendwas im Busch.«
»Gar nichts ist im Busch! Und ich bin wie immer.«

»Bist du nicht«, beharrte ich.
»Suchst du wieder Streit, oder was? Lass mich bloß in Ruhe!«, pöbelte Artjom.
»Nichts lieber als das!«, fauchte ich zurück. »Von mir aus kannst du gern für immer deine Ruhe haben.«
Aber das hörte er nicht mehr, er hatte schon die Badezimmertür hinter sich zugeknallt.

Ich berichtete Heike und Irina von unseren häuslichen Animositäten. »Der heckt doch wieder irgendeinen Mist aus! Aber dem komm ich noch auf die Schliche, das schwör ich euch!«
Die beiden warfen sich Blicke zu; Heike räusperte sich. »Du, Paula, ich will ja nicht den Teufel an die Wand malen, aber könnte es sein, dass eine andere Frau im Spiel ist?«
»Eine andere Frau? Wie meinst du das?«, fragte ich verblüfft.
»Na ja, dass Artjom vielleicht eine Affäre hat. Ich will dich nicht noch mehr beunruhigen, aber ich finde die Anzeichen ziemlich eindeutig – diese plötzliche Schreckhaftigkeit, sein Kontrollwahn mit den Telefonen …«
»Niemals!«, rief ich spontan und im Brustton der Überzeugung. Doch in der nächsten Sekunde schlichen sich erste Zweifel in mein Herz.
»Rrusskij Mann ist niemals trreu«, gab nun Irina eine ihrer Weisheiten zum Besten. »Ist gägän saine Naturr. Abärr ist nicht schlimm. Chat ärr Gäliebtä, na und? Hauptsachä, sie ist nicht so teuärr.«
»Danke, Irina«, sagte ich trocken, »du bist mir wie immer eine große Hilfe.«
»Gärrn gäschähän.«

Zu Hause konfrontierte ich Artjom mit diesem Verdacht. Er brach in gekünsteltes Gelächter aus. »Eine Affäre? Ich? Jetzt spinnst du aber wirklich, Paula! Wann soll ich denn bitte schön eine Affäre haben?«
»Was weiß ich, was du so machst, wenn ich in der Kanzlei bin«, erwiderte ich pampig.
»Paula, das bildest du dir ein. Hör auf damit! Ich habe wirklich andere Sorgen.«
»So? Welche denn?«, fragte ich spitz. »Wäre schön, wenn du mich daran teilhaben lassen würdest. Immerhin bin ich ja noch deine Frau.«
»Was soll das heißen, *noch?*«, fragte Artjom irritiert.
»Wenn das so weitergeht, lass ich mich scheiden!«, keifte ich.
»Mach das! Dann muss ich mir wenigstens nicht mehr so einen Mist anhören«, schrie er zurück. Und nach einer kurzen Atempause fügte er leise hinzu: »Vielleicht wäre es wirklich das Beste für euch.« Er nahm seine Jacke von der Garderobe und ging. Wohin auch immer. Ich blieb zurück, wie gelähmt und den Kopf voll kruder Gedanken.
Zunächst erschrak ich fürchterlich bei der Vorstellung, dass wir uns tatsächlich trennen könnten. Ich horchte in mich hinein und spürte meinen Gefühlen nach. Liebte ich Artjom noch? Was verband uns eigentlich – außer dem gemeinsamen Kind? Passten wir überhaupt zusammen, oder waren unsere Charaktere, unsere Mentalitäten doch zu verschieden für ein dauerhaftes Miteinander?
Auf keine dieser Fragen wusste ich eine Antwort. Ich wusste nur: So konnte es nicht weitergehen.
Und dann wedelte Artjom mit den Flugtickets.

29.

Das ist alles nicht so einfach hier«, erläutert Herr Kübel und glubscht der Kellnerin, die uns die dritte Flasche Wein bringt, in den Ausschnitt.

Das kleine Übel ist mir in den letzten zwei Stunden nicht sympathischer geworden. Dafür weiß ich mittlerweile zu viel über ihn, beziehungsweise über die unfähigen Menschen, von denen er umgeben ist.

Seine drei Ex-Frauen? Unfähig, ihn zu verstehen und auf seine Bedürfnisse Rücksicht zu nehmen.

Seine Kollegen? Unfähig, logisch zu denken und konstruktiv zu arbeiten.

Sein Arbeitgeber? Unfähig, die Probleme Europas zu lösen und die entscheidenden Fragen im globalen Kontext zu beantworten.

Seine ukrainischen Mitarbeiter? Völlig unfähig, in jeglicher Hinsicht.

Meine Faust will unbedingt in sein Gesicht, doch ich lächle tapfer und proste ihm zu.

»Wie interessant«, flöte ich. »Erzählen Sie doch noch ein wenig mehr von Ihrer Arbeit. Das klingt ja wirklich wahnsinnig spannend.«

Das muss ich Herrn Kübel nicht zwei Mal sagen, er ist nun mächtig in Fahrt. Wahrscheinlich kommt es nicht alle Tage vor, dass ihm jemand so lange zuhört. Und so erfahre ich in aller Ausführlichkeit, was Herrn Kübel nach Odessa verschlagen hat. Er sei Zollhauptsekretär, erklärt er mir mit wichtiger Miene.

Aha, ein kleiner Zöllner, der hier auf dicke Hose macht, denke ich.

Wenn es ihn nicht gäbe, wären die ukrainischen Grenzbeamten völlig aufgeschmissen, lässt er mich wissen.
»Wieso?«, frage ich ehrlich verblüfft. »Was ist denn das Problem an dieser Grenze?«
»Ja, haben Sie denn noch nie von Transnistrien gehört?«
»Äh, nur am Rande. Wenn Sie mich kurz aufklären könnten«, bitte ich und denke, dass es jetzt wirklich interessant wird und ich endlich erfahre, wohin ich heute noch fahre.
Transnistrien sei eine Region in Moldawien, die direkt an der Grenze zur Ukraine liege, erklärt mir das kleine Übel. Neunzehnhundertzweiundneunzig hätten seine Bewohner, allesamt Ganoven übrigens, beschlossen, unabhängig zu werden – gegen den Willen der Moldawier. Leider hätten die Transnistrier Hilfe vom ganz, ganz großen Bruder Russland bekommen, und seitdem existiere dort ein Defacto-Staat, natürlich von keinem Land der Welt anerkannt, weil das Gebiet völkerrechtlich nach wie vor zu Moldawien gehöre.
»Stellen Sie sich das mal vor!« Herr Kübel regt sich auf, kleine Speicheltröpfchen fliegen aus seinem Mund. »Die haben ihre eigene Währung, ihre Briefmarken, ihre Regierung, ihre Wahlen! Als ob es sie tatsächlich gäbe!«
»Und welche Sprache sprechen die?«
»Russisch, was sonst? Der Russe hockt übrigens immer noch in Transnistrien. Sollte seine Truppen längst abgezogen haben, so war's vereinbart mit der OSZE. Aber wenn der sich erst mal irgendwo eingenistet hat, werden sie den so schnell nicht wieder los!«
»Wie wahr«, pflichte ich ihm bei und denke an meine Familie. »Sagen Sie, wovon leben die Menschen in Transnistrien? Landwirtschaft?«
»Pah!« Herr Kübel lacht dreckig. »Das sind keine Bauern, das sind Schmuggler.«

»Was schmuggeln die denn so?«
»Waffen, Menschen, Drogen. Alles, was Sie sich vorstellen können!«
»Ach!« Mir wird ein wenig blümerant, schnell nehme ich einen großen Schluck Wein. »Und Sie hauen diesen bösen Buben also kräftig auf die Finger? Das ist doch sicher gefährlich!«, zirpe ich.
»Da haben Sie recht.« Herr Kübel versucht nun, wie Clint Eastwood zu gucken. »Aber deshalb sind ja Profis wie ich gefragt. Ich sage Ihnen: Diese zweihundert Kilometer Grenze sind kein Pappenstiel, da kann allerhand passieren.«
»Nur zweihundert Kilometer? Und dafür brauchen Sie sieben Landrover?«, entfährt es mir überrascht.
»Sieben hier im Hauptquartier, meine Liebe.« Herr Kübel plustert sich auf. »Wir verfügen über mehrere Millionen Euro Jahresetat. Die EUBAM unterhält zusätzlich noch sechs Außenstellen.«
»Das ist ja alles total aufregend«, hauche ich und denke, das ist ja alles total absurd. Ein nobler Fuhrpark, sieben Büros, Unmengen Personal, nur um ein paar Schmugglern an einer Minigrenze das Leben schwerzumachen?
Maxim, der schon mehrere Male dicht an uns vorbeigelaufen ist, nähert sich wieder, diesmal mit der schlafenden Johanna auf dem Arm, gefolgt von Mutter und Darya.
»Kind ist mude«, sagt er laut und überdeutlich zu mir.
Herr Kübel guckt enttäuscht. »Ach, Sie gehen schon?«
»Leider«, seufze ich und tue so, als würde ich sehr angestrengt nachdenken. »Aber wissen Sie was? Warten Sie doch auf mich. Ich bringe schnell meine Tochter zu Bett und bin in einer halben Stunde wieder bei Ihnen.«
»Wirklich?« Herr Kübel strahlt.
Ich nicke, klimpere mit den Wimpern und schnurre ein möglichst verführerisches *Bis gleich* in sein Ohr.

»Lassen Sie sich ruhig Zeit«, sagt Herr Kübel freudig erregt. »Natürlich warte ich auf Sie!«

Im leichten Schlendergang durchqueren wir die Lobby. Ich werfe einen Blick über die Schulter. Herr Kübel kann uns von der Bar aus nicht sehen, unbemerkt verlassen wir das Hotel, beschleunigen unsere Schritte und steigen eine Seitenstraße weiter schnell in den Transit. Ich sehe, dass unser Gepäck ordentlich auf der Ladefläche verstaut ist. »Perfekt vorbereitet, wie immer«, sage ich anerkennend zu Maxim. »Hast du den Schlüssel vom Landrover?«
»Paula, wass dänkst du? Naturrlich!«
»Na, dann los!«
Maxim fährt einmal um den Block und bleibt ungefähr zehn Meter vor dem Gebäude der EUBAM stehen. Die weißen Landrover funkeln verheißungsvoll in der Dunkelheit. Einen Augenblick beobachten wir die Straße. Alles ist still, kein Mensch ist draußen zu sehen – und auch kein zweites parkendes Fahrzeug, in dem dubiose Typen hocken.
Maxim richtet den Schlüssel auf die Geländewagen. Am dritten von rechts gehen kurz die Warnblinker an, es macht laut *Miumiu,* und die Verriegelung öffnet sich. »Sährr gut«, sagt er. »Wärr fährrt zwaites Auto?«
»Na, wer wohl?«, frage ich. »Gib mir den Schlüssel und dann ab durch die Mitte!«
»Nain. Du chast getrrunkän.«
»Ja, aber nur vier oder fünf Gläser Wein. Und jetzt ist echt nicht der Zeitpunkt, um den Verkehrspolizisten raushängen zu lassen.«
»Du chast getrrunkän. Du kannst kain Auto länkän.«
»Ja, aber von allein bewegt sich der Wagen nicht«, widerspreche ich.

Maxim dreht sich um und schaut die Damen auf der Rückbank an. Darya schüttelt abwehrend den Kopf. Sie hat gar keinen Führerschein. Das hält sie in Hamburg zwar nicht davon ab, den Wagen ihres Gatten für kleine Shoppingtrips zu borgen, aber ohne Papiere eine Grenze zu überqueren, scheint sogar ihr zu riskant zu sein.
»Ich fahre!«, sagt Mutter bestimmt.
»Du?« Schockiert drehe auch ich mich um. »Du kannst doch gar nicht Auto fahren!«
»So ein Unsinn! Ich habe seit fast fünfzig Jahren einen Führerschein«, protestiert Mutter.
»Und bist so gut wie nie gefahren, weil du im Straßenverkehr Angst hast«, ergänze ich. »Und jetzt willst du im Dunkeln, in einer fremden Stadt, auf diesen Scheißstraßen diesen PS-Protz da drüben durch die Gegend kutschieren?«
»Luitschka fährrt«, sagt Maxim und drückt Mutter den Schlüssel in die Hand.
Ich gebe auf, gegen Bonnie und Clyde habe ich keine Chance.
»Du kommst aber mit«, raunt Mutter Darya zu. Die nickt begeistert, ein wenig Abenteuer kann sie wohl doch vertragen, und hebt Johanna nach vorn zu mir. Geduckt huschen die beiden Frauen über den Bürgersteig, viel auffälliger könnten sie sich nicht bewegen. Sie besteigen den Landrover, und es passiert eine ganze Zeit lang – nichts. Dann geht die Innenbeleuchtung an, das Fernlicht, der Scheibenwischer, laut und fröhlich ruft der Wagen mehrere Male *Miumiu.*
»Wass?« Maxim starrt ratlos durch die Windschutzscheibe.
»Beschwer dich nicht! Du hast es so gewollt.«
Doch irgendwann gelingt es Mutter, den Motor zu starten. Jetzt muss sie nur noch den Rückwärtsgang finden, denke ich, das kann dauern. Der Landrover macht einen kleinen

Hopser vorwärts und noch einen und schießt dann völlig unvermittelt rückwärts aus der Parklücke.
»Siehst du, Luitschka kann fahrrän«, sagt Maxim.
Im Rückspiegel schaue ich dabei zu, wie Mutter bei dem Versuch, Maxim zu folgen, beinahe ein anderes Fahrzeug touchiert. »Wie der Teufel«, murmle ich.
Langsam gleiten wir durch die nächtlichen Straßen, die Laternen tauchen alles in ein gelbliches Licht. Odessa ist groß und – soweit ich es im Dunklen sehen kann – eine schöne alte Stadt. Ich kann nur hoffen, dass Mutter sich aufs Fahren konzentriert und nicht nach Sehenswürdigkeiten Ausschau hält.
»Du weißt, wo wir hinmüssen?«
»Da.«
»Und weißt du jetzt auch, was für eine mysteriöse Ladung auf uns wartet?«
»Nain.«
Ah, denke ich, der Herr ist ja mal wieder gesprächig. »Eines sag ich dir: Wir verschleppen keine Menschen!«
»Wass?«
»Das hat Herr Kübel mir vorhin erzählt. Transnistrien ist bekannt für Menschenhandel. Da mach ich nicht mit! Dann kann Zakhar von mir aus Artjom behalten!«
»Okay, Paula, kaine Mänschän«, antwortet Maxim stoisch.
Wir erreichen den Hafen und rollen durch ein Gewirr aus Kränen, Lagerhallen, Plattenbauten und schiefen Backsteingebäuden, nach einer Minute habe ich komplett die Orientierung verloren.
»Fahr nicht so schnell!«, sage ich. »Wenn wir Mama verlieren, finden wir die hier nie wieder.«
»Schon da«, antwortet Maxim und biegt auf einen breiten Pier ab, an dessen Ende ein Frachtschiff vertäut ist.
Still und dunkel schaukelt der rostige Kahn vor sich hin.

An seinem Bug hängt schlaff eine rote Flagge am Mast. Ich presse meine Nase an die Windschutzscheibe, um zu sehen, ob ich die Nationalität erkennen kann. Kommen die aus China?, denke ich.
Man hat schon auf uns gewartet. Kaum dass wir anhalten, sprinten mehrere kleine Gestalten mit Kisten die Gangway hinunter. Maxim steigt aus, öffnet die hinteren Türen, und die Beladung beginnt. Kiste um Kiste wird von emsigen Männern, es sind tatsächlich Asiaten, in den Transit geschafft. Das alles geschieht schweigend, und der ganze Vorgang dauert keine zwanzig Minuten, dann kann unser Konvoi den Pier wieder verlassen.
Neugierig betrachte ich die Kartons. Was da wohl drin ist?
»Paula, Fingärr wäg! Chörrst du?«
»Jaja. Schon gut.«
Maxim manövriert uns aus Odessa heraus und steuert am Stadtrand eine Tankstelle an. »Ich kaufä Bänzin und Wassärr und Ässän. Du warrtäst.«
Er verschwindet, und ich lege Johanna, die die ganze Aufregung auf meinem Schoß verschlafen hat, behutsam auf die Rückbank. Ich krabbele in den Laderaum und betrachte die Kisten eingehender. Neutrale, braune Pappe, kein Aufdruck, rein gar nichts, was Aufschluss über ihren Inhalt gibt. Ich weiß, ich sollte das nicht tun, aber es ist stärker als ich. Ganz vorsichtig öffne ich einen Karton und wappne mich innerlich dagegen, dass mir gleich Handgranaten entgegenkullern.
In dem Karton liegen weitere Pakete, die aus irgendetwas Bräunlichem, eingeschweißt in Folie, bestehen. Ich nehme ein Paket in die Hand und pule eine winzige Ecke von der Folie ab. Was ist das bloß?
»Paula! Wass machst du?«
Schuldbewusst zucke ich zusammen und lächle Maxim

verlegen zu, der eine der Hecktüren aufgerissen hat und mich vorwurfsvoll anblickt.
»Äh, also …«, stammle ich, »… der Karton ist runtergefallen, äh, und dabei hat er sich geöffnet, und äh, ja, also …«
»Sollst du lugen?«, fragt Maxim streng.
»Äh, nein.«
»Gib!«
Ich drücke Maxim das Paket in die Hand, er schnuppert daran und sagt: »Tabak.«
»Das ist Tabak? Für Zigaretten? Mehr nicht?«
»Da.«
»Super! Komm, darauf rauchen wir eine.«
»Da, abärr nicht an Zapfsäulä.«
Schmuggel ist Schmuggel, das weiß ich wohl. Trotzdem bin ich erleichtert, dass wir kein Heroin oder irgendwelche Waffen an Bord haben. Wenn schon nicht rechtlich, so kann ich Tabak zumindest moralisch vertreten. Dann sollen die Transnistrier sich eben ein paar Zigaretten drehen, denke ich, und der arme Herr Kübel wird auch nicht arbeitslos.
Wir machen noch eine kurze Raucherpause auf dem Parkplatz der Tankstelle. Mutter sieht ein wenig so aus, als hätte man sie durchs Wasser gezogen. Verschwitzt und aufgeregt erklärt sie uns, dass sie mit dem Geländewagen wunderbar zurechtkäme.
»Was der alles kann, das glaubt ihr nicht! Die ganzen Knöpfe! Und dann sitzt man so schön hoch und kann alles sehen! Ein tolles Auto! In Hamburg möchte ich auch so einen haben, der Mercedes wird verkauft«, beschließt sie.
Na klar, denke ich, Papa wird begeistert sein, enthalte mich aber jeglichen Kommentars.
Wir entscheiden, dass Johanna auf der Rückbank des Landrovers sicherer aufgehoben ist – kein illegales Gefahrengut, dafür Gurte und Airbags –, tragen den Kindersitz in

den Geländewagen und setzen meine schlafende Tochter sacht hinein.
Und dann brechen wir zu unserer vielleicht letzten Etappe auf. Dank eines gar nicht so kleinen Obolus passieren wir eine Stunde später die düstere Grenze. Wahrscheinlich ist es Einbildung, aber Transnistrien kommt mir viel dunkler vor als die Ukraine. Es gibt keine Straßenlaternen, keine Wohnhäuser oder andere Gebäude, in denen ein Licht brennt. Es gibt nur absolute Finsternis.
Deshalb hat Mutter hinter uns wohl auch das Fernlicht eingeschaltet. Maxim flucht, klappt den Rückspiegel weg und kneift die Augen zusammen. Nach einem Kilometer hält er an, springt aus dem Transit, wetzt zu den Damen im Rover und zurück. Zwei Kilometer hält Mutter durch, dann leuchten ihre Scheinwerfer wieder gleißend auf. Maxim stoppt erneut und winkt Mutter vorbei.
»Das ist, glaube ich, keine gute Idee«, sage ich und versuche, nicht allzu ironisch zu klingen.
Er knurrt etwas, das ich nicht verstehe, und fährt hinter seiner Luitschka her, die ihren Rover nun auf Schrittgeschwindigkeit verlangsamt hat. Ich gucke angestrengt aus dem Seitenfenster und hoffe, dass Maxim mein Grinsen nicht sieht. Tja, denke ich mit einem Anflug von Gehässigkeit, wer nicht hören will …
Fünf Kilometer hält Maxim das Schneckentempo durch, dann bricht es aus ihm heraus: »Warrum so langsam? Warrum? Ich värrstäh nicht!«
»Tja«, sage ich, »deine Luitschka kann eben nicht Auto fahren. Ich hab's dir gleich gesagt.«
»So chelläs Licht, so langsam, so auffällig«, schimpft Maxim weiter, »das gäht nicht!«
Er betätigt die Lichthupe, er schaltet seinen Warnblinker an, er kurbelt das Fenster herunter und versucht, Mutter

Handzeichen zu geben. Auch sie öffnet ihr Fenster, winkt und schleicht unbeirrt weiter. Maxim reicht es, er setzt sich vor sie und bremst.
»Bässär, du fährrst«, sagt er zu mir.
»Ich? Ich denke, ich bin sturzbetrunken und kann kaum meinen Namen lallen«, ätze ich.
»Paula! Kaine Schärrze jätzt!«
»Schon gut«, sage ich zufrieden und laufe zum anderen Wagen. »Fahrerwechsel!«, informiere ich Mutter.
Die atmet erleichtert auf. »Puh, das ist aber auch dunkel hier. Man sieht ja die Hand vor Augen nicht«, seufzt sie dankbar, überlässt mir den Fahrersitz und steigt bei Maxim ein.
»Alles in Ordnung bei dir?«, frage ich Darya, als ich mich hinter den Transit hänge.
Sie nickt und beginnt, ein Lied zu summen – *What shall we do with the drunken sailor.*
»Sehr witzig«, sage ich und gebe Gas.

Nach weiteren dreißig Kilometern biegt Maxim von der Hauptstraße ab und fährt etwa zehn Minuten an Feldern entlang. Wie aus dem Nichts taucht ein eingezäuntes und betoniertes Areal auf, auf dem eine große, weiße Halle steht. Hier hat die Dunkelheit ein Ende, das ganze Gelände wird von etlichen Scheinwerfern gut ausgeleuchtet. Wir passieren ein Stahltor, das wie von Geisterhand beiseiterollt, und steuern auf die Halle zu. Davor stehen vier Männer in Arbeitsmontur, etwas abseits, unter einer Laterne, parkt eine Mercedes-Limousine, die mir bekannt vorkommt.
In Windeseile entladen die Männer den Transit und verschwinden in der Halle. Etwas ratlos sitzen wir im Auto und wissen nicht so recht, was wir nun tun sollen und ob

wir überhaupt etwas tun sollen. Ich schaue zum Ford hinüber, Mutter und Maxim zucken gleichzeitig die Schultern. Aussteigen? Sitzen bleiben? Weiterfahren? Bevor wir eine Entscheidung fällen können, entsteigt der Limousine ein vornehmer Herr im vornehmen Business-Outfit und lehnt sich lässig an seinen Wagen.

»Dawai!«, sagt Darya. »Zakharr warrtät.«

Wir bauen uns vor ihm auf, Schulter an Schulter, Maxim, Mutter, Darya und ich. Beide Seiten mustern sich kühl, keiner spricht ein Wort.

Nach einer kleinen Ewigkeit nickt Zakhar knapp und steigt wieder in den Fond seines Autos. Der Motor startet, die Scheibe surrt herunter.

»Spassiba«, flüstert Zakhar.

»Da nicht für, wie man in Hamburg sagt«, antworte ich ohne jede Freundlichkeit.

Dann ist er weg.

Hoffentlich für immer, denke ich.

»Paula! Mam! Hier bin ich!«

Aus einer Seitentür der Halle stolpert ein zerknitterter Mensch und geht erst zögerlich und dann schneller werdend auf uns zu.

»Hallo! Alles gut bei euch?« Unsicher tritt Artjom von einem Bein aufs andere, fasst sich ein Herz, reißt mich doch noch in seine Arme und drückt mich, dass mir die Luft wegbleibt.

»Was bin ich froh!«, murmelt er in mein Haar. »Sag mal, hast du ein bisschen zugenommen?« Er wendet sich seiner Mutter zu, sagt mit einem frechen Grinsen *Na, Daschinka* und ist innerhalb von Sekunden schon wieder ganz der Alte.

Darya tritt vor, schnaubt und verpasst ihrem Sohn eine schallende Ohrfeige.

»Prima!« Ich nicke meiner Schwiegermutter bestätigend zu. »Dann wär das jetzt auch erledigt.«

»Pauuula«, jault Artjom, »spinnt ihr beide? Was soll das denn?«

»Ich hoffe, das ist keine ernstgemeinte Frage«, fahre ich ihn an. »Und wenn doch, beantworte ich sie dir in aller Ausführlichkeit. Später. Jetzt fahren wir erst mal nach Hause.«

»Wollen wir nicht noch ein bisschen …?«, fragt Mutter schüchtern.

Maxim legt den Arm um sie. »W gastjach charascho, a doma lutschschi«, sagt er, »Gast sain ist schön, zu Chause ist schönerr.«

30.

Nachdem wir unseren Ausflug nach Transnistrien unbeschadet überstanden haben, passieren wir die Grenze auf der Rückfahrt im Tiefflug, und keiner stoppt uns. Dann stellen wir den Landrover an seinen Platz zurück. Es hat ihn wohl noch keiner vermisst. Der arme Herr Kübel, denke ich, schläft wahrscheinlich noch seinen Rausch aus. Jedenfalls nimmt der Nachtportier vom Otrada den Schlüssel ungerührt entgegen. Wir behaupten einfach, wir hätten ihn draußen auf der Straße gefunden.

»Ihr habt ein Auto geklaut?«, fragt Artjom ungläubig und pfeift anerkennend durch die Zähne.

»Ich hab's geklaut«, sagt Mutter.

Artjom starrt sie mit offenem Mund an.

Nach der Schlüsselübergabe gönnen wir uns noch ein sehr frühes Frühstück im Hotel. Ich starre über meinen Berg Schweinelendchen auf den Pool, der in der aufgehenden Sonne glitzert. Eine merkwürdige Melancholie bemächtigt sich meiner. Mensch, Matthes, denke ich, was ist denn los mit dir? Wir haben es doch endlich geschafft. Das ukrainische Abenteuer ist ausgestanden.

Den anderen Teilnehmern meiner Reisegesellschaft scheint es ähnlich zu gehen. Still sitzen sie am Tisch, mit wehmütigen Blicken stochern sie in ihrem Essen. Nur Artjom erzählt ununterbrochen von den Ereignissen seiner Odyssee. Ihm ist die Ruhe, die er als jene vor dem Sturm identifiziert, unangenehm, und er versucht, getrieben von Erleichterung und Erklärungsnot, sie zu überbrücken. Keiner hört ihm wirklich zu.

Wir begleichen unsere Hotelrechnung und steigen ein letztes Mal in den Ford Transit. Maxim chauffiert uns von Odessa nach Kiew. Auch auf der siebenstündigen Fahrt fällt kaum ein Wort, wir sind alle erschöpft und hängen unseren Gedanken nach. Artjom versucht ab und an, eine Unterhaltung in Gang zu bringen, gibt aber aufgrund des anhaltenden Schweigens irritiert auf. Verwirrt mustert er mich, als ich mir bei einer unserer kleinen Pausen eine Zigarette anzünde. »Seit wann rauchst du denn?«, fragt er mich.
»Ach, weißt du«, sage ich und blase einen gekonnten Kringel in die Luft, »Tabak ist in der Ukraine ja so gut wie umsonst. Die Gelegenheit wollte ich nutzen.«

Maxim bringt uns in Kiew direkt zum Flughafen. Und hier sagt er uns Lebwohl. Der Abschied ist kurz, aber schmerzvoll. Mutter heult wie ein Schlosshund, auch Darya und ich weinen, Johanna hängt mit nassem Gesichtchen auf dem Arm ihres Vaters.
Maxim umarmt uns Frauen nacheinander, Mutter drückt er, als wolle er sie nie wieder loslassen.
»Värsprrich mirr: Pass gut auf Luitschka auf! Sie ist starrk, abärr sie waiß nicht. Und du, värrlierr nie Choffnung im Chärz. Chör auf mich! Wirr sähen uns«, sagt er noch zu mir und geht.
»Komischer Vogel«, meint Artjom.
»Das kommt ja vom Richtigen«, gebe ich zurück und verschwinde zum Lufthansa-Schalter, um einen Flug für uns zu organisieren.

In Hamburg erwartet uns ein Donnerwetter vom Allerfeinsten. Rostislav, beleidigt wie eine Leberwurst, und Vater, brodelnd wie ein Vulkan, empfangen uns in Fuhlsbüttel.

Über unsere Rückkehr habe ich sie per SMS informiert und lieber auf einen persönlichen Anruf verzichtet.
Bevor auch nur einer von unserer Truppe den Mund aufmachen kann, brüllt Vater schon den ganzen Flughafen zusammen. Er beschimpft mich, er beschimpft seine Frau, er beschimpft seinen Schwiegersohn, er beschimpft Darya. Nur Johanna wird verschont.
Wir lassen die Tirade mit gesenkten Häuptern über uns ergehen, nach den Anstrengungen des letzten Tages hat keiner von uns mehr die Kraft, sich zu widersetzen. Nur Mutter wird es irgendwann zu viel.
»Ach Karl, halt doch einfach die Klappe. Ich bin müde«, sagt sie und stapft davon.
Genau, Mama, denke ich und stapfe hinterher, gib's ihm!

Die ersten Tage in Hamburg verbringe ich fast ausschließlich schlafend im Bett, erst jetzt spüre ich die Strapazen unserer Unternehmung. Artjom schleicht um mich herum wie ein geprügelter Hund, serviert Tee und Schnittchen und setzt seinen herzzerreißendsten Hundeblick auf. Ich ignoriere ihn so gut wie möglich. Am vierten Tag gebe ich mir einen Ruck.
»Lass uns reden«, sage ich.
»Natürlich, Schatz. Alles, was du willst. Was möchtest du wissen? Frag einfach!«, meint er generös.
»Ich weiß doch schon alles. Nur zwei Sachen – erstens: Lässt Zakhar uns wirklich in Ruhe?«
Artjom zögert kurz. »Ich glaube schon. Nein, ich bin sicher.«
»Gut. Und zweitens: Was wird aus uns?«
»Wieso? Jetzt ist doch alles wieder gut, Paula. Wir sind daheim, wir sind gesund und …«
»… wir machen so weiter wie bisher?«, falle ich ihm ins

Wort. »Das wird nicht funktionieren. Es hat ja vorher schon nicht funktioniert!«
»Ja, liebst du mich denn nicht mehr?«
Nun zögere ich. »Ich weiß es nicht genau, Artjom. Es ist so viel passiert. Vielleicht brauche ich einfach etwas Zeit.«
»Zeit? Wofür?«
»Um nachzudenken. Um herauszufinden, was ich für dich empfinde. Und was ich eigentlich vom Leben will.«
»Was sollst du denn schon vom Leben wollen? Versteh ich nicht!«
»Genau das ist der Punkt«, sage ich.
In der kommenden Zeit leben wir nebeneinanderher. Ich merke, dass Artjom zusehends ungehaltener wird. Mehrmals hat er mir seine uneingeschränkte, bedingungslose und ewige Liebe versichert. Das muss reichen, seiner Meinung nach. Es geht nicht in seinen Kopf, was ich eigentlich von ihm will. Und ich bezweifle, dass er mich versteht, wenn ich es ihm erkläre:
Dass Liebe allein nicht reicht.
Dass es mehr braucht.
Dass Verlässlichkeit, Loyalität und Aufrichtigkeit auf Dauer ein stabileres Fundament sind.
Dass ich nicht weiß, ob und wie ich ihm jemals wieder vertrauen soll.
Und so gehe ich weiter jeder Konfrontation aus dem Weg, während in meinem Bauch die Verzweiflung wächst.

Eine ganze Woche lang höre ich nichts von Mutter. Das kommt mir komisch vor, und deshalb rufe ich sie an.
»Hallo Mama, ich bin's. Alles in Ordnung bei dir?«
»Nein, es ist un-er-träg-lich. Dein Vater ist einfach unerträglich!«
»Brüllt er immer noch?«

»Nein, zur Abwechslung redet er seit Tagen kein Wort mit mir.« Sie seufzt. »Ich weiß nicht, was schlimmer ist.«
Aha, denke ich, Eiszeit im Hause Matthes, wahrscheinlich ist es dort noch kälter als bei uns. »Der beruhigt sich schon wieder«, sage ich, um sie zu beruhigen.
»Mag sein. Aber vielleicht beruhige ich mich nicht wieder«, entgegnet sie resolut.
In der Hoffnung, ein wenig die Wogen glätten zu können, und weil mir Mutter so leidtut, melde ich mich auch bei Vater.
»Was willst du, du Verräterin?«, bellt er.
»Papa, hättest du Mama und Darya nicht verraten, dass Artjom …«
»Verräterin! Komm mir bloß nicht auf die Tour! Es wäre deine heilige Pflicht gewesen, mir sofort zu sagen, dass Luise durchgebrannt ist.«
Meine heilige Pflicht?, denke ich. Im Alter wird Papa echt ein bisschen gaga. »Mama ist doch nicht durchgebrannt«, sage ich besänftigend, »die hat sich nur ein bisschen amüsiert. Und mir geholfen.«
»Amüsiert? Was muss die sich denn amüsieren? Die hat sich ihr ganzes Leben lang nicht amüsiert, und es ging ihr gut damit«, brüllt Vater und legt auf.
Genau das ist der Punkt, denke ich.

Ein paar Tage später steht Mutter vor der Tür, mit einem Koffer in der Hand.
»Ich halte es keine Sekunde länger mehr mit deinem Vater aus!«, ruft sie, rauscht an mir vorbei und lässt sich aufs Sofa plumpsen. »Kann ich eine Nacht bei euch schlafen?«
Aus einer Nacht werden etliche.
»Duhu, Mama?«, suche ich vorsichtig das Gespräch. »Willst du nicht irgendwann mal wieder nach Hause zu-

rück? Es ist ja ein bisschen eng hier bei uns. Und Papa vermisst dich bestimmt.«

»Der vermisst mich kein bisschen!«

»Vielleicht sprichst du mal in Ruhe mit ihm.«

»Das ist völlig sinnlos. Dein Vater hat mir noch nie zugehört. Mir reicht's, ich lass mich scheiden!«

»Mama«, rufe ich entsetzt, »das kannst du doch nicht machen!«

»Wieso? Du hast selbst gesagt, dass er mich immer unterdrückt hat. Und jetzt ist Schluss damit!«

»Ja, aber du musst dich doch nicht gleich scheiden lassen.«

»Zumindest hat dein Vater einen Denkzettel verdient. Und ich brauche erst einmal Abstand und Raum für mich.«

Abstand und Raum für mich. Ob sie das in irgendeiner Frauenzeitschrift gelesen hat?, überlege ich. Trotzdem finde ich, dass diese Platitude genau den Zustand beschreibt, den ich mir wünsche – und zwar nicht wie Mutter im übertragenen, sondern im wahrsten Sinne des Wortes.

Einerseits ist es sehr praktisch, dass Mutter unsere Wohnzimmercouch belegt hat. Zermürbende Problemgespräche entfallen während ihrer Anwesenheit. Andererseits kann ihr Besuch nicht zum Dauerzustand werden, dafür ist unsere Wohnung zu klein.

»Wie lange bleibt die denn noch?«, zischte Artjom mir gestern im Bett zu.

»Wieso?«

»Nicht, dass die bei uns einzieht!«

»Also, jetzt pass mal auf! Meine Mutter hat gerade Eheprobleme, und da ist es das mindeste, dass ich als Tochter …«

»Eheprobleme haben wir auch, beziehungsweise du. Und die werden bestimmt nicht gelöst, wenn uns deine Mutter ständig auf der Pelle hockt.«

»Ich glaub, ich hör nicht richtig. Als dein Großvater sich

damals bei uns eingenistet hat, war das total okay für dich. Und dass deine Mutter ständig bei uns rumhängt, ist auch total okay für dich«, gifte ich.
»Als Deduschka hier wohnte, hatten wir noch kein Kind. Das war etwas völlig anderes!« Artjom wird laut. »Und dass du etwas gegen meine Mutter hast, ist mir schon lange klar!«
»Ich hab gar nichts mehr gegen deine Mutter«, sage ich ruhig und drehe mich von ihm weg.

Meine Schwiegermutter macht sich seit unserer Rückkehr auffällig rar. Bei uns zu Hause kommt sie kaum vorbei, höchstens um Mutter zum Shoppen abzuholen, denn die kleidet sie gerade neu ein. Nur in der Kanzlei lässt Darya sich ab und an blicken, aber auch nur, um Johanna abzuholen.
Natürlich musste sie sich auch erst einmal um ihre beleidigte Leberwurst kümmern. Ihre Zuwendung beschränkte sich allerdings darauf, Rostislav zwei Tage zu bekochen und ihm den goldenen Salzstreuer zu schenken. Dann machte sie ihm klar, dass nun Schluss sein müsse mit der Zickerei. Die Rolle der Zicke gehört schließlich ihr, und sie spielt sie besser. Zeit für uns hätte sie also wieder.
Mensch, Matthes, denke ich, was ist denn mit dir los? Du wirst doch nicht etwa deine Schwiegermutter vermissen? So weit kommt's noch!
Ich frage Mutter, ob sie Lust auf einen Frauenabend hat. »Wir könnten was essen gehen«, schlage ich vor, »oder was trinken. Oder beides.«
»Oh ja, das machen wir!«
»Vielleicht will Darya ja auch mitkommen.«
»Gute Idee«, sagt Mutter. »Soll ich sie anrufen?«
»Och, wenn's dir nichts ausmacht.«

Ich erkläre Artjom, was wir vorhaben, und dass er mal einen Abend nicht zu Mischa kann, sondern bei Johanna bleiben muss.
»Du willst mit Mam ausgehen?«, fragt er verwundert.
»Klar. Warum denn nicht?«
Wir ziehen los, zu dritt, und landen bei einem kleinen Italiener an der Osterstraße. Wir essen wenig Antipasti und trinken viel Wein. Wir schauen uns die wenigen Fotos an, die ich mit meinem Handy in der Ukraine gemacht habe, und schwelgen in Erinnerungen. Im Nachhinein kommt uns der Trip wie ein einziger großer, aufregender Ausflug vor.
»Ich könnte sofort wieder losfahren«, seufzt Mutter.
»Aber ohne Männer. Scheißkerle!«, rufe ich.
»Na ja«, sagt Mutter leise, »nicht alle. Ohne Maxim wären wir ziemlich aufgeschmissen gewesen.«
»Maxim ist auch die Ausnahme«, belehre ich sie. »Der Rest – alles Scheißkerle!«
»Tss, tss, tss«, macht Darya und grinst.
Du hast gut grinsen, denke ich, du hast deinen Scheißkerl ja auch im Griff.

In der Kanzlei haben Heike und Irina atemlos meinem Reisebericht gelauscht. »Wie aufregend«, flüstert Heike, »so was würd ich auch gern mal erleben. Aber ich erleb ja nix.«
»Ukrraina ist wundärrbarres Land«, sagt Irina, »abärr du musst kommen nach Bälaruss. Ist noch bessärr und nicht so gefährrlich!«
»Ja, aber das ist doch eine Diktatur«, wende ich zaghaft ein.
»Gänau! Ganz viel Miliz, sährr sichärr!«
Trotz meiner launigen Schilderungen merken die beiden schnell, dass es mir nicht gutgeht. Unvermittelt steht Heike

eines Nachmittags vor meinem Schreibtisch und blickt mich forschend an.
»Schieß los!«, sagt sie auffordernd.
»Womit?«
»Irina und ich machen uns so unsere Gedanken. Mit dir stimmt was nicht. Alles okay bei euch?«
»Alles scheiße«, antworte ich.
Und dann klage ich ihr mein Leid. Heike hört sich mein Lamento in Ruhe an. »Okay«, sagt sie, »mit dieser Sache in der Ukraine hat dein Mann echt einen fetten Bock geschossen. Da hattest du allen Grund, sauer zu sein. Aber das ist ja jetzt ausgestanden. Ich würd mal sagen: Schwamm drüber und alles auf Neustart! Die Zeit wird's schon richten.«
»Ich wünschte, ich könnte es so pragmatisch sehen wie du. Kann ich aber nicht. Es ist ja nicht so, dass ich nicht bereit bin, Artjom zu verzeihen. Er ist nun mal so, wie er ist. Aber die Frage ist doch: Passt das überhaupt zu mir? Können zwei so unterschiedliche Menschen zusammen glücklich sein?«
»Ach Paula!« Heike lacht. »Immer dieses Gerede vom Glück! Wenn du meine Meinung wissen willst: Ich finde, Glück wird total überschätzt. Seht zu, dass ihr irgendwie als Team zusammen funktioniert. Ihr habt schließlich ein gemeinsames Kind, das noch ziemlich klein ist. Schon allein Johanna zuliebe solltet ihr euch zusammenreißen.«
Zusammenreißen?, denke ich. Das ist ja ein super Plan.
»Weißt du was«, fügt Heike noch hinzu, »wenn's gar nicht klappt, versucht's doch mal mit einer Eheberatung.«

Artjom lacht mich aus. »Ich geh doch nicht zum Irrenarzt! Was soll ich denn da?«
»Das ist kein Irrenarzt, das ist ein Paartherapeut.«
»Sag ich doch: Irrenarzt«, beharrt er. »Kommt überhaupt

nicht in Frage. So was brauchen wir nicht – also ich zumindest nicht.«

»Lass uns doch wenigstens einmal hingehen. Wenn's dir nicht gefällt, können wir's ja immer noch seinlassen«, bitte ich.

»Nein, Paula, vergiss es.« Artjom schüttelt den Kopf. »Aber vielleicht gehst du mal allein zu so einem Klapskalli. Du bist in letzter Zeit ja echt völlig durch den Wind.«

»Danke für den Tipp«, schnaube ich.

Also doch zusammenreißen, denke ich, Augen zu und durch. Vielleicht hat Artjom recht, und ich stelle mich nur an. Vielleicht hat auch Heike recht, und die Sache mit dem Glück wird gemeinhin überschätzt. Wie sagte sie so schön? Die Zeit wird's schon richten.

EPILOG

November 2011, Hamburg, Deutschland

F*elicita!,* brüllt es in mein Ohr. Ich reibe mir den Schlaf aus den Augen, blinzele an die frisch getünchte Decke, richte mich im Bett auf und schaue auf das Display meines Handys. Neun Uhr fünfzehn. Ich schalte die Weckmelodie aus und schwinge mich ins Bad. Auf dem Weg dorthin stoße ich mir einen großen Zeh an einem der letzten Umzugskartons und kicke ein Paar absurd hoher schwarzer High Heels beiseite. »Scheiß Kisten!«, fluche ich und nehme mir vor, sie heute endlich auszupacken.

Vor sechs Wochen haben wir unser neues Domizil bezogen, eine mehr als großzügige Fünf-Zimmer-Wohnung, nicht in Altonas bester Ecke, aber dafür unschlagbar günstig gemietet, vorerst für ein halbes Jahr. Und bislang haben wir es noch nicht einmal geschafft, alle Lampen aufzuhängen. Deshalb putze ich mir nun auch im Halbdunkel die Zähne und lausche den Geräuschen, die durch die Wand aus der Küche zu mir dringen.

»Omiomiomi«, krakeelt Johanna, »guck mal daaaa!«

»Anni, mein Schatz«, höre ich Mutter sagen, »bei Tisch wird nicht herumgezappelt.«

»Guten Morgen!«, rufe ich enthusiastisch, als ich mich zu den beiden in die Küche geselle.

»Paula, setz dich. Das Frühstück ist gleich fertig.«

Johanna und ich rollen gleichzeitig mit den Augen; Mutter sieht das zum Glück nicht, scheppernd zieht sie den Topf mit dem überkochenden Haferbrei vom Herd.

»O nein«, stöhne ich, »schon wieder Kascha.«

»Das ist gesund und die beste Grundlage für den Tag. Da kann ich Darya nur zustimmen.«
Aus dem Gästezimmer am anderen Ende des Flurs tönt ein zorniges *Tischina! Rruchä!,* und eine Tür fällt krachend zu. Wir sind zu laut. Viel zu laut. Und es ist zu früh. Viel zu früh. Meine Schwiegermutter schläft gern aus.
»So, Kind, jetzt muss ich mich sputen. In zwei Stunden fährt mein Zug«, sagt Mutter.
»Dein Zug?«
»Ach, hatte ich das gar nicht erwähnt?« Sie wird ein wenig rot. »Ich fahre übers Wochenende nach Berlin. Eine tolle Stadt, da gibt es so viel zu sehen.«
»Na, wenn ein Wochenende dafür mal reicht«, ich lächle in mich hinein.
»Da kann man ja ruhig öfter hinfahren«, sagt Mutter. »Und was hast du noch so vor?«
»Ach«, sage ich gedehnt, »Artjom will mich heute Abend ausführen.«
»In letzter Zeit versteht ihr euch wieder ganz gut«, meint Mutter.
»Hmm«, murmele ich.
Aber es stimmt. Seit wir uns getrennt haben, verstehen wir uns wieder ganz gut. Zumindest gibt es eine Annäherung. Als ich ihn mit meinem Entschluss konfrontierte, eine Zeitlang auszuziehen, war er erwartungsgemäß so beleidigt, wie ein russischer Mann nur beleidigt sein kann. Inzwischen hat er sich beruhigt und weiß seine neu gewonnene Freiheit insgeheim durchaus zu schätzen. Wenn er mit Johanna auf den Spielplatz geht und sich als alleinerziehender Papa ausgibt, ist er bei den anderen Mamis jedenfalls der Held.
Mutter habe ich beim Auszug mitgenommen. Ich konnte sie schlecht bei Artjom lassen. Ich weiß nicht, wie sie es

geschafft hat, Vater von ihrem Projekt *Abstand und Raum für mich* zu überzeugen. Wahrscheinlich hat sie ihm mit der Scheidung gedroht, und er hat schnell durchgerechnet, dass ihn das viel teurer zu stehen käme, als Mutter für eine gewisse Zeit eine monatliche Apanage zu überweisen.
Und so haben wir eine Drei-Generationen-Frauen-WG gegründet. Mit reichlich Platz, weil Mutter meint, man wüsste nie, wer plötzlich vor der Tür stünde.

Johanna und ich stürzen uns auf die Kartons. Sie entdeckt ein großes Stück Luftpolsterfolie und zerdrückt eine Stunde lang voller Inbrunst die Bläschen. Die Königin der Nacht ist zwischenzeitlich aufgestanden und schwebt in ihrem japanischen Morgenmantel herein.
Für Darya ist es Ehrensache, Mutter und mich in unserem emanzipatorischen Bestreben zu unterstützen. Und sie schaut natürlich wegen Johanna nach dem Rechten. Streng genommen ist sie mehr bei uns als zu Hause und hat das Gästezimmer okkupiert; Rostislav kann sein Glück kaum fassen.
Auch sie holt eine Kiste, die sie schon vor ein paar Tagen unauffällig zu den unseren in den Flur gestellt hat.
»Was ist denn da drin?«, frage ich neugierig.
»Chrristmäss«, sagt sie und beginnt, auf der Fensterbank eine grässlich bunte Weihnachtsdekoration aufzubauen. Sie blinkt in allen vorstellbaren Farben und spielt sogar *Jingle Bells*.
Mensch, Matthes, denke ich, wenn du mal nicht vom Regen in die Traufe gekommen bist. Ich kichere.

Es klingelt an der Haustür. Ich öffne. Es ist Heike. Heulend schleudert sie eine prall gefüllte Reisetasche in unseren Flur. »Der Scheißkerl hat ’ne Jüngere«, weint sie. »Kann ich ein paar Tage bei euch bleiben?«

»Na klar«, antworte ich und mache unsere Tür ganz weit auf. Gut, dass wir so viel Platz haben, denke ich. Irina und Frau Hinrichs könnten wir locker auch noch unterbringen. Was Maxim wohl dazu sagen würde?
Vielleicht *Wsjo charascho, schto charascho kantschajitsje.* Alles ist gut, was endet.

BORSCHTSCH – DAS UKRAINISCHE NATIONALGERICHT

Zutaten:

2 l Fleischbrühe oder Wasser
200 g Rindfleisch
2 Lorbeerblätter
1 Zwiebel
200 g Weißkohl
150 g Kartoffeln
200 g Rote Bete
100 g Karotten
1 EL Tomatenmark
100 g Schmalz, Speck oder Butter
1 EL Zucker
1 EL Essig
100 g saure Sahne
Dill, Pfeffer, Salz

Zuerst das Fleisch mit wenig kaltem Wasser, eben so viel, dass das Fleisch gerade bedeckt ist, aufsetzen. Erhitzen und aufkochen lassen, bis sich Schaum bildet. Das Wasser wegschütten und die Schaumreste aus dem Topf entfernen. Nun das Fleisch erneut mit heißem Wasser aufkochen lassen, die ganze Zwiebel und die Lorbeerblätter dazugeben und bei niedriger Hitze etwa zwei Stunden köcheln lassen.

In der Zwischenzeit Kartoffeln in dickere Streifen schneiden und den Weißkohl raspeln. Außerdem Rote Bete und Karotten in Streifen schneiden oder reiben.

Hat das Fleisch lang genug gekocht, wird es aus der Brühe genommen, klein geschnitten und beiseitegestellt. Zwiebel und Lorbeerblätter wegwerfen.

Nun Kartoffeln und Weißkohl in die heiße Brühe geben und fünfzehn Minuten kochen.

Fett in einer Pfanne erhitzen und die Rote Bete darin bei schwacher Hitze andünsten. Tomatenmark, Zucker und Essig zur Roten Bete hinzufügen und kurz weiterdünsten. Nach Bedarf noch etwas Brühe angießen.
Dann auch die Karotten in die Pfanne geben, und alles bei geschlossenem Deckel zehn Minuten weiterdünsten.

Das Pfannengemüse zu Weißkohl und Kartoffeln in die Brühe geben. Fleisch hinzufügen und weitere fünf Minuten kochen. Mit Salz und Pfeffer abschmecken.

Borschtsch in Tellern anrichten, ein Klacks saure Sahne und feingehackter Dill obendrauf.

DANK AN:

Denis Sinelnikow – für eine unglaubliche Zeit in einem Land voller Rätsel, Schönheit und Unwägbarkeiten. Dafür, dass Dich die Fragen dieser komischen Deutschen niemals nervten. Für das gute Essen, das gute Bier, den guten Wein. Für Dein Vertrauen, Deine Fürsorge, Dein Wissen, Deinen Humor und Deine Freundschaft.

Andrea Müller – für die unglaubliche Rundumbetreuung, fürs Mutmachen, Aufrichten, Bestätigen. Dafür, dass Sie jederzeit ansprechbar waren und niemals die Geduld mit mir verloren haben. Und natürlich für das ausgezeichnete Lektorat.

Annette Nitschke – fürs Zuhören und Brainstormen, für kluge Ideen und liebevolle Kritik. Für Wein und Knabberkram und Gummibärchen. Und für die inspirierenden Momente auf der Bank vor Deiner Haustür.

Christoph Rohner – für Deine Hilfe, Tipps und Begleitung bei der Reiseplanung. Für Deine Anmerkungen und Gedanken und unsere Diskussionen – auch wenn wir nicht immer einer Meinung sind …

Frauke Scheunemann – dafür, dass ich Dich immer von der Arbeit abhalten durfte, wenn ich nicht weiterwusste. Und für Dein »Komm, Du schaffst das!«. Nach dem Buch ist vor dem Buch …

Annette Bolz – für das Ertragen meiner Lamenti, für die stundenlangen Küchensitzungen und besonders für Deinen Glauben an mich.

KLEINES GLOSSAR

Russisch	Aussprache	Deutsch
что вы хотите?	Schto wy chatit-ji?	Was wollen Sie?
до свидания	dasswidanja	Auf Wiedersehen
давай	dawai	Los! Komm!
товарищ	Tawaritsch	Kamerad
дедушка	Deduschka	Großvater
бабушка	Babuschka	Großmutter
добрый день	dobryj den	Guten Tag
извините	iswiniti	Entschuldigung
русский	russkij	russisch
Германия	Germanija	Deutschland
нет	njet	nein
конечно	kanetschna	selbstverständlich
ну	nu	na, na also

Russisch	Aussprache	Deutsch
хорошо	charascho	gut
молоко́	malako	Milch
соска	sosska	Schnuller
малышка	malyschka	Kleine
Россия	Rossija	Russland
граница	granitza	Grenze
один	adin	eins
день	djen	Tag
малинка	malinka	Himbeerchen
да	da	ja
спасибо	spassiba	danke
что?	Schto?	Was?
Я	ja	ich, ich bin
туалет	tualjet	Toilette
очень	otschin	sehr

Russisch	Aussprache	Deutsch
аптека	apteka	Apotheke
добрый вечер	dobryj wjetschir	Guten Abend
большой	balschoi	groß
тишина	tischina	Ruhe

ZUM LESEN

Marina Lewycka: »Kurze Geschichte des Traktors auf Ukrainisch«, dtv
Eine wunderbar lakonische, witzige und abgründige Familiengeschichte.

Evelyn Scheer/Irina Serdyuk: »Kulturschock Ukraine«, Reise Know-how
Kein Reiseführer im üblichen Sinne, sondern viel besser: Wissenswertes über Kultur, Geschichte, Politik, Lebensweisen und Tabus.

Brigitte Schulze: »Ukraine … wie ich sie liebe. Kommen Sie mit!«, Brigitte Schulze Verlag
Die deutsche Journalistin weiß, worüber sie schreibt: Jahrelang hat sie als Korrespondentin in der Ukraine gelebt und ist dem Land bis heute tief verbunden.

ZUM HÖREN

Wladimir Kaminer/Yuriy Gurzhy: »Ukraine do America: Russendisco«, Random House Audio
Ziemlich coole Hits aus der Ukraine, ganz feine Zusammenstellung.